2015 年度宁波市社会科学学术著作出版资助项目

浙东乡土小说的民间建构

傅祖栋 著

浙江工商大學出版社
ZHEJIANG GONGSHANG UNIVERSITY PRESS

图书在版编目(CIP)数据

浙东乡土小说的民间建构 / 傅祖栋著. —杭州 ：浙江工商大学出版社，2015.6

ISBN 978-7-5178-1151-0

Ⅰ. ①浙… Ⅱ. ①傅… Ⅲ. ①乡土小说—小说研究—中国—当代 Ⅳ. ①I207.42

中国版本图书馆 CIP 数据核字(2015)第 156482 号

浙东乡土小说的民间建构

傅祖栋 著

责任编辑 吴岳婷 刘 韵
责任校对 何小玲
封面设计 元石设计
责任印制 包建辉
出版发行 浙江工商大学出版社
(杭州市教工路 198 号 邮政编码 310012)
(E-mail:zjgsupress@163.com)
(网址:http://www.zjgsupress.com)
电话:0571-88904980,88831806(传真)
排 版 杭州朝曦图文设计有限公司
印 刷 杭州五象印务有限公司
开 本 787mm×960mm 1/16
印 张 13.5
字 数 200 千
版 印 次 2015 年 6 月第 1 版 2015 年 6 月第 1 次印刷
书 号 ISBN 978-7-5178-1151-0
定 价 32.00 元

浙江工商大学出版社营销部邮购电话 0571-88804228

本书为2013年浙江省中国当代文学研究会课题(2013DDWX02)、宁波城市职业技术学院校内青年专项课题(ZWX13038)“浙东乡土小说的民间建构研究”研究成果

序 一

吴秀明

文化和文学之间是双向互动的。文化的各种因子是文学的养料，会驱动和影响文学的生成和发展；而文学则集中和凝聚了文化的精华，是文化的富有意味的呈现。从这一意义上说，有什么样的地域文化土壤就会产生什么样的地域文学，而什么样的地域文学则反映了什么样的地域文化。

浙江是一个地理空间小而人文空间大的文化大省。较之别的省份，它的一个重要特点就是在进入晚近以后，传统文学文化不但率先实现了现代的转型，而且达到了更加辉煌的境地。20世纪初期，"浙江潮"曾抢占先机，迅速占领中国新文学的制高点，引领了中国新文学的现代化进程。严家炎先生在《二十世纪中国文学与区域文化丛书》总序中有道："浙江自五四新文学起来以后，出了那么多著名作家，各自成为一个方面的领袖人物和代表人物……如果说五四时期文学的天空群星灿烂，那么，浙江上空的星星特别多，特别明亮。"[①]柯灵先生在《浙江省文学志》序言中也指出："新文学运动的发祥地在北京，和浙江却有很大的关系"，像蔡元培、鲁迅、周作人等大批文化先驱，都为中国新文学新文化做出了开拓性的贡献，"在一些重要的新文学流派和社团中，都有浙籍作家积极参与"[②]。这是浙江的一个骄傲，它在给浙江现当代文学筑就很高平台的同时，自然也给现代以降的浙江作家和学者以很大的压力。这一点，作为生长在浙江并长期在这里工作的学人，我是深有体

① 严家炎：《〈二十世纪中国文学与区域文化丛书〉总序》，载《理论与创作》1995年第1期，第10页。

② 柯灵：《〈浙江省文学志〉序言》，中华书局2001年版，第6页。

会的。

浙江现代乡土文学也不例外。作为浙江新文学中重要，也是最深沉固至的一个组成部分，它的兴起和发展，其原因自然相当复杂，但无疑与所在的地域文化——浙江文化的滋养密切有关。地域文化在某种意义上可以看成是一道天然的屏障，它使各地作家的创作呈现出不同的风貌。从浙江走出去的乡土文学作家，他们所内含的价值和意义，不仅是文学史的，更是地域文化的。他们的创作，一方面，深深体现了与之具有血脉关联的浙江文化的特质，是浙江文化给予了他们宝贵的精神馈赠；另一方面，又融会吸纳了其所寓居的城市文化的思想艺术资源，以现代知识者的眼光审视着昔日的故土乡俗，从而形成了既地域又超地域、既同构又异质的双重观照视角。这也就是说，现代的乡土文学绝不是“纯乡土”的，它的背后其实隐含着城市文化的“第三只眼睛”，它是作家离开乡村进入城市后对那片生于斯、长于斯的土地的一种回望和审视，其所秉持的往往是启蒙的文化立场。在今天看来，这种启蒙到底如何评价，这种评价又是否涉及对乡土的重评？这应该是一个饶有意思的话题。

自觉张扬地域文化特色的作品，当然难能可贵。但如果过于自恋，缺乏自省、超越与开拓，这样的地域文学能否成为与时代对话的艺术，为广大读者所喜爱，就很难说了。文学的地域与地域的文学，主要不在回溯，而在前瞻；不在怀旧，而在创新；不在回到“地域的世界”，而在走向“世界的地域”。在世界经济、文化一体化的大趋势下，应该从一个新的认识高度和文化境界，看待地域文化资源，保存地域文化个性，增强地域文化在当代存留发展的潜能，并进而认识到它在面对标准化、一体化日甚的现代化大潮流下，在文化精神生态上的重要平衡作用。如此，地域文学才能获得更为丰富的生命内容，释放出它应有的魅力和风采。这也告诉我们，对文学的地域学研究不能局限于单纯的地理空间，还应融入时间因素，将历史、现实与未来三者打通，从人文时空的大背景、大视野中去观照把握，这毫无疑问是一次文化的自觉。而这种文化自觉又引发了文学自觉，推进了文化和文学现代性的进程。在这里，“双重的自觉”，就足以让人们感受到对地域文化和文学关注的重要意义及久远价值。

文学地域性主要不取决于题材本身,而是突出体现在对题材的艺术转换和审美创造上。虽说地方风俗是地域性的重要表现对象,但如果仅仅停留于生活表象的罗列,文学只能是一种浮浅化的民情风俗的拼贴。浙江大地有着稳定、鲜明、独特的地域特征,对作家而言,这自然是一份宝贵的艺术资源和文化馈赠。“浙江文化”及“浙西文化”“浙东文化”“浙西乡土作家群”“浙东乡土作家群”等概念的提出,实际上也传达出了一个强烈的地域文化信息,这是对这个地域文化特征的一种概括,一种带有群体性、集合性地域文化风貌的描述。它表明我们的文学研究已不满足于用一般的“理论模型”(如某某主义、现代性、世界性、人性等),而是开始注意到脚下这块文化热土的根性即地域性的特征,表明我们对浙江及中国现当代文学有了更深入的沉潜和体味。

需要指出,从具体的地域文化角度研究文学,学术界已多有涉足,也取得了不俗的成就,包括浙江省内的同行,也包括浙江省外的专家和学者,它构成了浙江乃至中国现代文学研究的一个重要维度,一种新的视角与路径。不过在我看来,这之中也存在两个问题:一是往往较多停留在狭隘的纯文本层面,就作品论作品,且论域限于风俗描写、方言应用等外饰部分,缺少一种形而上的追索精神,因而研究显得紧仄拘泥;一是与之相反,偏离文学文本,将研究重心完全移向对外在地域文化的社会调查或实证分析上,用文化取代文学,这样,文学作为文化中最富个性、情感性、审美性的特点就被遮蔽了。这两种倾向,在 20 世纪 90 年代以前,前者比较突出,暴露的问题也较多;而 90 年代以后,后者开始逐渐上升,并且很有些固化、模式化了,地域文学研究似乎陷入了某种难以摆脱的窘境。特别是随着当代乡土文学的逐渐萎顿乃至衰退(这是当下文学创作的一个突出症候,也是缠绕所有当代作家和学者的一个严肃而又沉重的话题),而新的乡土文学或曰后乡土文学的隐晦不明,迟迟未能建构,它由此及彼,在客观上不能不对现代地域文学研究产生影响。

上述种种,构成了傅祖栋本书写作的背景。不管他有无意识到,他是在乡土文学研究处于徘徊不前的窘迫状态下进行的。可贵的是,他抱持清醒的意识,从民间文化角度契入,对此做了较为全面深入的探讨,表现了作为一个青年学者的坚执和勇气。祖栋的研究,就范式而言,大体偏向于文化研究尤其是民间文化研究。他运用社会学、文化学等研究方法,具体探讨了浙东乡土小说的民间文化背景、民俗事象、民间语言、形象谱系、创作范式以及浙东乡土小说作家的民间文化意识,对民间文化与浙东乡土小说之间的双向互动关系做了颇富见地的概括和梳理,为浙东乡土小说的整体性观照提供了理论的可能。祖栋推崇实事求是的研究与研究的实事求是,强调持论有据、论从史出。但他也不想将自己的研究对象完全纳入纯文化研究范式中,而是注意吸纳并融入艺术审美的思维、理念与方法,将文化与文学打通。为此,他在对浙东乡土小说进行研究时,又不时地超越文化,沉潜到小说的文本世界,不忘对其内蕴的文化个性、审美内质进行阐发,尽管在这方面,较之文化研究略显薄弱。某种意义上,祖栋这部论著可以说是以文化为本、兼及审美的一种研究。它反映了作者对包括民间文化在内的浙东地域文化的爱与知,从中也可看出他对社会学、文化学等传统研究方法的钟爱。

六年前,祖栋曾跟我攻读在职的中国现当代文学硕士。他为人朴素实在。这本书是他在硕士学位论文基础上扩展而成的。地域文化这个话题看似容易,实则具有相当大的难度。因为它涉及历史学、文化学、民俗学、宗教学、人文地理学、社会心理学以及中国古代文学、近代文学、现当代文学等多种学科,需要具备多方面的知识。但正如祖栋自己在“后记”中所说,他是一个土生土长的“浙东人”,他的这种地域的情结,使他当年做学位论文时,几乎毫不犹豫地将眼光瞄准了浙东乡土小说。并且在接下来的几年中,为此“上穷碧落下黄泉,动手动脚找东西”(傅斯年语),付出了大量的心血。他是在有丰富史料积累和充分学术准备的基础上从事本书写作的,而且直至今天依然兴趣不减。这也应该是他身上执着的“浙东性”使然。当然,我也盼望祖栋能进一步扩充知识结构,强化前沿意识和审美感知,从而在学术的道路上走得更远,更有一番气象来。

2015 年 6 月 18 日于浙江大学中文系

序　二

牛殿庆

青年学人傅祖栋新近由宁波市社会科学院资助出版一部学术著作，邀我为序，尽管心怀忐忑，还是欣然接受，原因有二，一是我真是有很多话想说说这个人；二是这本书积累了傅祖栋十余年的心血，尽管我已老朽，嗓音已无底气，但还是想扯破嗓子为这个有为的年轻人鼓噪几声。

一、“小傅”与我结缘

那是 2005 年夏天，学校招聘辅导员，我是人文学院院长，主管进人的事情。傅祖栋是绍兴文理学院人文学院毕业的本科生，当然是品学兼优的高材生。吸引学校各用人单位部门领导眼球的是他的科研成绩，在大学期间公开发表两篇学术论文和出版一本专著，大家都认可他是个人才。他修的是汉语言文学专业，与我专业同源，因此他的简历最后到了我手上。

我和傅祖栋第一次见面，是在宁波大学对面的我校的老校址，在我的教室改成的办公室里。他进来后我和他握握手，让座、倒水。再就是我问一句他说一句，他多一句也不说；我不问，他就闷坐在木椅上，直到今天我和小傅的交流也是这样。他的性格就是有点“木讷”，但我母亲说过：“贵人话语迟。”孔子曰：“君子敏于事而慎于言。”这是“贵人脾气”“君子气派”，我要定了。

傅祖栋成了人文学院的辅导员。“小傅”和“牛院长”从此开始了十年的友谊。小傅做事吃苦耐劳，任劳任怨，人品端正厚道，组织活动像模像样；做学问刻苦钻研，精益求精，方法得当。主管学生工作的副书记评价他，说："你看他多说一句话都吝啬，可到他给学生演讲比赛做评委时，却说得头头是道。"不出一年，小傅得到了人文学院上上下下的广泛认同。

下半年，学校整体搬迁到大学园区南区。记得学校开秋季运动会时，党校办说要小傅到他们那里做秘书。我舍不得小傅，他在我身边，我们可以一起做做课题，搞搞学问，这是私心；再说了，有小傅这个人在身边我踏实。想到年轻人要成长，人往高处走，耽误人家我会愧悔一生。于是，我同意了。

这些年，我早已不是"牛院长"，还依然叫他"小傅"，他执拗地还是叫我"牛院长"。其实我是极其不喜欢这个称谓的，更愿意学生们叫我"牛教授"。

去年年底学校启动了一个人才培养计划——领雁工程，小傅填报我为他的导师，于是我们成了名正言顺的师生关系，为此我感动了好长时间。我这个人尽管学品学养都不够高，但好为人师，有这么个得意的弟子，足慰余生耳。

二、这个人：读书人的脾气

中国是个人情社会，或许小傅早就深谙其理。他上教学一线，是想把心放到安静处，与文字厮守一生。2007 年到 2010 年，小傅成了著名学者、浙江大学中文系教授吴秀明的硕士生，功德圆满，顺利毕业。能进吴门，小傅靠的是丰厚的科研业绩。

这些年应该说小傅和我搞学术研究是十分默契的，我们报科研项目一般是我出个题目，提供个思路，然后几个人坐下来谈，谈一谈一个好项目就砸实了，然后就选个人把项目申报书做出来。以前是我亲自操刀，这几年小傅做得多，也有团队其他人做，小傅填的申报书现在我改动得越来越少了，这些年我申请下来几项省部级科研项目，小傅参与了很多工作，做得认认真真、丝丝入扣。

要说与人交，小傅显得笨拙或木讷，但他讲诚信，说到做到；重义气，宁可吃亏、受苦受累，也要一诺千金做到底；可他却十分爱面子，不愿求人，求人矮三分，这就是中国古代"不为五斗米折腰""安能摧眉折腰事权贵,使我不得开心颜”的文人骨气。他就是找我办事也轻易不开口,都是他到我办公室来我逼着他问,再就是我求着他给他办事。小傅做真人实事,不说假话,不逢迎拍马,这就是传统文化中的宝贵财富“士人风骨”,“士不可以不弘毅,任重而道远”,“士为知己者死”。

他就是一块璞玉般的性格,在物欲横流的市场经济环境下,大学这块净土想找这么个书呆子谈何容易?

可做起学问来他是睿智和与时俱进的。我们团队要申报一个关于浙东民风民俗的科研项目,大家都各抒己见出了很多点子,我感到都无新意可言,坐在沙发上给大家沏功夫茶,小傅提出“渔文化”的概念,而且要从史学的意义去规范,就一下子点亮了我的眼睛。

对浙东文化的研究,小傅在大学时就已开始,这与我的研究方向相左。他注重史料积累,厚积薄发。他治学如为人,掺不得半分假,每当问他“这个选题往下还要做一些,不够深度。你看还能做到什么程度?”时,他会说:“这我要去图书馆找几本书看一看。”他这个人做学问也踏实,让人相信。

我发现小傅治学的敏锐和聪明,体现在他选的一个研究方向上。前几年申报宁波市哲社规划课题,他选了宁波市名人故居保护政府干预。申报了,立项了。再报省社科联项目又从浙江区域入手做作家故居研究,接着我们承担的宁波市旅游特色资源库项目,他这个“名人故居”又搬进了资源库,这又开发了旅游资源,是实践应用。这些年,他一直在开公选课《浙江文化修养》。小傅,是一个教学、科研、社会应用相结合的复合型人才。

三、关于这本书

可以说这本书是小傅多年的积累,我对人说:“这是小傅一个字一个字积累的宝贝。”

这本书让我们知道这么一些概念:浙东民间文化、浙东文化、浙东乡土小说等,根植在这些概念阐释的基础上,再发掘浙东文化的来龙去脉。小傅在众多大家的理论文献中,沉淀出了自己的思想,那就是生态学意义上的对民间文化的建构,当然这也离不开他生于斯长于斯情于斯的对这“七山一水两分田”的眷恋、体悟、关注和研究，所以他才提炼出浙东刚硬劲直的“山岳气”和宁静平和的“水性格”，这是刚柔并济的性格，丰富了浙东民间文化刚绝勇武主导下性格因素的多样性和复杂性。

真是如层层剥笋，这本书接下来的研究进入对浙东乡土小说作家的民间文化素养的深究细研。小傅的研究是从浙东乡土小说作家的出身追究的，他发现：“浙东乡土小说作家自小家道贫寒，饱受人间疾苦，与下层人民有着共同的感受，对旧社会都有着强烈的逆反和抗拒心理。”王鲁彦、许钦文、许杰、巴人、潘漠华、魏金枝都有着这样相似的经历，在“经历”中理出浙东乡土小说作家人格上的“浙东性”，这是小傅这本书很重要的学术发现。还有在通过民俗文化对作家的影响个案剖析上，得出民俗文化的正面影响是作家对故乡、对人生的赞美，由此萌生出家国情怀的性格因素，而落后愚昧和陈腐观念这些负面影响，激发了他们反封建的斗志。

在这一层一层的理性剖析后，这本书终于进入浙东乡土小说的文本研究层面了。小傅的文学批评的观点是建构在文本细读基础上的，且绝不偏离民间建构的主场，就是他在小说文本中找民俗事象、民间语言，通过小说的人物形象，追寻浙东文化的民间味儿。在分析论证浙东乡土小说的形象谱系时，小傅将此分成两大类，即“渗透着浙东文化因子、内蕴着石骨铁硬性格的乡民”和“身负‘老中国儿女’奴性的精神胜利的‘阿Q’”两类群像。

至此我发现了一个规律，就是浙东乡土小说作家生于乡土写作乡土，傅祖栋是生于乡土研究乡土文化研究乡土小说，又学习评论乡土小说，要说这其中的相通之处，就是：同根同情。乡土作家有爱有哀的复杂情感，通过小说的媒介传达给了小傅，小傅这个钱塘江畔的农家子弟，在这本书里倾注了浓浓的深情，只要你静心品读就会受到感染。他总括出了：“在浙东乡土小说中，整体性地雕塑出了一批在与自然环境和社会环境的搏斗中表现得‘石骨铁硬’的乡民群像”，“他们身上的共同之处在于均具有一种强悍刚毅的性格”。

再次感谢宁波城市职业技术学院人才培养计划——领雁工程，把我和小傅名正言顺地拉在了一起，我十分愿意做小傅的师傅，项目里叫导师,这我不敢当,我觉得还是师傅更亲切。我有责任和义务把我读书作文的心得和自己大半生的人生经验传给年轻人,“师者传道授业解惑也”,《礼记·学记》有曰:“是故学然后知不足,教然后知困。知不足然后能自反也,知困然后能自强也。故曰教学相长也。”我是“知困然后能自强也”,有小傅这个后生激励我,我会“教学相长”,我会:老牛自知夕阳晚,不用扬鞭自奋蹄。

我以小傅为荣。

2015 年 6 月 14 日

目　录

导 论

地域文化积淀联系着一个地区的民风、民情，地域文化精神所产生的潜在力量相当程度上会影响作家创作精神、创作风格的形成和转化。浙东民间文化悠久厚重的积淀，已经作为一种文化基因深深地融入浙东乡土小说作家的血液之中、意识深处。正是这种文化基因，使他们身上必然带有无法磨灭的"浙东"印痕。从他们内心世界的替代结构——创作文本来看，他们对民间文化的自觉意识和自觉接受，是显而易见的。让文学承载文化，让创作烙上浓厚的地域文化特征，已经成为浙东乡土小说作家日益自觉的艺术追求。

乡土小说不仅是一个文学命题，同时也是一个重要的文化学命题。出于期求在这一命题的研究上有所突破的考虑，本书选择民间文化视角来审视浙东乡土小说，并采取重点突破或"点"的深入，主要对王鲁彦、许杰、许钦文、巴人、柔石、魏金枝、潘漠华、王西彦等知名度较高的浙东乡土小说作家的代表性作品进行文本细读，在此基础上展开论述，力避空洞而抽象的理论陈述或理论推断。试图通过对浙东民间文化背景和源流的梳理确立浙东乡土小说的特定文化渊源，通过对作品中民俗事象、民间语言、形象谱系、创作范式等的研究，透视作家浓郁的故乡情怀和对改造"乡土浙东"的深沉思考，从而确立浙东乡土小说的经典意义。

通过地域文化视角来研究和揭示文学现象，地域文化的比照只是一种研究途径，文学现象的解释才是最终的研究目的。这种从文化的范畴中寻找文学之所以如此的依据，同时从文学的形态中探求文化之所以如此的原因的研究模式，既能够避免单纯文化研究的空泛和过于理论化，又可以为文学研究开拓一个新的维度。而这种对浙东民间文化和浙东乡土小说双向互动关系的研究，正落实了地域文化和文学关系研究的既定目标。因此，本书只从五彩斑斓、内蕴深厚的浙东民间文化中选取一些与文学有关的因素：一是生态环境，指浙东乡土小说作家生存区域的自然环境和社会环境（主要是民风民俗、方言土语）；二是文化传统，指浙东乡土小说作家所倾心接受的浙东历代先哲所共有的精神气质和思想智慧，及由此反映出来的"浙东式"的价值取向，即所谓的"浙东精神"。

一、"浙东""民间文化"与众家言说

（一）"浙东"及"民间文化"

既然本书探讨的是民间文化视域下的浙东乡土小说，我们有必要先对"浙东"和"民间文化"这两个概念做一界定。

《浙江通志》：

> 元至正二十六年，置浙江等处行中书省，而两浙始以省称，领府九。明洪武九年，改浙江承宣布政使司。十五年割嘉兴、湖州二府属焉，领府十一。国朝因之，省会曰杭州，次嘉兴，次湖州，凡三府，在大江之右，是为浙西。次宁波，次绍兴、台州、金华、衢州、严州、温州、处州，凡八府，皆大江之左，是为浙东。①

《辞源》"浙东"条释义：

> 谓浙江省东部地区，唐置浙江东道。南宋时为浙江东路，辖绍兴府及婺、衢、处、温、台、明六州。明清时为宁、绍、台、金、衢、严、温、处诸府地。②

从历史地理学角度来看，波涛汹涌的钱塘江把整个浙江省分成了

---

① 《浙江通志》（卷一）。

② 《辞源》，商务印书馆1983年版，第1793页。

两片，即钱塘江以东的“浙东”，钱塘江以西的“浙西”。这里所指称的“浙东”“浙西”约雏形于唐代。唐代置十道，浙江隶属江南道。唐开元二十一年(733)，江南道分为江南东道和江南西道，今浙江省境全属江南东道。唐乾元元年(758)，江南东道分为浙江东道、浙江西道，各设节度使。其中，浙江东道领越、明、台、婺、衢、睦、温、处八州，治越州。北宋初期，浙江隶属两浙道，后改为两浙路(治杭州)，“两浙”简称源于此。真正定名却在南宋。宋室南渡，偏寓临安，于南宋宁宗嘉宝元年(1208)，始分两浙路为两浙东路、两浙西路，分别简称为“浙东”“浙西”，此后则一直沿用至民国时代。

因此，本书所指称的“浙东乡土小说作家”，需具备以下三个条件：一是生活于现代，主要创作时期也在现代；二是籍贯为浙东；三是文学旨趣相投。这三个标准是有机的整体，缺一不可。而“浙东乡土小说”自然指这些作家在现代期所创作的、着眼于“浙东”地域的乡土小说。

浙东、浙西虽然只有一江之隔，但地理区域的差异形成了两地人民不同的精神面貌。概括而言，浙东地区群山环抱，多山地、丘陵，“土性”特征明显，因而为生艰难，并导致浙东人勇猛进取，吃苦耐劳，敢于外出闯天地；浙西地区河道通衢，多平原、盆地，“水性”特征明显，因而民生富足，并导致浙西人平和中庸，安土恋家，很少外出讨生活。因此，曹聚仁在《我与我的世界》中曾说：“浙西的事，跟我们浙东人毫不相干。……浙西属于资产阶级的天地，浙东呢，大体上都是自耕农的社会。”[①]

地理区域不同，人文精神自然迥异。明代王士性在比较两地文武风气的异同时提出：

> 两浙东、西以江为界而风俗因之：浙西俗繁华，人性纤巧，雅文物，喜饰帑[②]帨[③]，多巨室大豪，若家僮千百者，鲜衣怒马，非市井小民之利；浙东俗敦朴，人性俭啬椎鲁，尚古淳风，重节概，鲜富贾大贾。而其俗又自分为三：宁绍盛科名逢掖，其戚

① 曹聚仁：《我与我的世界·浙东》，人民文学出版社1983年版，第39页。

② 帑：小囊，俗称荷包。

③ 帨：古时的佩巾，如现在的手绢。

里尚借为外营，又傭书舞文，竟贾贩锥刀之利，人大半食于外；金衢武健负气善讼，六郡材官所自出；台温处山海之民，猎山渔海，耕农自食，贾不出门，以视浙西迥乎上国矣。[①]

接着，他进一步将浙江分为杭嘉湖平原区、金衢严处丘陵区和宁绍台温滨海区，并就其地理特征和民风民俗分析说：

杭、嘉、湖平原水乡，是为泽国之民；金、衢、严、处丘陵险阻，是为山谷之民；宁、绍、台、温连山大海，是为海滨之民。三民各自为俗，泽国之民，舟楫为居，百货所聚，闾阎易于富贵，俗尚奢侈，缙绅气势大而众庶小；山谷之民，石气所钟，猛烈鸷愎，轻犯刑法，喜习俭素，然豪民颇负气，聚党与而傲缙绅；海滨之民，餐风宿水，百死一生，以有海利为生不甚穷，以不通商贩不甚富，闾阎与缙绅相安，官民得贵贱之中，俗尚居奢俭之半。[②]

《浙江潮》首任主编蒋百里分析两地不同的地理环境造就人的不同气质时指出：

抑吾闻之，地理与人物有直接之关系在焉，近于山者其人质而强，近于水者其人文以弱。地理之移人盖如是其甚也。[③]

匪石也作出了同样的评判：

东西浙之各自殊尚而已，……浙西以文，浙东以武，浙西之人多活泼，浙东之人多厚重。浙西人好为表面之事业，浙东

---

① 王士性：《广志绎·江南诸省》，中华书局1981年版，第67页。

② 同上，第68页。

③ 蒋百里：《〈浙江潮〉发刊词》，载《浙江潮》1902年第1期，第429页。

人能为实地之研究。其弊也，浙西之人柔，浙东之人闭。[①]

地域文化及其所孕育的文化品格，就犹如丹纳所言的"精神气候"[②]，会影响该地域人（当然包括从该地域走出的作家）的气质秉赋、思维方式、审美趣味乃至创作风格等。正如《浙江通志》卷九九《风俗上》引明代周起莘《雷琴记》载："两浙人文薮，浙以西之文，华而靡；浙以东之文，清以淑。"[③]

民间文化是相对于官方或上层文化而言的一种底层文化，一方面它具有集体性和匿名性的特点，是民众在长期生活、交往中形成的与民间日常生活息息相关的礼俗仪式、生活习惯、语言和艺术等的集合；另一方面它又具有相对性和边缘性的特点，强调"在野"的性质，因此不像上层文化那样有着较为明晰的规范性特点，而具有强大的包容性，它很容易接受上层、主流文化以及外来文化的影响，但是在上层文化转型和重建的时候，又可以以其文化蕴藏的丰富性反过来影响上层文化的构建。[④] 从这一意义上说，民间文化是一个相当宽泛的概念，它既包括民俗程式、方言土语等通过物质实体或语言文字等途径流传下来的客观可感的文化形态，又包括历史传统、民间信仰等深层次的、无形的精神内容。在浙东乡土小说中，民间文化往往通过乡村生态图景、农民生存状态和乡村伦理道德法则等具体审美形态呈现出来。

（二）众家言说：浙东乡土小说

浙东乡土小说兴起于 20 世纪 20 年代，对其的评论和研究几乎是同时展开的。周作人早在 20 世纪 20 年代就开始倡导"乡土艺术"，并认为"风土与住民有密切的关系"。但最早从文学史的角度对浙东乡土小说做出理论概括和描述的却是鲁迅。1935 年，他在论及从"老远的贵州"等地来到北京的蹇先艾、许钦文、王鲁彦、黎锦明等作家的创作时提出，"凡在北京用笔写出他的胸臆来的人们，无论他自称为用主观或客

① 匪石：《浙风》，载《浙江潮》1903 年第 4 期，第 2 页。

② 〔法〕丹纳：《艺术哲学》，傅雷译，安徽文艺出版社 1991 年版，第 79 页。

③ 《浙江通志》（卷九九）。

④ 参见王光东等：《20 世纪中国文学与民间文化》，复旦大学出版社 2007 年版，第 1—2 页。

观,其实往往是乡土文学”。但这篇序文并非浙东乡土小说的专题研究之作。

近年来,浙东乡土小说以其在中国现代文学史上的独特地位和贡献受到了学术界的重视。其中,有关浙东乡土小说作家的个案研究更是成绩斐然,各类文学史将之列为专题而加以评述的也屡见不鲜。[①] 较之个案研究,对浙东乡土小说的综合研究则是门可罗雀,成果寥寥。从中国知网检索结果来看,篇名直接与“浙东乡土小说”或“浙东乡土文学”或“浙东乡土作家”词条有关的论文目前仅 12 篇(其中 1 篇为硕士论文)。可见,作为一个群体的研究,作为浙东一个特有的文化现象的研究,尚有很大潜力可挖。对近年来的浙东乡土小说研究成果加以爬梳、整理和评析,对推进浙东乡土小说的深层研究无疑具有重要的现实意义。

1. 浙东文化:浙东乡土小说研究不可或缺的维度

浙东文化源远流长、五彩缤纷,为作家提供了丰富的创作资源。浙东乡土小说作家在创作中不约而同地传承了浙东文化“基因”,以其创作中的“土气息”“泥滋味”与浙东文化保持着内在的精神联系。透过这些“基因密码”,我们可以更加深入浙东乡土小说的内核。在有关浙东乡土小说的研究中,从整体上透析作家创作与地域文化的依存关系,是研究的一大趋势。从现有研究成果来看,它们或者对浙东乡土小说中的乡土气息做鸟瞰式的整体把握,或者将浙东乡土小说作家群纳入整个浙东文化视野加以考察,抑或是将浙东乡土小说放在民间文化的视野下加以观照。

---

① 杨义在《中国现代小说史》(第一卷)中列专章《乡土写实派小说》对王鲁彦、许杰、许钦文等浙东乡土小说作家做了专题评述,而巴人则是作为“人生派小说”作家进行评述;田仲济、孙昌熙主编的《中国现代小说史》在《从昏睡到觉醒的农民形象》一章中对潘漠华、许杰、许钦文、王鲁彦、巴人等浙东乡土小说作家的代表作做了分析;赵遐秋、曾庆瑞著的《中国现代小说史》(上)在《流寓者植根乡野的“乡土文学”》一章中评析了潘漠华、巴人、许钦文、王鲁彦、许杰等浙东乡土小说作家的代表作;丁帆所著《中国乡土小说史》也在《鲁迅与“五四”乡土小说作家群》一章中论及了王鲁彦、许钦文、许杰、柔石等浙东乡土小说作家的创作;王嘉良在《浙江 20 世纪文学史》和《浙江文学史》中都对浙东乡土小说作家群的代表性人物王鲁彦、许钦文、许杰、巴人、柔石、魏金枝的乡土小说创作进行了系统研究。

钱英才是浙江本地较早涉略浙东乡土小说研究的学者。他的《吴越文化与浙东乡土小说》(《杭州师院学报》1990 年第 4 期)一文在吴越文化整体特征中概括出了浙东文化的独特特征，进而探讨了浙东乡土作家在作品中塑造人物形象、运用方言土语、描述风俗习惯中所体现出来的“浙东性”。在《论浙东乡土作家的文化意识和特点》(《宁波大学学报》1994 年第 1 期)一文中，他又提出：“作为一个作家群体，20 年代浙东乡土作家的文化意识的形成有其独特的社会历史背景。他们的作品所表现的浙东人顽强抗争的思想承传了浙东先贤刚强气节、爱国为怀的品德及越文化反传统的批判精神。”而他的《浙东乡土小说的地域风彩》(《宁波师院学报》1996 年第 1 期)一文则对浙东乡土小说中地域风采的主要表现进行了梳理，并从作家的审美选择和文化选择两方面对浙东乡土小说特色的形成做了深入探讨。可见，顺着钱英才提出的研究线路，我们不仅可以从浙东乡土小说中看到浙东人的性格，而且还可以看到他们既继承了越文化反传统的批判精神，又吸收了浙东文化的精神内涵。

王嘉良坚持三十余年致力于地域文学研究，而且笔耕不辍，先后出版了《现代浙籍作家论丛》(上海社会科学院出版社 1991 年版)、《浙江 20 世纪文学史》(中国社会科学出版社 2000 年版)、《论中国新文学“浙江潮”》(新星出版社 2003 年版)、《“浙江潮”与“五四”新文学》(文化艺术出版社 2004 年版)、《浙江文学史》(杭州出版社 2008 年版)、《浙江 20 世纪文学史》(修订版)(浙江大学出版社 2009 年版)、《辉煌“浙军”的历史聚合——浙江新文学作家群整体透视》(中国社会科学出版社 2009 年版)等专著。近年来，他和傅红英也将研究目光投向了浙东乡土小说。他们在《启蒙语境中的乡土言说——“五四”浙东乡土作家群论》(《文学评论》2004 年第 3 期)一文中认为：“浙东乡土作家群的涌现，取决于浙东深潜的历史人文传统和浓烈的启蒙思想文化氛围，其创作文本的多向度展开，特别是以启蒙话语为主导的沉重坚实的创作主题，大大拓展了‘五四’乡土文学的疆域，提升了乡土文学的品位，具有无可漠视的文学史意义。”

傅祖栋于 2010 年发表的硕士论文《论二十年代浙东乡土小说的文化审美意蕴》，是国内第一篇整体观照浙东乡土小说的硕士论文。该文对王鲁彦、许杰、许钦文、巴人四位知名度较高的浙东乡土小说作家的代表性作品进行了文本细读，通过对浙东文化背景和源流的梳理确立了浙东乡土小说作家创作的特定文化渊源，通过对作品中文化批判视角、人物群像塑造、美学风貌营造的研究透视了作家浓郁的故乡情怀和对改造“乡土浙东”的深沉思考。他的《剑气与书气：浙东乡土小说范式新探》(《浙江万里学院学报》2010 年第 6 期)一文梳理出了浙东乡土小说中刚强的“剑气”和柔婉的“书气”两种范式。《文化传承和价值重塑：浙东文化与浙东乡土小说的双向互动》(《学术交流》2012 年第 12 期)一文则提出了浙东文化和浙东乡土小说之间的双向互动关系，认为后者对前者既有文化传承，更有价值重塑。此后，他将目光转向浙东乡土小说中的“民间”，相继发表了《乡土批判和乡土眷顾：浙东乡土小说的民间创作范式》(《名作欣赏》2013 年第 17 期)和《浙东乡土小说的民间建构》(《名作欣赏》2014 年第 17 期)。前者提出：“浙东民间文化刚硬劲直的‘山岳气’和细腻柔婉的‘水性格’的双重特质孕育了浙东乡土小说的两种民间创作范式，即‘乡土批判’型叙事和‘乡土眷顾’型叙事。在文本世界中，或通过揭露根深蒂固的封建传统和历代沿袭的陈规陋习对浙东乡民的精神禁锢和肉体伤害寄予深切的同情；或通过满怀乡愁地追忆故乡的风土人情来展现浙东乡村的古老。”后者则认为：“民间文化和浙东乡土小说之间是双向互动的关系。浙东乡土小说是由浙东民间文化滋养孕育而生的，其生成与发展机制带有明显的浙东民间烙印；而浙东乡土小说中的民俗事象、民间语言、形象谱系等又原生态地描述和传扬了浙东民间文化的特质。”

可见，透过对浙东乡土小说的研究，可以展示在独特的地域文化背景下形成的文学现象的独特意义，同时也可以展示开创期乡土文学的诸多特色及其对于推动整体文学发展的文学史意义。目前，从地域文化角度来透视浙东乡土小说的独特质地、品格和独创性成就正方兴未艾，这一研究视角似乎越来越引起了学术界的兴趣和关注。

2. 地方风俗：透视“乡土浙东”生存风貌的一面镜子

从不同角度对浙东乡土小说中的风俗加以研究，也是近年来浙东乡土小说研究中的一个热点。如傅红英的《在现代乡土群体中卓然独步——“五四”浙东乡土作家群创作的价值估定》(《浙江师范大学学报》

2004 年第 6 期)一文对“五四”浙东乡土小说与鲁迅小说中的风俗习惯描写进行了对比,提出“五四”浙东乡土作家通过对冷酷野蛮的械斗、冥婚、典妻等古老民风习俗的描写,批判了封建宗法制度对人的灵魂的侵蚀和愚弄。

有关浙东乡土小说风俗研究中,也有独辟蹊径的。毛晓平的《民俗对文学的浸润——以浙东现代作家为例》(《河北学刊》2002 年第 5 期)一文以浙东现代作家为例,探讨了民俗对作家在审美趣味、创作倾向上产生的潜移默化的影响。文章认为,浙东作家的作品多与“农事”相连,更多地以“农事”为表述内容,反映了“农事”对于“人事”的制约,民风对于民性的影响。刘华在《论二十年代乡土小说叙事的先锋意味——以浙东乡土小说创作为例》(《宁波大学学报》2006 年第 2 期)一文中认为,作为 20 年代乡土文学的重镇——浙东乡土作家群在乡土根性形态、乡土风景潜质以及乡土伦理主体等三方面的探索典型地体现了乡土小说叙事的先锋意味。更具创新意味的是,她透过浙东乡土作家笔下有关“械斗”“典妻”“冥婚”等场面的描写,考察了其中所残留的带有野蛮时代印记的原始习俗遗存,提出“械斗”可看成“血”的“原型”形式,“典妻”包含着“性”的“原型”形式,“冥婚”隐伏着“巫”的“原型”形式。这些研究无疑拓展了我们的研究视野。

3. 个案研究:富有特色的浙东乡土小说深层意蕴挖掘

比起综合研究来,个案研究更为细致地对历史状貌进行了还原。在对原生态的作家作品的呈现过程中,同样不乏精彩的分析和论断。近年来,浙东乡土小说的研究角度不断推陈出新,从文化场、文化批判等视角研究浙东乡土小说深层意蕴是一些带有创新意识的新领域,而比较研究等方法的引入更使浙东乡土小说的研究大放异彩。

茅盾于 1928 年 1 月在《小说月报》上发表的《王鲁彦论》,正式揭开了王鲁彦研究的序幕。1934 年 9 月的《现代》杂志第 5 卷发表了苏雪林的《王鲁彦与许钦文》,对王鲁彦与许钦文做了对比性论述,指出了王鲁彦作品的与众不同之处。较早系统研究王鲁彦的是范伯群、曾华鹏两位研究者。他们合撰的《王鲁彦论》(上海文艺出版社 1980 年版)是一部以立体方式全面勾画王鲁彦其人其作的力作,也是目前为止唯一一部王鲁彦研究专著。郑择魁的《鲁彦作品欣赏》(广西人民出版社 1986

年版）是从作品的思想性和艺术性的结合上研究作家的良好尝试。曾华鹏、蒋明玳的《王鲁彦研究资料》（江西人民出版社 1984 年版）分王鲁彦传略、王鲁彦自述、回忆文章选辑、评介文章选辑、著译系年及评介文章目录索引等五部分，全面收集了有关王鲁彦的研究资料。该书的出版，为广大研究者提供了可靠的依据和得力的工具。周春英的《王鲁彦评传》（中国社会科学出版社 2011 年版）是一部史料较为翔实的作家评传，展现了王鲁彦不平凡的一生，重点述其文学道路和创作历程，对各类作品也有或详或略的评说。随着现代文学领域“乡土文学”课题的深入研究，在人们对乡土文学的内涵、特征、意义、产生背景、发展过程以及与现实主义的关系等理论问题的认识更加明晰的同时，王鲁彦的乡土文学专题研究也达到了一个新的水平，相继出现了钱英才、芷茵、沈斯亨、刘增人、陈子善、曾华鹏等人撰写的颇见力度的长篇专论。钱英才在《王鲁彦短篇小说的创作特色》（《杭州师院学报》1982 年第 2 期）一文中对王鲁彦短篇小说的创作特色做了概括：一是善于描写乡村小资产阶级的心理与生活，二是感伤色调的运用，三是浓郁的具有浙东农村气息的地方色彩，四是朴素、自然的艺术特色。芷茵在《王鲁彦的短篇小说》（《宁波师院学报》1984 年第 3 期）一文中认为，朴实自然的风格、细腻委婉的描写手段、浓郁挚厚的乡土风味以及反映社会生活的深刻凝练是王鲁彦作品广受重视的原因所在。沈斯亨在《鲁彦的乡土小说探析》（《文学评论》1984 年第 5 期）一文中提出，王鲁彦的早期乡土小说极富故事性情节，大多描写乡村小有产者的生活命运的变迁及其相应的人生态度。同时，也侧重于描绘诸如结婚、宴请、造屋、冥婚等多种民间习俗，展现了非常富于地方特色的各种风俗画面。刘增人、陈子善在《试论鲁彦的“乡土文学”创作》（《齐齐哈尔师范学院学报》1987 年第 2 期）一文中提出，鲁彦以丰富的地方色彩、浓郁的乡土情调表现民族传统的心理和风习，从而显示了独特的美学倾向和对生活的理解思索。曾华鹏在《论王鲁彦的乡俗小说》（《扬州师院学报》1994 年第 3 期）一文中提出，王鲁彦小说的民俗描写是与社会生活的反映、人物形象的塑造、思想主题的表现以及艺术风格的形成紧密相联系的。隋清娥的《论王鲁彦小说现实主义创作方法的形成与发展》（《聊城师范学院学报》1995 年第 3 期）一文分徘徊于抒情与写实之间、现实主义初步形成、批判现实主义、革命现实主义四个阶段对王鲁彦小说现实主义创作方法做了探讨。赵新顺在《鲁彦乡土意识对艺术形式的选择》(《濮阳教育学院学报》2003 年第 4 期)一文中指出,鲁彦为了最有效地表达自己的乡土意识,采用对照手法,展开和加强人物之间的矛盾冲突;运用多种心理描写方法,刻画乡民的精神世界;采用"受难记"情节模式,加强人物性格的展示和故事的震动力量。在《现代意识观照下的乡民精神世界——王鲁彦小说乡土意识论》(《殷都学刊》2004 年第 3 期)一文中,他又提出,王鲁彦以现代意识来审视故乡,发现乡民对现代文明充满了隔膜。他认为,故乡乡民不仅在价值取向上拒绝认同现代文明,与现代文明格格不入,而且千方百计排斥、打击业已接受现代文明的乡民。在封建思想的长期浸淫下,乡民们已经形成了一整套超稳定的封建思想价值标准,当现代文明逐渐渗透到乡村时,乡民们并不是热烈拥抱现代文明,而是从自身的价值标准出发,以异端的眼光来衡量现代文明。他的《王鲁彦——乡村小有产者的表现者与批判者》(《新乡师范高等专科学校学报》2004 年第 3 期)一文则把目光投向了王鲁彦笔下的小有产者阶层,认为王鲁彦以自然、朴素的风格表现了小有产者对富裕生活的正常追求,也批判了金钱崇拜对他们造成的人性异化。沈斯亨在《鲁彦小说的现实主义》(《广播电视大学学报》2005 年第 1 期)一文中提出,地域的乡土特色、独特的抒情格调、植根于现实的心理描写以及平凡的生活场景为题材揭示社会人生的内在意义,并且将时代风浪引入作品,展现时代的历史动向,构成了鲁彦小说的现实主义创作特点。秦弓在《论王鲁彦小说的心理世界》(《广播电视大学学报》2005 年第 3 期)一文中认为,王鲁彦的小说刻画了五四落潮后知识分子伤感与愤激、迷惘与执着的个性心理,少男少女与商人妇微妙、幽曲、复杂的性心理,儿童的偶像崇拜心理,以及仇富、保守、冷漠等社会心理和嫉妒等原始根性,拓展了现代文学的心理空间。周春英的《论王鲁彦乡土小说的地域文化特色》(《内蒙古财经学院学报》2005 年第 4 期)一文以王鲁彦乡土小说中的风俗民情为突破口,分析了其中的地域文化特色,认为王鲁彦的乡土小说十分生动地展示了浙东的地域文化风情,揭示了农民的愚昧落后与无奈。她指出,王鲁彦从浙东这块土地上获得了丰富的生活积累和情感积淀,形成了自己的文化心理:既对故乡的自然景色、普通民众、亲人有深刻的依恋之情，又对家乡的拜金主义、民众的愚昧、冷漠深恶痛绝。他在作品中所描写的风俗民情，反映了家乡人民的生活、心理、宗教、风俗，也传承和弘扬了具有几千年历史的浙东文化，是现代文学史上不可多得的风俗民情乡土画。她还在《王鲁彦乡土小说的民俗事象研究》(《宁波教育学院学报》2008 年第 5 期)一文中提出，王鲁彦的乡土小说以家乡的民俗事象为素材，经过精细的加工、提炼而构建故事情节，十分生动地展示了浙东地域文化风情，也通过家乡现实生活中人们的行为和思想，揭示了他们的愚昧麻木、宿命迷信等精神病态，批判了乡民的愚昧迷信。同时，周春英、孟莹莹的《女性意识的萌芽——论王鲁彦笔下的女性形象》(《宁波教育学院学报》2009 年第 4 期)一文对王鲁彦笔下李妈、阿芝婶、陈老奶三位女性形象做了探讨，认为她们在与命运的抗争中，显示了各自独特的个性和命运，从她们身上体现出了中国女性从接受命运的安排、服从外在势力的调派到积极改善自己的现状这一发展轨迹，女性意识开始萌芽。周春英、曹妍的《王鲁彦小说叙事技巧》(《宁波大学学报》2009 年第 5 期)一文探讨了王鲁彦小说的四大叙事技巧：选择家乡作为叙事空间；根据表达感情和塑造人物的需要灵活转换叙事视角；为了更好地吸引读者而前后调动叙事时间；叙事手法的巧妙运用。叶志良、楼莹璐的《鲁彦乡土小说的风俗文化现实主义倾向》(《金华职业技术学院学报》2011 年第 4 期)一文认为，王鲁彦的乡土小说以丰富的浙东风俗描绘、深刻的社会心理刻画、“温情脉脉”式的批判，展示了风俗文化现实主义倾向，触摸到乡土中国的生存风貌和历史变迁。在最俗常的风俗生活的世态中感受中国人的生存状况、种族心理，乃至中国知识分子在传统与现代文化错位中的精神危机，为现代中国文化重建与文学审美的提升，带来诸多启示。陈纯洁的《王鲁彦乡土小说的美学意蕴》(《广东技术师范学院学报》2011 年第 3 期)一文认为，王鲁彦乡土小说包含着多重的美学意蕴，作者倾其真情悲叹小人物的命运，在对故乡意象的审美创造和乡土民俗的描绘中，寄寓着对人性的深刻思考和审美理想，并且真切地表达对正直、质朴的人格美的追求。周春英的《论经济因素对王鲁彦乡土小说叙事的影响》(《中国现代文学研究丛刊》2013 年第 6 期)一文探讨了王鲁彦小说中的经济活动、经济观念、经济象征物三类经济因素，以及经济因素对人际关系和小说叙事的影响。

上海暨南大学校友会编的《许杰先生纪念文集》(内部资料 1996 年版)分三个部分:第一部分"怀念与回忆",均是许杰的朋友、学生和家属的怀念和回忆文章;第二部分"革命的一生",记述和介绍许杰生平的文章和年表;第三部分"许杰遗文选辑",选登了作家的两篇文章和二十首诗词。葛中义的《评许杰的小说创作》(《绍兴师专学报》1983 年第 2 期)和余凤高的《论许杰创作中的一次"转向"》(《中国现代文学研究丛刊》1984 年第 3 期)是较早研究许杰小说的专论。前者认为,许杰的小说创作在艺术表现上的特点主要在于作品中情节发展与人物心理表现的水乳交融。后者提出,在探讨许杰 1925 年创作发生的重大变化时,不应只从流浪青年的生活描写这一题材着眼,而且他当时还受到弗洛伊德主义的影响;而当他接受进步社会科学理论之后便摒弃了夸大性意识的心理分析,重新回归现实主义。施建伟的《神州文坛的奋战者——论许杰的文学道路》(《内蒙古民族师院学报》1986 年第 1 期)一文系统梳理了许杰不同时期的文学创作情况。杨剑龙在 90 年代将研究目光投向了许杰的乡土小说。他在《写出乡村社会无灵魂的灰色人生——论许杰的乡土小说》(《上海师范大学学报》1994 年第 3 期)一文中认为,许杰的乡土小说创作始终以其故乡浙江天台的乡镇生活为素材,呈现出十分浓郁的地方色彩和乡土气息,以细腻的笔触描绘枫溪村独有的浙东乡村的景色。90 年代对许杰的乡土小说加以研究的还有钱英才和张艺声等人。钱英才在《许杰小说的探索道路》(《杭州师范学院学报》1994 年第 1 期)一文中认为,许杰写乡土小说,无论山川景物、野蛮习俗,还是剽悍民风、方言土语,都体现了台州地区的文化色彩,有明确的指认性。张艺声在《许杰乡土文学的审美意蕴》(《文艺理论研究》1994 年第 1 期)一文中指出,许杰有关农村生活的十多篇小说之所以被人们称为"乡土文学",主要在于他着眼于"地方色彩",无论是题材、人物、语言乃至作品的基调,都充溢着淳朴的泥土气和浓郁的风俗味。他在《许杰乡土文学三重性的探究》(《台州师专学报》1994 年第 1 期)一文中认为,许杰的乡土文学形象地描绘了天台封建宗法社会中农民愚昧、觉醒与抗争的面面观,富有深层意蕴。郭小平在《由〈惨雾〉看许杰艺术创作的"个性表现"》(《泰安师专学报》2000 年第 5 期)一文中认为,许杰的创作"个性"体现在客观冷静的现实主义手法和浪漫主义手法的结合，体现在写实笔调中融合细腻的心理描写，也体现在善于利用环境描写来烘托人物的情感和心理以渲染气氛。

许钦文的自传散文著作《钦文自传》(上海图书公司 1936 年版)是一本研究作家生平、思想和创作最完整的由作家本人提供的珍贵史料，也是作家唯一一部自传。钱英才的《许钦文评传》(浙江大学出版社 1990 年版)是第一部全面、系统地研究许钦文的专著。该著在历时态中梳理了许钦文一生的创作历程，并在共时态中考察了作家的内在创作规律及其审美价值，纵横交叉，史论结合，使研究对象得以全方位凸显。他的《许钦文年谱简编》(《杭州师院学报》1985 年第 3—4 期)则是学术界对许钦文研究所做的第一份年谱。鲁雪莉的《越文化视野中的乡土作家——许钦文传论》(中国社会科学出版社 2011 年版)分上下两编，上编通过梳理许钦文的人生历程，考察作为母体文化的越文化如何深刻影响许钦文。在结构上经纬交错，以生平活动为经，以创作活动和文化实践为纬，共时态地展现其创作活动的发生、发展过程，展现其人生历程与创作内容、创作风格之间密不可分的必然联系。下编以地域文化为依托，将许钦文的创作置于越文化的观照视野中，从小说、散文、文论等各方面对他的创作进行了细致的梳理和分析，力图全面展示其丰富而独特的创作风貌。刘一新、谢德铣、钱英才等人较早对许钦文的小说艺术做了探讨。刘一新的《许钦文小说的特色》(《杭州大学学报》1982 年第 4 期)一文提出，许钦文的小说之所以为人们所重视，主要原因是它生动地写出了民间的生活，创造了种种青年知识分子的形象，在讽刺艺术的运用和乡土人情的描写等方面，有不少独特的创造。谢德铣的《许钦文和他的小说》(《齐鲁学刊》1986 年第 5 期)一文从许钦文的生平和创作道路、代表作《故乡》、小说的思想艺术成就等三方面展开论述。钱英才的《论许钦文小说的创作特色》(《杭州师范学院学报》1989 年第 4 期)一文认为，个人经历与小说描写内容的一致性、小说的散文化、讽刺手法、心理描写和白描的运用、多种体式的尝试、个性化的语言、自然朴素的风格是许钦文小说的创作特色。90 年代以来，杨剑龙在《论许钦文的乡土小说》(《扬州师院学报》1990 年第 2 期)一文中指出，许钦文全身心地挚爱着故乡真善美的事物，憎恨着故乡假恶丑的现实，漂泊于难以认同的都市文化环境中，着意描画着梦萦魂绕的故乡山水、故乡人事，寄寓着内心浓郁的乡愁与乡情，真切地反映了乡村社会的时代风貌。鲁雪莉在《坚硬“土性”：越文化植被下的精神传承——许钦文乡土小说的文化底蕴与精神意义》（《浙江师范大学学报》2008 年第 6 期）一文中提出，许钦文的乡土小说是在越文化的土壤中孕育产生的。其乡土小说演绎出了土性十足的浙东坚硬民风与民气，形成了以启蒙为主导的沉重坚实的创作主题，呈现了独特的文化底蕴与精神意义。她在《越文化视阈下的乡土言说——许钦文师承鲁迅的乡土小说独创性意义》（《江西社会科学》2013 年第 2 期）一文中认为，许钦文与鲁迅有直接的师承关系，其乡土言说与鲁迅创作的精神内涵有着显著的联系性与承续性。此种承传，最重要的是两位作家出自同一地域——受到越文化精神的滋养，也正由于此，许钦文的乡土小说具有独特的意义与价值。

有关巴人研究的专著目前可见的有十部：戴光中的《迟到的怀念与思考——关于巴人》（浙江文艺出版社 1990 年版）、钱英才的《巴人的生平与创作》（浙江文艺出版社 1990 年版）、王欣荣的《大众情人传——多视角下的巴人》（上海社会科学院出版社 1990 年版）、《王任叔巴人论》（文化艺术出版社 1991 年版）、《巴人年谱》（巴人研究学会内部发行）、王克平的《巴人研究》（上海书店 1992 年版）、袁少杰的《巴人评传》（辽宁大学出版社 1994 年版）、戴光中的《巴人之路》（华东师范大学出版社 1996 年版）、方凡人的《巴人传》（湖南文艺出版社 1997 年版）、上海鲁迅纪念馆的《巴人先生纪念集》（人民文学出版社 2001 年版）。《迟到的怀念与思考——关于巴人》是第一次全国巴人学术讨论会的成果结集，由巴人研究学会委托戴光中选编。该专集收集了唐弢、蒋天佐、浩然、楼适夷、谷斯范、周而复、许杰、庄启东、柯灵等十位老同志以及王克平的回忆文章，又收集了陈丹晨、吴中杰、盛钟健、袁少杰、杨义、钱英才、戴光中、骆寒超、周佩红、陈福康、范民声、马蹄疾等十二位学者的论文，书后配有重要附录——《王任叔自传》和《巴人著译书目》。该专集是我国第一部巴人研究专集，具有很高的史料价值和学术价值。《巴人的生平与创作》采用纵横交叉、史论结合的写法把巴人的生命流程与文学创作相结合，勾勒了巴人作为无产阶级文化战士与著名作家的真实形象。

全书史料丰富翔实、剖析细致周到、立论公正可信，是一部有见地的学术论著。《大众情人传——多视角下的巴人》《王任叔巴人论》《巴人年谱》三本专著是山东社会科学院王欣荣教授费时十多年、倾注全力推出的一套具有重要学术价值的巴人研究著述。《大众情人传——多视角下的巴人》采用历史学、方志学、文艺学等科研成果，对巴人悲壮的经历做了多视角的审视与描绘；《王任叔巴人论》对巴人在诗歌、小说、戏剧、杂文、文艺理论、鲁迅研究、编辑出版等各方面的成就做了专题研究，从而构成了对巴人的全方位研讨；《巴人年谱》是以巴人研究学会名义编印出版的内部发行的专著，除把巴人生平经历和著述逐条编年整理外，还对有关条目的来源做了详细引证，是研究巴人及中国现代文学的重要工具。《巴人研究》是第三次全国巴人学术讨论会的成果结集，由巴人学术讨论会委托王克平选编。该专集收集了韩念龙、周而复、陆诒、骆宾基、王士菁、徐开垒、丁景唐等二十位老同志的回忆文章，又收集了王铁仙、卢豫冬、张梦阳、吴修、魏桥等二十三位学者的论文。该专集参照《迟到的怀念与思考——关于巴人》的体例编选，其内容可作为第一本巴人研究专集的补充。《巴人评传》在总结他人研究成果的基础上，以极大的热情和丰富的史料，全方位地、深入详尽地描述和评论了巴人的生平与著作(包括巴人在印尼历史研究方面的成就)。全书观点鲜明、史料翔实、激情洋溢，突出体现了“以血代墨、鞠躬尽瘁、死而后已”的不朽的巴人精神(柯灵题词)。该书被列为辽宁省哲学社会科学“七五”规划重点项目，是一部难得的巴人研究力作。《巴人之路》是一本雅俗共赏的巴人传记和巴人作品合集。作者以简练生动的语言描写巴人的革命经历和文学活动，突出表现巴人的爱国主义精神。该书在巴人研究的普及化方面做了可贵的尝试。《巴人传》分剡江之畔千里驹、翠竹月湖风云起等 18 卷详细介绍了巴人的一生。上海鲁迅纪念馆编的《巴人先生纪念集》(人民文学出版社 2001 年版)分三个部分：第一部分“回忆与纪念”，收录了作家后人、生前好友等人所写的回忆性文章；第二部分“学术研究”，收录了 16 位学者的巴人研究论文；第三部分“史料”，收录了作家的自传、部分日记、信件，及其年表、著译书目。研究巴人小说创作的专论有：杨义的《论王任叔在中国现代小说史上的地位》一文被收入他的专著《中国现代小说史》(第一卷)，他把巴人的小说创作成就与叶圣陶、王统照、许地山并列，确立了巴人“人生派”小说大家的历史地位。陈国恩在《巴人乡土小说探析》(《宁波师院学报》1986 年第 3 期)一文中指出，乡土小说的创作纵贯了巴人整个文学道路，并以其个性特色和可观的艺术成就而在新文学中占有不可忽视的地位。文章从巴人乡土小说创作的三个阶段，对其变化发展做了探析。戴光中的《对于农民起义的卓异思考——评巴人的〈莽秀才造反记〉》(《宁波师院学报》1987 年第 4 期)从历史、文化的角度对巴人的获奖长篇小说《莽秀才造反记》做了具有深度和力度的评论，指出王锡彤对老庄哲学和历史兴废的反思，隐现着巴人自己的观察与思考，而巴人正是依据中国知识分子这一历史性格来展示王锡彤的心灵世界的。王欣荣的《实践的文学:王任叔小说创作评析》(《社会科学战线》1991 年第 2 期)一文分别对王任叔早期的散文化抒情小说、浪漫主义的私小说、20 年代中期的乡土小说、20 年代后期的普罗小说、30 年代的社会剖析小说做了整体观照。钱英才在《巴人小说美学三题》(《杭州师范学院学报》1991 年第 5 期)一文中指出，巴人对现实美的认识有一个特点，就是强调真实。这种强调真实，并非是那种照相式的对生活全盘照抄，而是打上了创作主体的思想感情烙印，是一种主观化的真实，是一种主客观统一的真实。陈国恩的《巴人作品使用宁波方言得失略论》(《宁波师院学报》1994 年第 4 期)和《巴人作品宁波方言词语释义》(《宁波师院学报》1996 年第 4 期)均探讨了巴人作品中的宁波方言词语。杨剑龙在《论王任叔小说中的阿 Q 家族》(《宁波大学学报》2001 年第 3 期)一文中指出，鲁迅笔下的阿 Q 使王任叔深受感染，在他小说中刻画的“光棍党”身上，可以见到阿 Q 的影子，成为其小说中的阿 Q 家族。张永、石爱国在《巴人乡土小说论》(《常熟理工学院学报》2009 年第 1 期)一文中指出，巴人乡土小说的民俗描写特色，一方面表现为对封建宗法制家族的揭示，另一方面则表现为运用民间故事来提炼小说的题材。

资料研究方面，作为《中国现代文学史资料汇编 · 乙种》之一，艾以、沈辉、卫竹兰、李国柔编的《王西彦研究资料》(北京十月文艺出版社 1996 年版)对王西彦的深入系统的研究有着不可低估的作用。这部编著分为“生平资料”“创作自述”“研究论文选编”以及作品系年、著作书目、研究资料目录等有关资料，内容极其丰富，可谓为王西彦研究资料搜罗整理的拓荒之作和集大成者。此外，白烨的《王西彦评传》(载《中国现代作家评传》第 4 卷，山东教育出版社 1986 年版)以作家生平历程、文学道路和创作评论相结合的形式，较为清晰地勾画了王西彦的人生轨迹和创作流变。艾以的《王西彦年谱》(载《王西彦研究资料》，北京十月文艺出版社 1996 年版)是迄今为止最完整的谱系。王西彦研究真正开始的标志是许杰于 1936 年 12 月在《立报・言林》上发表的《王西彦的〈寻找道路的人〉》一文，最早以专文评述王西彦小说的思想内容，肯定了作品所表现的一个具有民族气节的年轻人寻找生活道路的积极的人生观。而张晋业《试论王西彦的短篇小说创作》(华中师范学院《研究生学报》1984 年第 5—6 期)则是新时期较早的综合性评论，对王西彦新中国成立前的短篇小说创作发展线索进行了勾画和评析。苗山的《王西彦的乡土小说探析》(《绍兴师专学报》1986 年第 1 期)探讨了人生经历与王西彦乡土小说创作之间的关系。杨义的《王西彦：穿越乡土与人性的废墟》(《中国现代文学研究丛刊》1990 年第 3 期)一文探讨了王西彦小说中悲凉乡土上的坚韧人性、寻梦者的困惑和失落。姜振昌、季雅群的《贫穷与封建文化联姻的畸形儿——谈王西彦笔下的童养媳形象》(《临沂师范学院学报》2004 年第 4 期)一文认为，王西彦笔下童养媳在非人的生存困境中被严重异化，达到奴化的绝境，成为中国现代文学史上异化最严重、命运最悲惨的一类女性。同前文一样，朱向军的《没有抗争的悲剧——论王西彦〈悲凉的乡土〉上的女性》(《名作欣赏》2013 年第 17 期)一文也关注了王西彦笔下的女性形象。他在《王西彦：承前启后的浙东乡土作家》(《江西科技师范大学学报》2013 年第 3 期)一文中则指出，王西彦的乡土小说既继承了鲁迅等第一代乡土作家的批判传统，又将乡土文学向前推进了一大步，有着自己的特色，并引领着新时代的乡土文学，在乡土文学史上尤其是在浙东乡土文学史上，起到了承前启后的作用。

鲁迅 1929 年所作《〈二月〉小引》可谓最早的柔石作品评论。新时期关于柔石的宏观研究中具有里程碑意义的成果当数郑择魁、盛钟健的《柔石的生平和创作》(浙江文艺出版社 1985 年版)。该书分为上下两编，上编用浅显而精练的语言分十章叙述了柔石的生平和思想发展，引用了柔石日记、书信及亲友回忆等许多原始资料；下编运用历史和美学的方法对柔石的文学创作进行分类评述,并介绍了一些未发表的作品。这是国内第一本研究柔石的专著,详细而完整地展现了柔石的生平和创作。王保生的《柔石论》(《中国现代文学研究丛刊》1979 年第 1 期)是新时期对柔石的创作道路和文学成就进行整体把握的最早也最具影响的论文。它从柔石的具体小说文本出发,对其中反映的人道主义和个性解放思想以及主要人物等进行了科学的、实事求是的分析和评价。类似的研究文章还有吴小美的《柔石的创作道路》(《西北师大学报》1980 年第 3 期)、《柔石的创作道路(续完)》(《西北师大学报》1980 年第 4 期)等。微观研究上较有代表性的是毛海莹的《从民俗学角度重读柔石〈为奴隶的母亲〉》(《中国现代文学研究丛刊》2013 年第 11 期)一文,借助文艺民俗学学科研究方法,通过对柔石《为奴隶的母亲》的文本细读,在分析"典妻婚"女性民俗心理的基础上透视其背后文艺民俗的审美本质。

有关魏金枝和潘漠华的研究成果大多是某一作品的具体分析,整体分析的成果相对较少。如王尔龄的《魏金枝乡土小说概观》(《天津师大学报》1987 年第 6 期)整体勾勒了魏金枝的乡土小说创作历程,杨剑龙的《论潘漠华的小说创作》(《贵州社会科学》1992 年第 1 期)则梳理了潘漠华三个时期的创作风貌。

比较研究是近年来浙东乡土小说研究的新向度,又可以分为作家对作家、文学思潮对作家的影响研究和作家之间的平行研究两类。

杨剑龙在《论鲁迅对许钦文创作的影响》(《上海师范大学学报》1995 年第 3 期)一文中认为,许钦文的小说创作,除了在反封建的写实手法、小说的讽刺笔调和小说的艺术构思等方面受到鲁迅的深刻影响外,鲁迅的具有浓郁乡土气息的小说使许钦文的创作贴近了土地,洋溢着浓浓的地方色彩,鲁迅小说的白描手法影响了许钦文以简洁的速写笔法进行创作,追求作品的直率素朴。在鲁迅的影响下,许钦文在乡土文学创作的道路上执着前行,以其乡土小说浓郁写实的乡土风味、平易质朴的速写笔法、无可奈何的悲愤色彩,构成其乡土小说平实悲怨的艺术风格。傅红英在《论浙东乡土作家群对鲁迅创作精神的承传》(《浙江师范大学学报》2002 年第 6 期)一文中认为,浙东乡土作家的创作立足于浙东乡土,承传了鲁迅深刻的文化批判精神,从而写出了外来资本冲击下浙东农村的生活现状和农民意识形态的变化，拓宽了乡土文学的表现范畴。袁荻涌在《王鲁彦与外国文学》（《贵州师范大学学报》2003年第6期）一文中提出，受外国文学的熏陶，王鲁彦的小说很重视刻画人物的心理活动，善于运用多种手法揭示人物隐秘的内心世界。

陈顺宣、张艺声在《三星闪烨天台山——许杰、王以仁与陆蠡的比较研究》（《浙江师范大学学报》1995年第2期）一文中提出，许杰创作的制高点是天台山的农民生活。他的乡土小说对故土的各种民俗风物、传统陋习做了多角度、多层次的描绘，从中可以观照到天台山农村形形色色的"社会角"。若谷在《交相辉映的文学双子星——王任叔和许杰》（《丹东师专学报》1998年第1期）一文中提出，王任叔和许杰同年出生在浙东，有相近的家境、类似的文学活动经历，有共同的文学引路人和文学师友，参加了共同的文学社团，在文学创作和文学论争中，相互支持，携手共进，在苦难的生活中，相互求助，他们为现当代文学的发展做出了宝贵的贡献。王鸿儒的《植根于中国现代乡土的文学——王鲁彦、蹇先艾乡土小说之比较》（《常州工学院学报》2002年第1期）一文通过对王鲁彦、蹇先艾小说的比较研究，探讨了植根于中国现代乡土的乡土文学这一重要的、现实主义的文学流派，以及两位作家各自的贡献、风格特点和在中国现代文学史上的重要地位。王吉鹏、黄一幗的《鲁迅与王鲁彦》（《海南师范学院学报》2005年第6期）一文对王鲁彦的文学创作与鲁迅的乡土文学作品进行了比较，认为执着现实、展现乡土是王鲁彦与鲁迅乡土小说创作的起点。袁红涛在《乡土小说中的宗族景观——论〈惨雾〉〈械斗〉和〈岔路〉》（《宿州教育学院学报》2007年第2期）一文中认为，在乡土小说发轫时期，《惨雾》《械斗》《岔路》等集中展现了传统乡村社会中宗族械斗的场景和故事。它们篇幅长短不同，叙述姿态有异，但是对宗族械斗乃至于对宗法乡村社会愚昧性的揭示，共同显示了新的观念的觉醒和新的时代立场。

综上所述，浙东文化构成了浙东乡土小说研究一个不可或缺的维度，地方风俗提供了浙东乡土小说研究一种独特的观察视角与别开生面的洞见，而多种视角的个案研究则有利于浙东乡土小说深层意蕴的挖掘。综观当前的研究，一定程度上还存在顾此失彼、以偏概全的现象，因而对浙东乡土小说形成了或轻或重的误读。我们说，浙东乡土小说和浙东文化是双向互动的。浙东乡土小说对浙东文化而言，既有文化传承，更有价值重塑。而浙东文化则是滋养浙东乡土小说的土壤，其“基因密码”是打开浙东乡土小说之门的一把钥匙。但当前的研究较多关注浙东乡土小说对浙东文化的传承，而其对浙东文化的重塑和超越则关注不够，对浙东乡土小说和浙东文化的渊源疏于谈及，浙东民俗对文学浸润的研究也略嫌不足，这方面的研究尚有很大空间。对地域文化和文学关系的研究中，较多的是对地域文化和作家创作两方面的实证性描述，而较少探究两者之间的关系，这容易造成文化和文学两层皮。同时，大部分研究还停留在对浙东乡土小说的爬梳整理上，满足于印象式、感悟式的研究而少有理论方面的提升，且存在观点陈旧和重复论证的情况。当前的浙东乡土小说研究大多着眼于文化内涵层面，对其中涉及的民间语言、形象谱系、创作范式则有待于进一步系统化和深化。现有研究中虽不乏人物形象分析，但尚缺乏对浙东乡土小说中的人物做整体观照。这都有待于我们在今后的研究中加以扩展。

二、民间文化和浙东乡土小说的双向互动

地域文化作为一种文化原型，一种区域性的集体无意识，“不仅影响了作家的性格、气质、审美情趣、艺术思维方式和作品的人生内容、艺术风格、表现手法，而且还孕育出了一些特定的文学流派和作家群体”。[①] 这种对于地域文化和文学关系的研究，早已是一种形成共识的研究模式，古今中外不乏此类论述。法国文学批评家史达尔夫人曾在她的《论文学》中提出“存在着两种完全不同的文学，一种来自南方，一种源出北方”。法国史学家兼文艺理论家丹纳在《艺术哲学》中承续了史达尔夫人的这一思路，并更加强调了地理环境对于人性、文艺的重要濡染作用。他指出：“自然界有它的气候，气候的变化决定这种那种植物的出现；精神方面也有它的气候，它的变化决定这种那种艺术的出现。”他同时认为：“作品的产生取决于时代精神和周围的风俗”，因为

① 严家炎：《〈二十世纪中国文学与区域文化丛书〉总序》，载《理论与创作》1995年第1期，第10页。

"有一种'精神的'气候,就是风俗习惯与时代精神,和自然界的气候起着同样的作用……必须有某种精神气候,某种才干才能发展,否则就流产"。[①] 美国小说家加兰说:"艺术的地方色彩是文学的生命力的源泉,是文学一向独具的特点。地方色彩可以比作一个人无穷地、不断地涌现出来的魅力。"他从历史和现实、理论和实践的"宏观"把握中,看出了地方色彩和各国艺术的必然联系:"今天在每一种重大的、正在发展着的文学中,地方色彩都是很浓郁的。"[②]他甚至过激地做出了这样的结论:"应当为地方色彩而地方色彩,地方色彩一定要出现在作品中,而且必然出现,因为作家通常是不自觉地把它捎带出来的;他只知道一点:这种色彩对他是非常重要的和有趣的。"[③]所以,他认为只有土生土长的人才能写出本国的地方色彩来。马克思、恩格斯在阐释地理环境和人类生活、生产及社会发展的相互关系时曾指出:"任何历史记载都应当从这些自然基础以及它们在历史进程中由于人们的活动而发生的变更出发",而"这些自然基础"就是"各种自然条件——地质条件、地理条件、气候条件以及人们所遇到的其他条件"。[④] 童明则更为直接地指出:"地域文学倚赖的是一个地区的文化、社会和历史背景。如果背景改变了,作品也就随之完蛋了。乡土文学同样依赖具体的地理背景,但通过插入民间传说、历史、独异性、习俗、信仰和语言而更加强化了地方的细节。"[⑤]可见,他们都很强调生长环境对作家深刻而无法替代的艺术影响,并认为只有土生土长的人才能写出本国的地方色彩来。

这种对于地域文化和文学之间依存关系的认识,中国也是自古有之的。早在《左传·襄公十八年》的记载里,就出现了"北风"和"南风"之说;在《吕氏春秋·音初》篇里,也有"南音"和"北音"之别。南北气候差异对相应人群性格的影响在《礼记·中庸》中也有关注:"南方谓荆扬

---

① 〔法〕丹纳:《艺术哲学》,傅雷译,安徽文艺出版社 1991 年版,第 79 页。

② 〔美〕加兰:《破碎的偶像》,转引自刘保端:《美国作家论文学》,生活·读书·新知三联书店 1984 年版,第 84 页。

③ 同上,第 89 页。

④ 〔德〕马克思,恩格斯:《马克思恩格斯选集》(第 1 卷),人民出版社 1972 年版,第 24 页。

⑤ 〔美〕童明:《美国文学史》,译林出版社 2002 年版,第 11 页。

之南，其地多阳。阳气舒散，人情宽缓和柔；北方沙漠之地，其地多阴，阴气坚急，故人刚猛，恒好斗争。……宽柔以教，不报无道，南方之强也，君子居之。衽金革，死而不厌，北方之强也，而强者居之。"刘勰在《文心雕龙·物色》中提出："若乃山林皋壤，实文思之奥府，略语则阙，详说则繁。然屈平所以能洞监风骚之情者，抑亦江山之助乎！"魏徵在《隋书·文学传序》中比较了南北朝时期南北文风之异："江左宫商发越，贵于清绮；河朔词义贞刚，重乎气质。气质则理胜其词，清绮则文过其意。理深者便于时用，文华者宜于咏歌。"孔颖达的《十三经注疏》就南北地域文化对人的性格的生成产生影响作过精细的评述："大抵人性类其土风。西北多山，故其人重厚朴鲁；荆扬多水，其人亦明慧文巧，而患在清浅。""北方沙漠之地，其地多阴，阴气坚急，故人性刚猛，恒好斗争"，而"南方谓荆扬指南，其地多阳，阳气舒散，人情宽缓和柔"。到了近代，对这一问题的关注更是不乏其人。刘师培在《南北文学不同论》中就形成南北文学之差异及成因做了比较分析："南方之文，亦与北方迥异。大抵北方之地，土厚水深，民生其间，多尚实际；南方之地，水势浩洋，民生其间，多尚虚无。民崇实际，故所著之文，不外记事、析理两端；民尚虚无，故所著之文，或为言志、抒情之体。"无独有偶，梁启超在其所著《中国地理大势论》中所持观点与刘师培大相径庭。他认为："燕赵多慷慨悲歌之士，吴楚多放诞纤丽之文，自古然矣，自唐以前，于诗于文于赋，皆南北各为家数。长城饮马，河梁携手，北人之气概也；江南草长，洞庭始波，南人之情怀也。散文之长江大河一泻千里，北人为优；骈文之镂云刻月善移我情者，南人为优。盖文章根于性灵，其受四周社会之影响特甚焉。"这些既往的论述均明确表征出地域文化和文学之间确实存在的密切关系。

20 世纪 80 年代中期，金克木率先提出了"文艺的地域学研究"的设想[①]，认为可以从文艺的地域分布、文体和风格流传的地理轨迹、某种文学艺术流派的地域等方面来开展定点研究。在文中，他从历史地理学出发，提出了文学（亦是文化）流变的地域性特征，并具体阐述了考察文学（文化）流变的地域性特征的四种（分布、轨迹、定点、传播）途径，意在

① 金克木：《文艺的地域学研究的设想》，载《读书》1986 年第 4 期，第 85—91 页。

说明，地域文学（文化）在岁月的流逝中不论发生何等显著的变化，也不可能在根本上脱开其所植根的地域性自然地理特征的内在制约。80年代末，袁行霈所著《中国文学概论》一书中的“中国文学的地域性与文学家的地理分布”一章，从先秦时期的《诗经》和《楚辞》一直梳理到唐诗宋词元曲和明清诗文，分别介绍了它们的地域文化特征及其表现。应该说，这是中国文学研究领域明确提出文学地域性命题并加以学术性探讨的开始。90年代中期，严家炎主编的“二十世纪中国文学与区域文化丛书”出版，此举是地域文化和中国现当代文学研究的重大突破。丛书的作者多为国内中国现当代文学研究界的中坚和新锐，其中包括吴福辉的《都市漩流中的海派小说》、李怡的《现代四川文学的巴蜀文化阐释》、费振钟的《江南士风与江苏文学》、彭晓丰和舒建华的《“S会馆”与五四新文学的起源》、刘洪涛的《湖南乡土文学与湘楚文化》、朱晓进的《“山药蛋”派与三晋文化》、绛增玉的《黑土地文化与东北作家群》、李继凯的《秦地小说与“三秦文化”》、魏建和贾振勇的《齐鲁文化和山东新文学》、马丽华的《雪域文化与西藏文学》等。[①] 由此可见，着眼于地域文化视角，“从特定地域的地理区域种型、历史文化传统造就的独特文学现象，探寻整体文学发展的某些普遍性的规律”，[②]不失为一条挖掘文学内核、研究文学地方特色的有效途径。

正如严家炎所言：

> 地域对文学的影响是一种综合性的影响，决不仅止于地形、气候等自然条件，更包括历史形成的人文环境的种种因素，例如该地区特定的历史沿革、民族关系、人口迁徙、教育状况、风俗民情、语言乡音等；而且越到后来，人文因素所起的作用也越大。确切点说，地域对文学的影响，实际上通过区域文化这个中间环节而起作用。即使自然条件，后来也是越发与本区域的人文因素紧密联结，透过区域文化的中间环节才影

---

① 参见凤媛：《江南文化与中国现代文学》，文化艺术出版社2008年版，第6—8页。

② 王嘉良：《辉煌“浙军”的历史聚合——浙江新文学作家群整体透视》，中国社会科学出版社2009年版，第3页。

> 响和制约着文学的。
>
> 从区域文化的角度研究20世纪中国文学，似乎还可注意抓取典型的具有区域特征的重要文学现象作为切入口。例如，浙江自“五四”新文学起来以后，出了那么多著名作家，各自成为一个方面的领袖人物和代表人物：鲁迅是现代文学的奠基人，乡土小说和散文诗的开山祖；周作人是“人的文学”的倡导者，现代美文的开路人；茅盾是文学研究会的主角，又是社会剖析派小说的领袖和开拓者；郁达夫则是另一个新文学团体创造社的健将，小说方面的主要代表，自叙传小说的创立者；徐志摩是新月社的主要诗人，新格律诗的倡导者；丰子恺则是散文方面一派的代表；等等。如果说五四时期文学的天空群星灿烂，那么，浙江上空的星星特别多，特别明亮。这种突出的文学现象应该怎样解释？除了越人自古以来自强不息、耻为人后这些文化心理因素之外，是不是和最近100多年浙江得风气之先，反清救国走在前列，去外国的留学生也特别多有关系呢？……实在很值得研究者去思考和探讨。从这个切入口进去，也许可以深挖出很多东西。[①]

文学具有地域性，这是不争的事实。问题是，地域文化氛围中形成的特定形态，为什么能在历史迁衍中作为一种文化基因代际相传呢？依高松年所言，根本原因在于“相对恒定不变的地域性自然地理环境，在衍生出特定的人文地理环境的同时，也酿成了地域人文大致趋于一致的文化气质和人格流向。而这种气质和人格的汇聚，就形成了一个地域相对同一并长相流动的历史文化传统[②]。”可见，正是地域的自然地理环境和历史文化传统沟通了作家的气质、禀赋、情感、意志，乃至人性、人格，从而使地域文学渊源得以在不同时代作家的笔下继承发扬并不断发展流衍。

---

① 严家炎：《〈二十世纪中国文学与区域文化丛书〉总序》，载《理论与创作》1995年第1期，第10页。

② 高松年：《当代吴越小说概论》，学林出版社1999年版，第161页。

地域性是一种很难消解的"惰性",一个作家可以离开故土,但他的创作总是离不开那片曾经生于斯、长于斯的土地。地域性也是乡土小说的底色和最根本的文化特质,我们不仅可以从中看到该地独特的民间文化,而且还可以看到其在传承民间文化过程中的重塑和超越。

在乡土小说理论方面开风气之先的是周作人。他在五四时期最早注意到了地方和文艺的关系,并在1923年的《地方与文艺》一文中说:

> 风土与住民有密切的关系大家都是知道的,所以各国文学各有特色,就是一国之中也可以因了地域显出一种不同的风格,譬如法国的南方普洛凡斯的文人作品,与北法兰西便有不同。在中国这样广大的国土当然更是如此。

这就是说,要使新文学的种子在中国本土生根开花,就必须倡导乡土文学,就必须研究本国的民风民俗。他又说:

> 这几年来中国新兴文艺渐见发达,各种创作也都有相当的成绩,但我们觉得还有一点不足。为什么呢?这便因为太抽象化了,执着普遍的一个要求,努力去写出预定的概念,却没有真实地强烈地表现出自己的个性,其结果当然是一个单调。我们的希望即在于摆脱这些自加的锁枷,自由地发表那从土里滋长出来的个性。
>
> ……现在的思想文艺界上也正有一种普遍的约束,一定的新的人生观与文体。要是因袭下去,便将成为新道学与新古文的流派,于是思想和文艺的停滞就将起头了。我们所希望的,便是摆脱了一切的束缚,任情地歌唱,……只要是遗传、环境所融合而成的我的真的心搏,只要不是成见的执着主张、派别等意见而有意造成的,也便都有发表的权利与价值。这样的作品,自然的具有他应具的特性,便是国民性、地方性与个性,也即是他的生命。
>
> 我们不能主张浙江的文艺应该怎样,但可以说他(它)总应有一种独具的性质。我们说到地方,并不以籍贯为原则,只

是说风土的影响，推重那培养个性的土之力。尼采在《察拉图斯忒拉》中说："我恳愿你们，我的兄弟们，忠于地。"我所说的也就是这"忠于地"的意思，因为无论何说法，人总是："地之子"，不能离地面生活，所以忠于地可以说是人生的正当的道路。现在的人太喜欢凌空的生活，生活在美丽而空虚的理论里，正如以前在道学古文里一般，这是极可惜的，须得跳到地面上来，把土气息、泥滋味透过了他的脉搏，表现在文字上，这才是真实的思想与文艺。这不限于描写地方生活的"乡土艺术"，一切的文艺都是如此。①

周作人认为，要克服文学革命后小说中出现的思想大于形象的偏向，要克服新文学在某种程度上的概念化的弊端，就必须提倡富有地方色彩的乡土文学。作家总是"地之子"，其文风特色的形成终究离不开其生长的地域环境"土气息、泥滋味"的浸润，离不开这种"培养个性的土之力"。

论及 20 世纪中国乡土小说，自然不得不提鲁迅。鲁迅选编的《中国新文学大系 · 小说二集》收入了蹇先艾、裴文中、许钦文、王鲁彦、黎锦明、李健吾等人的作品。他在《导言》中首次使用了"乡土文学"这一术语，写道：

蹇先艾叙述过贵州，裴文中关心着榆关，凡在北京用笔写出他的胸臆来的人们，无论他自称为用主观或客观，其实往往是乡土文学，从北京这方面说，则是侨寓文学的作者。②

尽管鲁迅在这里并未对"乡土文学"做出明确的界定，但他却勾勒了当时文学的创作概貌。他认为，凡是在北京追忆故乡风土人情和抒写乡愁的，无论用主观还是客观方法，都可以称为"乡土文学"。这紧紧抓住

① 周作人：《谈龙集 · 地方与文艺》，河北教育出版社 2002 年版，第 10、12 页。
② 鲁迅：《鲁迅全集（第六卷）·〈中国新文学大系〉小说二集序》，人民文学出版社 2005 年版，第 255 页。

了这一流派初期的特点。鲁迅同时也非常强调新文学作家汲取民间文艺加强文学地方特色的重要意义。他指出:“现在的世界,环境不同,艺术上也必须有地方色彩。”①他主张在作品中杂入“各地方的风俗,街头风景”,即因为“有地方色彩的,倒容易成为世界的,即为别国所注意。打出世界上去,即于中国之活动有利②。”比起理论倡导更起作用的,还是鲁迅的乡土小说创作实践。《呐喊》《彷徨》中的大部分小说,发表之初即被人视作乡土作品。张定璜在评论《呐喊》时就说过:“他的作品满熏着中国的土气,他可以说是眼前我们惟一的乡土艺术家。”③不管鲁迅的《祝福》等作品是否有意识地扎根地域进行写作,但其作品中的地域特色却是显而易见的。

茅盾同样倡导乡土文学。他选编的《中国新文学大系·小说一集》收入了徐玉诺、潘漠华、彭家煌、许杰、王任叔等人的作品,并在《导言》中称之为“描写农村生活的作家”。他很强调文学的地方色彩。在《小说研究 ABC》一文中,他认为作家要考察“那地方的生活状况、人情、风俗”,然后又补充说:

> 我们决不可误会“地方色彩”即是某地的风景之谓。风景只可算是造成地方色彩的表面而不重要的一部分。地方色彩是一地方的自然背景与社会背景之“错综相”,不但有特殊的色,并且有特殊的味。所以一个作家若为了要认识地方色彩而行实地考察的时候,至少要在那地方勾留几个星期,把那地方的生活状况,人情,风俗,都普遍的考察一下;匆匆的走马看花似的旅行一次,是不行的。
>
> 故事的托足的地方色彩,当然能增加故事的真实性和趣

---

① 鲁迅:《鲁迅全集(第十三卷)·340108 致何白涛》,人民文学出版社 2005 年版,第 5 页。

② 鲁迅:《鲁迅全集(第十三卷)·340419 致陈烟桥》,人民文学出版社 2005 年版,第 81 页。

③ 张定璜:《鲁迅先生》,载 1925 年 1 月《现代评论》,转引自丁帆:《中国乡土小说史》,北京大学出版社 2007 年版,第 10 页。

> 味。……[①]

这些认识成为茅盾写作《关于乡土文学》一文的基础。在该文中，他又说道：

> 关于“乡土文学”，我认为单有了特殊的风土人情的描写，只不过像看一幅异域图画，虽然引起我们的惊异，然而给我们的，只是好奇心的餍足。因此，在特殊的风土人情而外，应当还有普遍性的与我们共同的对于运命的挣扎。一个只具有游历家的眼光的作者，往往只能给我们以前者；必须是一个具有一定的世界观与人生观的作者方能把后者作为主要的一点而给与了我们。[②]

他和陈望道、刘大白、李达共同编写的《文学小辞典》中，还专门设立“地方色”一条用来解释文学的地方色彩：

> 地方色就是地方底特色。一处的习惯风俗不相同，就一处有一处底特色，一处有一处底性格，即个性。[③]

20世纪以来随着中国社会现代化进程的加快，古老乡村与现代都市的分化、变异随之加剧。许多“地之子”纷纷离开乡村，向城市迁徙，去“寻找意义的所在”。但来到城市后又备尝了孤独和寂寞，于是他们纷纷开始亲近和怀念生于斯、长于斯的故乡，以排遣内心的孤寂。这时，作为一种明净、淳美的生命自在状态象征的乡村总是会成为作家在城市经历颠簸、飘零之后的一块心灵栖息地。正如有论者所言，纵使作家将目光投向了更远的边界，但思想经历嬗变后，仍然“会不自觉地在

① 茅盾：《茅盾全集（第十九卷）·小说研究ABC》，人民文学出版社1991年版，第76页。

② 茅盾：《茅盾全集（第二十一卷）·关于乡土文学》，人民文学出版社1991年版，第89页。

③ 茅盾等：《文学小辞典》，载1921年5月31日《民国日报》副刊《觉悟》。

文本中回到自己的乡土，把那些从小接触的人物化成小说中的形象，留下自己在乡土中的思想掠影。”[①]可以说，乡土小说的底蕴正是一种情怀，是一个彷徨的漂泊者对故土的依恋和对回归精神家园的渴望。而乡村在作家的文化想象中代表的则是一个可以安放灵魂的“乡关”，是一片尚未被熏染的净土。

乡土小说是作家乡土情结的产物。但是从作者来看，“乡土文学在乡下是写不出来的，它往往是作者来到城市后的产物。”[②]作家只有在进入城市文化圈以后，才能更深切地体认乡村文化的真实状态，并在城市文明和乡村文明的反差中找到描写的视点。因封闭落后的封建宗法制度与光怪陆离的现代文明的冲突而产生的强烈心理反差迫使浙东乡土小说作家纷纷拿起手中之笔来描写“上流社会的堕落和下层社会的不幸”[③]。体现在创作中，则往往存在一种“离乡反观现象”。当身处故乡时，作家们往往以一种主位观察的心态体验乡村陋俗对人们精神的奴役，而来到城市之后，作家们又往往以一种客位观察的心态追忆乡村的美好。当他们以乡下人的眼光来打量城市时，往往表现出对故乡“净土”的深刻眷恋；而一旦以城市人的眼光关注乡村时，却又表现出对“乡村”的深刻批判。这种乡村蒙昧视角和城市文明视角的互换、互斥和互融成了浙东乡土小说作家共同的表现视角：有时用经过文明熏陶的“城市人”的眼光（那个经过城市文明——更进一步说是涌动着的五四新文化思想熏染过的动态的新人文主义观念）去俯瞰芸芸众生，强烈的主观色彩透露出作家不可遏止的对封建愚昧的民族文化心理的抨击；有时又用“乡下人”的眼光（那个保留在作者记忆里的对传统秩序下静态乡村的眷恋情结）去客观描写乡村中的人和风景。[④] 乡村生活作为一种固定的、隐形的早期经验完整地保留在了作家的记忆之中，成了作家永不磨灭的稳态心理结构。漂泊到大城市后，都市的喧嚣繁华非但没有给

---

① 吴秀明：《江南文化与跨世纪当代文学思潮》，浙江大学出版社 2009 年版，第 210、224 页。

② 严家炎：《中国现代小说流派史》（增订本），长江文艺出版社 2009 年版，第 74 页。

③ 鲁迅：《鲁迅全集（第七卷）·英译本〈短篇小说选集〉自序》，人民文学出版社 2005 年版，第 411 页。

④ 参见丁帆：《中国乡土小说史》，北京大学出版社 2007 年版，第 49 页。

他们带来欢快,反而使他们深切感受到了乡村因传统的农业文明和封建文化的积淀所形成的愚昧、落后、封闭、奴化的状态,以及由此而造成的种种陋习和悲剧。在两种文化和文明的极大反差中,他们感受到了作为"人"的觉醒,焕发出了作为知识分子的强烈忧患意识。由此而来的现代性焦虑,就表现为一种峻急而强烈的文化批判,并因此而造成了一种奇异而又正常的现象:描写农村生活的乡土小说,却因城市文化的催生而发芽;而创作乡土小说的作家,也往往是离开农村经受现代文明的冲击之后,再次站在都市文明的高度来返观故乡,从而突破了从乡村文化的内部视角来观察审视的局限。

五四以来,承载中国旧文化的乡村一直是中国现代小说作家关注的焦点,鲁迅自然也不例外。作为"地之子",不独其人格中具有鲜明的浙东性,其创作中也具有明显的民间色彩。鲁迅正是深怀对故土的依恋之情,肩负起了思想启蒙的使命,以文化视角来审视故土,以求"引起疗救的注意"。

鲁迅的创作虽然不能单纯以"乡土小说"来命名,但毫无疑问为"乡土小说"提供了经典范式,并顺理成章地对故乡的作家产生了深远的影响。在鲁迅的启发引领下,一批对故土深怀依恋之情,肩负思想启蒙使命的现代作家,纷纷以文化视角来审视故土,在自己寓居的城市书写故乡。这其中,浙东乡土小说作家表现尤甚。他们不仅和鲁迅承受了共同的文化传统的滋养,而且还经历了类似的人生苦旅。他们或来自贫困的农民或小镇市民家庭,或因为家境破败而与下层农民有着千丝万缕的联系。"家道中落的悲哀或原本贫困的惨淡童年,及坎坷痛苦的人生经历,使得这些作家对于社会现实的残酷黑暗有着强烈的心理体验。他们对下层劳动人民的接触和了解,使得他们对故乡故土有着深厚的情感。"[①]更重要的是,王鲁彦、许杰、许钦文、巴人、潘漠华等浙东乡土小说作家还不同程度地得到了鲁迅的扶持和帮助,他们大都是鲁迅的私淑弟子。他们对乡土题材的关注,固然有其艺术选择上的客观必然性,但与鲁迅的影响和引领自然是无法割离的。正如杨义所说,在"乡土写

---

① 王嘉良:《辉煌"浙军"的历史聚合——浙江新文学作家群整体透视》,中国社会科学出版社2009年版,第50—51页。

实派”作家的作品中，出现了与鲁迅的农村题材作品相关联的族类。一是《故乡》族类，即以平等的、尊敬的态度回忆作者童年时代留下深刻印象的农民朋友。如王鲁彦的《童年的悲哀》等。二是《祝福》族类，即那些对农村劳动妇女，尤其是被损害的寡妇，致以深切同情的作品。如王鲁彦的《李妈》、许钦文的《疯妇》等。三是《阿Q正传》族类，即以诙谐的笔调写悲惨的农村故事，体现了作者对落后的农村“哀其不幸，怒其不争”的复杂感情。如王鲁彦的《阿长贼骨头》、许钦文的《鼻涕阿二》、巴人的《疲惫者》等。[①] 无论归属于哪种族类，浙东乡土小说作家均凭借自己对乡风民性的真切感知，用生动细致的笔触向读者描述了一个逼仄和淳朴共存的浙东民间。

王鲁彦是一位被公认为“更多地师承了鲁迅的笔致、风格”的作家，并经常被归入鲁迅一派。他自取“鲁彦”笔名，明显有对鲁迅的效仿和师法。1920年1月，他到北京后加入了工读互助团，其间旁听了鲁迅讲授的《中国小说史》。在《活在人类的心里》一文中，他曾谈到了对当时鲁迅讲课的印象：“大家在听他的《中国小说史》的讲述，却仿佛听到了全人类的灵魂的历史，每一件事态甚至是人心的重重叠叠的外套都给他连根撕掉了。于是教室里的人全笑了起来，笑声里混杂着欢乐与悲哀，爱恋与憎恨，羞惭与愤怒……于是大家的眼前浮露出来了一盏光耀的明灯，灯光下映出了一条宽阔无边的大道……”[②]1925年5月14日，王鲁彦首次拜访鲁迅，并得到了鲁迅所赠送的《呐喊》。鲁迅还在为王鲁彦译作《敏捷的译者》所写的“附记”中亲切地称之为“‘吾家’彦弟”。[③]王鲁彦一直非常敬仰鲁迅，并视鲁迅为他的导师，从他的作品中可以明显地看到所受的鲁迅的影响。如第一个小说集《柚子》中的第一篇《秋夜》分明可以看出取法于鲁迅的《狂人日记》，以梦幻形式和象征手法叙写一个孤身战士欲拯救苍生而不得，于是荷戟彷徨，独怆然而涕下的凄苦心境。主人公被称为“疯子”，出现的狗是赵家的狗等细节也可见一

---

① 参见杨义：《中国现代小说史》（第一卷），人民文学出版社2005年版，第408—409页。

② 王鲁彦：《活在人类的心里》，载1936年11月《中流》第5期，转引自杨义：《中国现代小说史》（第一卷），人民文学出版社2005年版，第420页。

③ 鲁迅：《敏捷的译者·附记》，载1925年6月《莽原》第8期，转引自杨义：《中国现代小说史》（第一卷），人民文学出版社2005年版，第420页。

斑。鲁迅逝世后，他曾是八个扶棺人之一，并全程参与追悼大会。后来，他还写了一篇题为《活在人类的心里》的文章，沉痛悼念鲁迅。

许杰也曾在回忆录中自述五四时期受过鲁迅乡土小说的影响。在国民党连续发起的反共高潮中，许杰坚持弘扬鲁迅及其战斗精神。每逢鲁迅诞辰和逝世纪念日的前几天，他都会召集学生商量举办纪念鲁迅集会的事宜。集会上，他总是和学生一样积极发言，分析鲁迅作品的创作背景及其主题思想，颂扬鲁迅的立场、观点和态度，以此扩大鲁迅的思想影响力。平日里，不论在课堂上，还是在家里，他总是严肃地教导学生："要学习鲁迅先生的人生态度""做人，就要像鲁迅先生那样！"

自招为鲁迅私淑弟子的许钦文，与鲁迅关系极为密切。从浙江省立第五师范毕业不久后也漂流到了北京工读，并旁听了鲁迅的《中国小说史》。他在《从"故乡"到"一坛酒"》中说："时常有人说到我底作品很多是受鲁迅先生底影响的。当时关于创作的方法和理论委实太少可作参考的了，鲁迅先生的确是强有力的引导者，他在北京大学大楼讲《中国小说史》，每星期一小时，我是一定到的，因为他所讲的并非只是史底事实，而是重在批评，使我得到了许多关于描写的方式和原则。我在《晨报》副刊上发表一篇小说后，往往由孙伏园氏传来他底评语。后来我同他熟识了，去访时他常把刚写成的他自己的文稿给我看，并且说给我听他底作意，又随时直接评论我底作品，这是我受他底影响最重要的地方。"[①]据《鲁迅日记》记载，在与鲁迅长达14年（1923—1936）的交往中，许钦文去鲁迅处有162次，书信来往200余封。从1924年5月25日鲁迅移居北京西三条胡同新居后，在近十个月的时间里，鲁迅就与许钦文当面谈话达23次。鲁迅很孝敬母亲鲁瑞。与周作人分居后，鲁瑞就一直由鲁迅供养。为了让老人颐养天年，鲁迅曾多次专门委托许钦文购买张恨水、顾明道、周瘦鹃等人的小说给她看，尽管鲁迅自己并不喜欢这些"礼拜六""礼拜五""鸳鸯蝴蝶"之类的东西。后来，鲁迅在创作《幸福的家庭》时，曾以"拟许钦文"的字样为副题，并作"附记"云："我

① 许钦文：《从"故乡"到"一坛酒"》，载《文艺创作讲座》（第2卷），上海大光书局1936年版，转引自王光东：《中国现当代乡土文学研究（下卷）》，东方出版中心2011年版，第167页。

于去年在《晨报副刊》上看见许钦文君的《理想的伴侣》的时候，就忽而想到这一篇的大意，且以为倘用了他的笔法来写，倒是很合适的。"一个文坛巨子，竟然标明拟用了后生小辈的笔法，这自然会引起人们极大的关注。这个"拟"字体现了鲁迅对青年作家的扶植和栽培，正如许钦文所说："所谓'拟'，无非是鲁迅先生的谦逊；实在是'给青年作家作广告的'罢！"[①]许钦文的小说集《故乡》曾被鲁迅列入他主编的丛书《乌合》之二，算作五四时期的学生文艺。鲁迅不仅选校过《故乡》，而且用他《呐喊》的版税垫付过该小说集的出版费用。许钦文的代表作并被鲁迅收入《中国新文学大系·小说二集》的《石宕》，也是在鲁迅的催促下写就的。经孙伏园的介绍，许钦文得以经常去砖塔胡同六十一号亲聆鲁迅的教诲。"鲁迅先生给我的温暖，好象是春天的和风，渐渐地，把我心底里的冰块吹烊了，也把我满脑子的愤懑吹散了，使我觉得，我已不再处于绝境，并非手无寸铁；我有笔，也是可以有所作为的。"[②]他晚年所写的《〈鲁迅日记〉中的我》又曾写道："鲁迅先生通过孙伏园，常常指出我作品上的错误和缺点，哪里写得不对，应当怎样修改，哪里写得还可以，不过欠深刻。他引导我注意反封建，攻击旧社会黑暗的根源。同时，无论语法、措词，也多加指正。……鲁迅先生关心一个无名作者，叫孙伏园带口信，批评我的作品，不断帮助我，给我看稿、改稿，介绍稿子，搜集我已发表了的作品编成《故乡》，又校对稿子，直到垫钱出版，这说明鲁迅先生对青年无微不至的关怀。但联系到以后十多年间对我的关心，这还只是一个开端。"[③]他后来在《卖文六十年志感》一文中说："生我者父母也，教我者鲁迅先生也，从牢监里营救我出虎口者亦鲁迅先生也。鲁迅先生给我的恩情永远说不尽。"鲁迅不仅是他的创作之师，还是他的救命恩人。许钦文第二次入狱，幸蒙鲁迅设法营救，从而免遭更大的蒙难。鲁迅病重之际，曾向许钦文交代后事："钦文，我写了整整三十年，约略算起来，创作的已有三百万字的样子，出起全集来，有点像样了！"

---

① 许钦文：《从"故乡"到一坛酒"》，载《文艺创作讲座》（第2卷），上海大光书局1936年版，转引自王光东：《中国现当代乡土文学研究（下卷）》，东方出版中心2011年版，第167页。

② 许钦文：《砖塔胡同》，载《新文学史料》1978年第一辑，第13页。

③ 许钦文：《〈鲁迅日记〉中的我》，浙江人民出版社1979年版，第5页。

他又告诉了许钦文编排的方式。鲁迅死后，许钦文尽管重病在身，但还是参加守灵，负责灵前拉幕。鲁迅逝世后，他陆续写了悼念和回忆鲁迅的文章，到 1937 年就汇集成册，名之曰《祝福书》，交由北新书局出版，可惜毁于上海沦陷前夕的战火。其中七篇后来收入新中国成立后出版的《学习鲁迅先生》一书。1956 年任浙江省文化局副局长，兼浙江省文联副主席。在繁忙的行政事务中，他坚持写作，以顽强的毅力，奋笔撰写了《呐喊分析》《彷徨分析》《学习鲁迅先生》等书，还著有《许钦文小说选集》《鲁迅小说助读》《鲁迅先生的幼年时代》《鲁迅杂文选释》《语文课中鲁迅作品的教学》《〈鲁迅日记〉中的我》等多种鲁迅研究专著。即使在病房里，他也不忘向周围人宣传。当看到有关宣传鲁迅的好文章时，他总是向医生护士推荐，说这篇文章写得好，可以读一读。十一届三中全会后，许钦文以八十以上的高龄，应邀担任了中国鲁迅研究学会理事、浙江省鲁迅研究学会顾问、浙江省文学学会顾问等职务。他的一生，为学习、宣传和研究鲁迅做出了重要贡献。许钦文乡土小说中的故事发生地“松村”，和鲁迅笔下的“鲁镇”“未庄”一样，也是一个闭塞、落后、迷信、愚昧的地方，从中也可以看见他与鲁迅在文学上的承继关系。诚如杨义所说：“以‘鲁镇’和鲁镇所属的‘松村’作为故乡的代名，透露了这些作品与鲁迅小说的乡土因缘和文学因缘。”[①]他的《承发吏》就基本上模仿的是鲁迅的《一件小事》，不仅题材相同，而且构思也相同。

王任叔后期一直使用鲁迅发表《阿 Q 正传》时所署的“巴人”作为自己的笔名。1921 年，巴人偶然在朋友的书桌上看到了一本《新青年》合订本，从中读到了鲁迅的《狂人日记》：“这使我记住了他的名字——鲁迅。我马上感到包含这两字里的一种热力，遒劲和严肃的意义。从此，我的生命，仿佛不能和(鲁迅)这两个字分离了。”1922 年，他再次在北京《晨报 · 副镌》上读到鲁迅的《阿 Q 正传》，认为它“是将中国人的心脏，血淋淋的给挖出来了”[②]，从此便“成为鲁迅的追随者”[③]。《阿贵流浪

① 杨义：《中国现代小说史》(第一卷)，人民文学出版社 2005 年版，第 462 页。

② 杨义：《中国现代小说史》(第一卷)，人民文学出版社 2005 年版，第 392 页。

③ 王任叔：《我和鲁迅先生的关涉》，转引自钱英才：《巴人的生平与创作》，浙江文艺出版社 1990 年版，第 28 页。

记》内容上虽然写的是自己的亲身经历，但艺术上明显受到了鲁迅《阿Q正传》的影响。孤岛时期，巴人不遗余力地宣传、提倡鲁迅的杂文，对鲁迅研究做出了重大贡献。新中国成立后，他对鲁迅著作的热爱更是有增无减。他总是把鲁迅当作一面镜子，来对照自己的思想和行动。

柔石在北京大学读书时，也曾听过鲁迅的讲课，他后来在给妻舅吴文钦的信中这样回忆道："真是平生之乐事，胜过了十年寒窗！"当然，鲁迅也视柔石为好友，经常邀他一起上街、看戏、吃饭，寻找住处，出席会议，会晤友人，托他买书、取钱，连难得逛公园也邀他前去。为了解除柔石生活上的后顾之忧，鲁迅还曾向北新书局经理李小峰推荐柔石当《语丝》的助编。仅《鲁迅日记》记载，他们两人间的接触就有九十多次，实际次数自然不止这些。就连他的《二月》，也是鲁迅作的《小引》。

其他浙东乡土小说作家也与鲁迅有着或多或少的关联。王西彦初学写作的时候，曾有一段时间经常趁课余时间躲在教室里抄写《呐喊》《彷徨》里描写浙东农村生活的名篇，以便"咀嚼得更细致，体味得更深切"。魏金枝1928年结集出版的短篇小说集《七封书信的自传》，以忧郁而含泪的文笔，写出了古旧的农村衰老、灭亡的历史进程，因而被鲁迅称为"总还是优秀之作"①。

得之于鲁迅的引领，浙东乡土小说作家在"暴露"和"治疗"上更多的是"鲁迅式"的。他们立足本土从民风民俗角度抒写"乡思""乡愁"，并致力于以批判的目光来审视浙东民间的存在方式，以启蒙理性精神来审视破败凋敝的乡土，抨击野蛮落后的习俗，揭示民众的精神疾苦，因而既表现出眷恋故土的真挚之情，又表现出对故土陈规陋习的无情批判。

浙东乡土小说作家几乎都是"地之子"，他们走出故乡后，经受了现代文明的洗礼，当他们再以现代思想和观念重新回望和审视故乡时，往往会对故乡故土产生一种既亲切又陌生、既兴奋又痛苦的复杂感受。虽然他们都是"地之子"，但他们在叙述时又都脱离了乡村人的身份，文化和心理显然居于乡村之上。他们以与乡村若即若离、蕴涵着内在悖反精神的游子姿态，叙述着乡村的人和事，"故乡情结"是他们身上一种

---

① 鲁迅：《鲁迅全集(第四卷)·我们要批评家》，人民文学出版社2005年版，第246页。

共同的无意识的深厚情感。鲁迅就很理解乡土小说作家的创作处境："在还未开手来写乡土文学之前，他却已被故乡所放逐，生活驱逐他到异地去了"，"回忆故乡的已不存在的事物，是比明明存在，而只有自己不能接近的事物较为舒适，也更能自慰的。"[①]浙东乡土小说中传达的"乡愁"情绪是显而易见的：或"苦恼"失去了"父亲的花园"（许钦文的《父亲的花园》），或"烦冤"离开了"天上的自由的乐土"（王鲁彦的《朝雾》），或在典妻后陷入了惶惑和自责（许杰的《赌徒吉顺》），或在竹林死去后感到了生命支柱的倒塌（巴人的《殉》），这些均隐现了感伤的思乡之情，流露了情系"地母"的作家对故乡故土的一往情深。经历了以乡下人的眼光打量城市，再以城市人的眼光返观农村的人生苦旅之后，浙东乡土小说作家创作了大量富有现代意味的乡土文学作品：不仅揭示农村的贫穷落后、农民的愚昧麻木，而且也展现乡村社会鲜活的生命力。游子姿态是乡土作家和乡土小说困境的体现。"一方面，虽然乡土作家都是乡村生活的成功突围者，但他们在进入城市生活后，又不可避免地要经常感受到城市人和城市文化对乡村的蔑视（事实上也就是对作家自己的蔑视），在心灵上感受到城市生活和文化的煎迫。这使他们中的许多人陷入了强烈的自卑之中，并在城市与乡村之间呈现出态度上的漂移和割裂状态。另一方面，作家们虽然在现实生活中强烈感受到乡村的落后和贫穷，并都渴盼离开乡村，但他们并不可能轻易割断与乡村的情感联系，在文化上也难以遽然摆脱乡村的影响。"[②]于是，这种缠绵的乡愁通过作家的笔端被不断地传达。

深受鲁迅影响和地域文化熏习的浙东乡土小说，从诞生之日起就表现出很强的地域文化特征。它一方面传承了浙东民间文化"基因"，以蕴涵丰厚文化资源的浙东地域为背景建构了独特的文学世界，从而彰显了浙东民间文化的深层意蕴；另一方面又以现代理性来批判乡土生活，对封建宗法制度下非人道的野蛮习俗加以无情的抨击，从而使浙

---

① 鲁迅：《鲁迅全集（第六卷）·〈中国新文学大系〉小说二集序》，人民文学出版社 2005 年版，第 255 页。

② 贺仲明：《论中国乡土小说的二重叙述困境》，载《浙江学刊》2005 年第 4 期，第 116—117 页。

东民间文化得到了价值重塑。可见，浙东乡土小说对浙东民间文化而言，既有文化传承，更有价值重塑，两者之间是双向互动的关系。一来，浙东乡土小说作家的民间意识使得他们能够运用民间资源进行文学创作；二来，民间知识和素养又在一定程度上影响并制约着浙东乡土小说作家的审美选择和价值判断。民间文化的民间性和现实性的引入使浙东乡土小说作家能“更充分地表达民间立场和更真实地描写现实社会”，民间文化的地域性和生动性的学习则使浙东乡土小说作家能“更明晰地彰显地域特色和更生动地运用民间话语[①]。”

浙东乡土小说作家与其故乡有着深层的文化联系。他们纷纷从地域文化的母体中获得了某种文化基因，因此，其人其作明显带有无法磨灭的“浙东”印痕。其地域文化特征不独表现为题材的地域性，即浙东地域的物事、人情、风俗、民性等皆可入文，更表现为作家同样受浙东民间文化滋生养育而形成的相对一致的主题思维、审美意识等。浙东民间文化兼有粗犷坚硬的“山岳气”和细腻柔婉的“水性格”的双重特质，两者的互动相制构成了受其滋养而产生的浙东乡土小说的两种最基本的书写范式：一是用剑，使浙东的陈规陋习受到作家道德化的审视和批判；一是以书，使浙东的山容水态得以精致化的描述和传扬。在文本世界中，浙东乡土小说作家一方面以浙东人秉有的刚硬和劲直挑开乡村封建宗法制痼疾，予以无情地鞭挞；另一方面又以其对浙东山容水态、民风民俗的描绘，满含深情地展示故乡的水墨山水画。取舍迎拒虽不同，但折射浙东民间文化恢弘内涵的目的却一样。可以说，几乎所有的浙东乡土小说作家都与故乡有着深层的文化联系，来自母体文化的文化基因，犹如最初的乳汁，滋润他们生根、发芽、成长，也因此，他们身上的“浙东”印痕是根深蒂固的，创作中无论是乡土批判还是乡土眷顾的努力，均无法绕开自己乡土记忆的纠缠和与乡土之间的文化身份关系。

五四时期，当浙东乡土小说作家将浙东民间文化与新文学的创造自觉地紧密结合起来的时候，自幼耳熟能详、深受熏习的浙东民间文化便自更不竭地供给他们新鲜的艺术营养，经过他们创作型的转化，成为形成他们文学风格以及与传统文化固有血脉相贯通的文学精神的重要

---

① 黄永林：《中国民间文化与新时期小说》，人民出版社2007年版，第330页。

因素。于是，他们不约而同地以文化视角审视故土，展示乡土的人生和风情，倾吐对乡土的依恋和哀愁，“许杰写出近山农村的强悍民风，许钦文写出古老乡镇的阴郁空气，王鲁彦写出滨海农村的悲苦情调”[①]，巴人注目于浙东山区的贫苦农民，魏金枝则展现了浙东曹娥江的忧郁。

研究浙东乡土小说，仅仅站在现代化的立场上批判或指责乡村社会的愚昧、麻木、无知，无助于我们对浙东民间文化进行反思和重塑，只有深入乡土社会内部对其原生态进行客观的分析和历史的审视，才能真正对其做出恰当的分析和判断，也才能显示浙东民间文化中文明与愚昧既互相冲突又互相纠缠的一面。

① 杨义:《中国现代小说史》(第一卷)，人民文学出版社2005年版，第413页。

第一章　浙东民间文化的渊源流变

文化影响着人类，更制约着文学。不同的文化孕育了不同的生命形态，也滋养了不同的乡土意识和状貌各异的地域文学。文化彰显文学的质地和风貌，这可以在气候物象、风俗习惯等多个层面得到印证。美国文化人类学家克罗伯和克拉克洪曾说："文化是由外显的内隐的行为模式构成"，"文化的核心部分是传统（即历史地获得和选择的）观念，尤其是它们所带来的价值。"[①]美国学者本尼迪克特认为："特定的习俗、风俗和思想方式"，就是一种"文化模式"，它对人的"生活惯性与精神意识"的"塑造力"极大甚至令人无可逃脱。[②] 苏联文艺理论家巴赫金也曾说："文学领域，更广一点说，文化（不能把文学与文化割裂）组成了文学作品和作品中的作者立场的必然语境，离开了这个语境既不能理解作品，也不能理解作品中被反映的作者的内涵。作者对文学和文化不同现象的态度具有对话性质……"[③]从这一意义上来说，探究地域文化对文学生成和发展机制的影响，文化传统的延续性、承传性不失为一个有效的切入视角。每位作家都有一个故乡，故乡的地理环境、风土人情、人文精神和文化传统总是会不由自主地融进作家的血液之中，并产生潜移默化的影响，最终影响文学创作及其独特文风的形成。"文学有'根'，文学之'根'应深植于民族传统文化的土壤里，根不深，则叶难茂。"[④]正是地域文化对文学的深层滋养，才使之成了有源之水、有本之木。因此，深重的地域文化印记常常是作家身上挥之不去的东西，由此

---

① 转引自傅铿：《文化：人类的镜子——西方文化理论导引》，上海出版社 1990 年版，第 12 页。

② 〔美〕本尼迪克特：《文化模式》，生活·读书·新知三联书店 1988 年版，第 5 页。

③ 转引自吕六同：《20 世纪世界小说理论经典》，华夏出版社 1995 年版，第 190 页。

④ 韩少功：《文学的根》，山东文艺出版社 2001 年版，第 77 页。

形成的鲜明的创作色调，往往成为地域文学的一个独特标记。这是因为，“自然环境对人类活动起着制约作用，尤其对于我们的祖先来说，地理环境决定着某个地域人们的生活方式，乃至形成这个民族的性格，影响着他们的文化发展，因此要研究文化艺术的发展渊源、传统影响，首先要了解这个地域的自然环境、气候条件，还要知道在这片土壤上生息的民族，人们长期形成的性格特征”。“山川大地不仅制约着人们的物质生产和生活方式，也影响着人们的体格、气质、情感、个性，以至于由此而发生的精神生产——文化艺术，从而表现出各种地域文化的差异。”[①]每位作家都会有一个自己特定的文化场，这个特定文化场的磁力足以影响作家的人格和作品的风格。浙东面朝大海，背倚山峦，这样的自然环境在给浙东先民带来生存困难的同时，也造就了他们勇敢刚毅的性格。当然，这种性格的形成，不仅源自浙东的自然环境，而且也得益于越王勾践卧薪尝胆的复仇意志、大禹艰苦卓绝的治水精神和历代先贤经世致用的批判精神等人文传统。

第一节 “山文化”和“水文化”的互动相制

以生态结构界之中华文化，大体有“山文化”和“水文化”之别。前者粗犷、刚毅、朴厚、深沉，而后者阴柔、善变、奔放、兼容。浙江的地形素有“七山一水两分田”之说，山地和丘陵占 70.4%，平原和盆地占 23.2%，河流和湖泊占 6.4%，耕地面积仅 208.17 万公顷。而位于钱塘江以东的浙东大地则背山面海，人多地少、资源匮乏，生存环境较为恶劣，当地人民不得不使出浑身解数向大自然博取生存物资，“无论是在基本的生存方面，还是在文化的生成方面，它都需要有一种向内求生存的忧患意识、向外开放的接纳心态和开拓进取的运行机制，以接收来自中心地域文化的辐射，为生存开拓新的疆域。”[②]地理环境的逼仄，使得古越初民“水行而山处；以船为车，以楫为马；往若飘风，去则难从；锐兵

① 郑择魁：《吴越文化与中国现代文学》，杭州大学出版社 1998 年版，第 1 页。

② 黄健：《“两浙”作家与中国新文学》，浙江大学出版社 2008 年版，第 4 页。

任死”[①]。这种险恶的山水环境促使浙东乡民既具有稳厚朴诚、刚硬劲直的“山岳气”,又具有恬静雍容、宁静平和的“水性格”。但是长期以来,人们在论及浙东民间文化性格时往往偏重于突出其“白刀子进红刀子出”的刚健、雄强的一面,而常有意无意地忽略了浙东民间文化刚绝、勇武主导下性格质素的多样性、复杂性。由此导致论述浙东乡土小说,多梳理其刚性肌理,对其柔性质素则疏于谈及。事实上,浙东乡土小说中这两种特质兼而有之。

浙东多山,山是浙东先民最早的生活栖息之地。宁绍平原和杭嘉湖平原虽然因海侵而数次沉没于海底,但浙东境内的四明山、会稽山、天目山等山脉却总是以其坚固的胸膛,一次次为浙东先民提供了可靠的生存凭依。越王勾践兵败夫椒,越国面临灭顶之灾之际,还是会稽山,以其一如既往的敦厚忠诚呵护了五千铁甲,保证了越国国脉的存续未绝。在漫长的栖息于山、感恩于山的历史过程中,山的“石气”(内含着刚猛劲直、浩然正大、朴实厚重等品质)以及“松风”“竹节”等,融入了浙东先民的生命之中。

鲁迅所倾心接受的似乎也更偏向于浙东民间文化胎孕于大山的刚勇厚重的一面。他于浙东民性和大山体性间的关系有着深切的体认:“浙东多山,民性有山岳气,与湖南山岳地带之民气相同。”[②]他这里所指称的“山岳气”,不仅包含有厚重朴实、坚毅刚强等诸多品格,而且也包含着强烈的复仇精神,实乃浙东民性中土性和刚性特质的精当概括。这种“山岳气”在浙东地区是一个普遍性的存在。《浙江通志·风俗上》引《旧江浙通志》称:“浙东多山,故刚劲而邻于亢。”[③]无论是鄞县、奉化、余姚、宁海、象山、绍兴、上虞,还是天台、临海、黄岩、温岭以及金华、东阳、义乌等地,乡民普遍都具有这种性格特点。如《宁波府志》:“民多刚

① 袁康,吴平:《越绝书·越绝外传记地传第十》,转引自张仲清:《越绝书译注》,人民出版社2009年版,第164页。

② 徐梵澄:《星花旧影——对鲁迅先生的一些回忆》,转引自北京鲁迅博物馆鲁迅研究室:《鲁迅研究资料》(第11辑),天津人民出版社1983年版,第156页。

③ 《浙江通志》(卷七)。

劲质直。”[①]《诸暨县志》:“民性质直而近古,好斗而易解。”[②]《金华府志》:“民朴而勤,勇决而尚气,族居岩谷不轻去。其土以耕种为生,不习工商。其富人雅好义,喜延儒。硕士爱诵读,历产名贤,魏科执政踵相接也,登仕者多尚风节。”[③]这些从不同侧面概括了浙东人刚硬劲直、好勇轻死的性格。

随着时代的变迁,一个地方的山川可以变化,城镇可以兴废,人事可以更迭,但是地域文化传统却会代际相沿,并通过思想观念、民风民俗等途径得以继承和弘扬。先秦时期诸侯兼并、攻伐不绝、弱肉强食的生存竞争促使越人形成了“尚武”精神,“悦兵敢死,越之常也”[④]。越王勾践“卧薪尝胆”“十年生聚,十年教训”的传说,早已作为一种带有苦难气息的民族记忆,积淀于浙东地域的文化深层记忆之中,并潜移默化地影响和制约着浙东人思维、认知、心理和性格的形成和发展。

多山的地理环境使得浙东地区“石气所钟,猛烈鸷愎,清犯刑法”,“豪民颇负气,聚党而傲缙绅”,民性中的刚毅勇敢、无所畏惧、不怕牺牲、敢于反抗是显而易见的,这从先秦时期越国民风中的好勇轻死便可见一斑,而且在日后的历史长河中一以贯之。南宋胡三省为《资治通鉴》作注,穷尽毕生之力,书稿几度佚失,但仍不气馁,痴心不改。明代方孝孺为人耿介,面对命他起草即位诏书的燕王朱棣,大书“燕贼篡位”四个大字后被诛十族(除方家九族外,又牵连到方孝孺的学生,合诛十族)。明末文学家王思任,富有民族气节,宣告“会稽乃报仇雪耻之乡,非藏污纳垢之地”,在清军攻陷南京后大书“不降”二字绝食而亡。明末抗清斗士、杰出思想家黄宗羲,富有越人的硬骨头精神,明亡便不做官,决不向敌人妥协。在国家遭遇明朝灭亡、清兵入关的重大变故之际,毅然回到浙江投身抗清斗争的洪流,浙东的抗清活动处处留下了他的身影。清兵占领浙东后,他长年流徙于四明山区,进行秘密抗清活动。被时人尊为“泰山北斗”的刘宗周,清军以礼相聘,他却留书不启封,绝食

① 《浙江通志》(卷九十九)。

② 同上。

③ 《浙江通志》(卷一百)。

④ 赵晔:《吴越春秋·勾践伐吴外传》,转引自张觉:《吴越春秋全译》,贵州人民出版社1993年版,第432页。

23日而逝。散文名家祁彪佳，亦拒绝清之礼聘，留《别庙文》《绝命词》，从容赴门前水池谢世。朱舜水据舟山为抗清根据地，在失败亡命日本后，仍秘密联合张煌言从事反清活动。清末诗人龚自珍看到清王朝昏庸腐朽、官僚集团误国害民、百姓惨遭荼毒、苛捐杂税盛行等流弊时，愤慨之余以诗歌表达爱国激情、远大抱负和顽强斗志。明清易代之际，浙东各方抗清武装在台州、宁波、绍兴等地揭竿而起，从钱塘江保卫战到舟山保卫战，从绍兴沦陷到宁波"翻城"，用一次又一次的壮烈牺牲阻止了满清铁蹄南下。再如义无反顾投身反清的徐锡麟、秋瑾，被誉为"骨头是最硬的，没有丝毫的奴颜和媚骨"的鲁迅，为捍卫其《新人口论》而公开向陈伯达、康生等声明"我虽年近八十，明知寡不敌众，自当单枪匹马，出来应战，直到战死为止"，"决不后退半步"的马寅初等。这种"石气"，在承平之际固然表现为反抗暴政的起义壮举，在民族危亡的关键时刻，更燃烧成为舍身救国、义无反顾的爱国主义烈火。"浙兵"群体于嘉靖末年急风骤雨般驰骋于东南沿海，粉碎了倭寇的侵略，后来又扬威于长城沿线，捍卫了北国边防，便是一例。[①]

如果说勤劳、勇敢是对中华民族性格的一种基本描述，那么"卓苦勤劳、坚确慷慨"八个字更突显了浙东民风超乎一般地方的勤苦品质，以及慷慨苍凉的英雄气质。浙东先民在困境中坚持进行韧性战斗，从而练就了一股刚毅勇猛之气。他们勇于开拓，积极进取，毫不懈怠，不仅使自己的生活适应自然环境，而且企图以自己的力量去征服自然、战胜自然。对这种民性，周作人在《苋菜梗》一文中曾这样描述：

> 读外乡人游越的文章，大抵众口一词地讥笑土人之臭食，其实这是不足怪的，绍兴中等以下的人家大都能安贫贱，敝衣恶食，终岁勤劳，其所食者除米而外唯菜与盐，盖亦自然之势耳。干腌者有干菜，湿腌者以腌菜及苋菜梗为大宗，一年间的'下饭'差不多都在这里，……《邵氏闻见录》云，汪信民常言，人常咬得菜根则百事可做……咬得菜根，吾乡的平民足以当之……咬了菜根是否百事可做，我不能确说，但是我觉得这是

① 参见潘承玉：《中华文化格局中的越文化》，人民出版社2010年版，第63—65页。

颇有意义的，第一可以食贫，第二可以习苦……[①]

周作人概括的这种固守“食贫”“习苦”的生活方式和生活习性，在浙东有着悠久的传统，这是“以自苦为极”“而形劳天下”的“禹墨精神”在平民文化性格中的生动体现。

梁启超曾说：“海也者，能发人进取之雄心者也，陆居者以怀土之故，而种种之系累生焉。……此古来濒海之民，所以比于陆居者活气较胜，进取较锐。”[②]纯粹的山区生活，极容易形成强悍刚毅的民性，但也容易使人走向封闭，走向愚昧和鲁莽。令人骄傲的是，浙东不仅多山，而且多水；不仅踞陆，而且面海；它的山地、平原被置身在一个具有极大开放性而又百脉贯通、生生不息的水环境之中；无所不在的江、湖之水，曲包一切的无垠大海，为浙东人带来了过人的智慧、宽广的胸襟和顽强的开拓精神。“石气”品节和这些“水质”要素的和谐交融，保证了浙东区域人格刚毅而不鲁莽，顽强而不愚昧，厚重而又灵秀，并敢于冒险拼搏、锐意进取的多种优秀特质。

越地位于亚热带季风气候区，四季分明，雨量丰沛；自然形成的河流、湖泊众多，从北到南分布着太湖、东西苕溪、钱塘江、甬江、灵江、瓯江、飞云江、鳌江等水系，仅钱塘江流域就覆盖了越地面积的一半以上；在杭嘉湖平原和宁绍平原上，还分布着数以百计的中小规模的湖泊和舟山群岛、大陈岛、玉环岛、洞头岛等 3061 个岛屿。除此之外，越地人民还在杭嘉湖平原和宁绍平原上开凿出了杭（州）嘉（兴）苏（州）运河（京杭大运河或称南北大运河的南端）和从杭州经绍兴、宁波直达东海的浙东运河。如此密集的运河、大江、湖泊，再加上 2200 多公里的海岸线和全国最多的岛屿勾画点缀其间的东海大洋，使得越地的水体密度超过了闽文化、粤文化、齐鲁文化、燕赵文化等区域文化，而成为全国各区域文化带之最。由此，我们完全可以说，浙东民间文化就发祥、发展于这样一个独一无二的“水摇篮”之中。这个“水摇篮”不仅影响了浙东先民的生产方式和生存选择，而且也潜移默化地影响了浙东先民的精

① 周作人：《看云集·苋菜梗》，河北教育出版社 2002 年版，第 31 页。

② 梁启超：《饮冰室合集·文集·地理与文明之关系》，中华书局 1989 年版，第 638 页。

神气质和文化人格。[①]

浙东地区自古“陆事寡而水事众”，人们之间的往来联系必须凭借星罗棋布的河流湖泊。这就需要勇气、机智和敏捷，去征服自然，以此获得生存和发展。《吴越春秋·阖闾内传》载阖闾言：“吾国僻远，顾在东南之地，险阻润湿，又有江海之害。”越人祖祖辈辈生活在水环境中，避开水患，谋求生存就成了他们安身立命的第一要义。在文献记载中，有不少越人与水斗争的记载，如《越绝书》卷四载：“浩浩之水，朝夕既有时，动作若惊骇，声音若雷霆，波涛援而起，船失不能救。”越人在远古时期就曾遭遇过几次海侵，家园数次为恣肆汪洋的海水所淹没，不得不几次搬迁。因此，越人幻想和期待一位能带领他们摆脱困境的人，于是禹被看成了他们的祖先。大禹治水神话本身也反映了浙东先民的智巧：大禹治水到了当时的荒蛮之地绍兴，曾在绍兴娶涂山氏为妻。新婚才三天，大禹便离家治水去了。这一去就是十三年，“三过其门而不入”，最终征服了洪水，这充分体现了上德之人“居善地，心善渊，与善仁，言善信，政善治，事善能，动善时”的“水性”人格，坚忍负重，居卑忍辱，公而忘私，奉献自强，尽其所能，贡献力量。大禹治水“得通水之理”，汲取父亲鲧以堵失败的教训，改为疏导的治水方法，因而“毕业于了溪”，这充分体现了以柔克刚、刚柔相济，处事善于发挥所长，行动善于把握时机的务实精神。《史记·夏本纪》中记载了大禹为治水“劳身焦思”，《庄子·天下篇》中禹、墨并称，称他们都有一种“以自苦为极”的态度。最后，大禹还因治水而身丧会稽。《史记·夏本纪》载：“禹会诸侯江南，计功而崩，因葬焉，命曰‘会稽’。”相传大禹陵就是禹的葬地。这种“以自苦为极”的态度正是浙东人坚忍之心的形象展演。有史以来，越人为谋求生存和发展，利用和改造自然过程中所做的艰苦卓绝的努力和抗争无疑是有意识的，带有明确的现实功利目的。

浙东先民极具自由的个性，因而善于变革自己的观念形态。他们生活于长江下游的太湖和钱塘江湾及沿海地区，在长期与水的搏斗中，养成了眼界开阔、开拓创新、富有活力的思想性格。他们充分利用天时、地利、人和的有利因素，发挥丰富的水资源优势，创造了古老的农业

---

① 参见潘承玉：《中华文化格局中的越文化》，人民出版社2010年版，第67—68页。

文明。余姚河姆渡遗址发现的干栏式建筑产生的年代距今约 6000 多年，是目前发现的世界上最早的同类遗址，浙东人的创新进取精神在此可以得到有力的证明。同时，他们从不固守家园，总是在不断流徙的过程中寻求新的发展空间。公元前 468 年，越王勾践迁都琅琊。公元前 379 年，于越迁都吴。公元前 333 年，越王无疆为楚所败后回走“南山”(即会稽山和四明山一带南部山地)。秦始皇征服越族之后，曾实行强制性的移民政策。公元前 210 年，胁迫越人迁徙异地，并改“大越”为“山阴”。为防范“内越”“外越”人民的反抗，将原大越中心的越人迁徙到了浙西、皖南等地，同时迁移北方“有罪吏民”到原大越中心，不肯就范的越人于是四处流散。其后，西汉和三国时期，于越时而内迁，时而流徙，且多遭征讨。于越先民或是被迫，或是自发的频繁迁徙生涯，培养和锻炼了他们的顽强拼搏、开拓进取、善于汲取的品格和精神。

长期与水打交道，使得浙东先民擅长“以舟代步”。《越绝书·越绝外传记地传》载：“夫越性脆而愚，水行而山处，以船为车，以楫为马。往若飘风，去则难从”；《淮南子·齐俗训》载：“胡人便于车马，越人便于舟”；《慎子》载：“行海者，坐而至越，有舟也；行陆者，立而至秦，有车也。秦越远途也，安坐而至者，械也”。这说明了浙东地区的交通特色。得之于水灾之苦，浙东先民对“断发文身”之俗多有认同。“断发文身”是百越族流传已久的一个古老习俗。作为百越族的一支，越人也同样承传了这种习俗，这在古代典籍中多有记载。如《左传·哀公七年》：“越方外之地，劗发文身之人。”《汉书·严助传》：“越，方外之地，劗发文身之民也，不可以冠带之国法度理也。……处溪谷之间，篁竹之中，……地深昧而水多险，……以地图察其山川要塞，相去不过数寸，而其间独数百千里，阻险林丛，弗能尽者。”《庄子·逍遥游》：“越人断发文身，无所用之。”《墨子·公孟》：“越王句践，剪发文身，以治其国。”《韩非子·说林》：“越人被发。”《战国策·越策》：“被发文身，错臂左衽，瓯越之民也。”《史记·越王句践世家第十一》：“越王句践，其先禹之苗裔，而夏后帝少康之庶子也，封于会稽，以封守禹之祀。文身断发，披草莱而邑焉。”《说苑·奉使》：“剪发文身，烂然成章，以象蛟龙，将避水神。”断发一是为了避免水患灾害，《汉书·地理志》：“文身断发，以避蛟龙之害。”二是在浙东人的生活中也发挥着实用作用，可以使他们在水中劳动时减少泅水的阻力，避免水草的缠绕，以保生命安全。浙东人的文身图案多为龙、蛇之形，他们视水为神——水龙王，自己身上刻上龙（蛇）之形，以示自己是龙王的子孙，可以免除灾害。正如萨姆纳所言："在经验中发展起来的民俗是应付生活中的关键时刻的便利方法"。[①] 此种"断发文身"之俗，内中含有坚韧刚强之义，是浙东地域风俗民性中"刚性"文化性格的形象表现。

水体的"运动"和"善于处下"的特性长期作用于人的思维活动，形成了浙东人好动善变的性格；视线之外皆是"无限"大海的开放环境，培养了浙东人兼容并包、乐于向外拓展和勇于追求人生最高境界、敢于为天下先的进取精神和冒险精神。早在先秦时代，越地先民就以头脑灵活，智慧超群、善于思考、识见精明，谋划得当而迎来由小到大、由弱到强的越国鼎盛时代。历史的陈迹虽然一去不复返，但先辈们超群的智慧和计谋，却在文化转型的秦汉时代得到了全面系统的总结和弘扬，形成一种崇尚智慧和计谋的区域精神，在独具特色的"乡土教材"中得到代代传播。[②]

水文化的恣肆汪洋和博大浩荡，同时造就了浙东民间文化的开放性和兼容性。浙东地域对异质文化一直少有排异性，具有明显的开放兼容气度。春秋时期落后小国越国，后来居上称霸诸侯，成功的条件就是不拘一格，广纳贤才。唐宋以降，甬上四先生、永嘉学派、阳明心学和浙东学派之所以成为大学派，重在兼采各派思想。元明清时期，中国的资本主义萌芽在此孕育，从而使浙东民间文化的内涵更加丰富，特性更加鲜明，生命力更加强大，辐射全国甚至海外不少国家和地区，造就了"东南财赋地，江浙人文薮"的嘉年盛世。

在崇尚智慧和追求至上境界的精神影响之下，浙东历史上状元、进士辈出，近代以来科学家、教育家、文学家、史学家、思想家、政治家等更是喷涌而出。这特别表现在明清时期"绍兴师爷"文化现象上。师爷是明清时期地方官署中的主管官员聘请的帮助自己处理刑名、钱谷、文案等事务的无官职的辅佐人员。师爷凭借自己具有的刑名律例、钱粮会

---

① 转引自高丙中：《民俗文化与民俗生活》，中国社会科学出版社 1994 年版，第 178 页。

② 参见潘承玉：《中华文化格局中的越文化》，人民出版社 2010 年版，第 70—71 页。

计、文书案牍等方面的专业知识和才能辅佐主官。由于绍兴人当师爷的很多，几乎遍布全国，且名声极大，久而久之形成了一个专门的称谓——“绍兴师爷”。清代有句谚语，叫“无绍不成衙”，“绍”就是指绍兴籍的师爷和书吏。也有人说绍兴有“三通”，即绍兴酒、绍兴话、绍兴师爷。当时，绍兴师爷是绍兴读书人主要从事的职业之一。“绍兴师爷”文化现象的产生，是由于绍兴教育兴盛，读书人多，因而科场竞争激烈，很多科场不顺的读书人就选择做师爷这条路。绍兴地处水乡，绍兴人头脑敏捷，并不守株待兔，而是乐于迁徙，开拓进取。绍兴民谚说：“麻鸟(麻雀)、豆腐、绍兴人。”意思是说绍兴人和麻雀、豆腐一样，到处都有，随遇而安，随遇而兴。绍兴读书人大多具有精细谨严，善于谋划，处事圆滑，善于交际等师爷职业具有的素质。绍兴师爷兴于明中叶，盛于清雍正、乾隆朝之后。清朝重臣曾国藩、张之洞、左宗棠、李鸿章身边都聚集了绍兴师爷，出名的有邬思道、汪辉祖等。清末“四大奇案”主角之一的杨乃武，也是个擅长刀笔的师爷。出狱后，替人写诉状，深受欢迎，因为他深知官府内情和诉讼的曲折。师爷文化正是浙东人思维敏捷、富有开拓创新特征的体现。

第二节　“远传统”和“近传统”的合流共生

美国学者费正清指出，中国自近代海禁大开以来，“面海的中国”的“小传统”，形成对“占支配地位的农业——官僚政治的腹地”的“大传统”的有力冲击，中国的思想文化发生着由传统向现代转型的深巨变化。富有变革精神的“小传统”渐次获得生机，其释放的巨大能量日益改变着被“支配”的角色定位，而日渐由“边缘”向“中心”位移。[①] 此说甚为有理。浙江作为“面海的中国”即沿海地域，能够在19、20世纪之交中西文化大冲撞之际得风气之先，率先经受近代文明思潮的洗礼，便源于这块根基厚实而又敏于新变的文化土壤，“小传统”的日积月累在相当程度上引领了中国文化新潮。正如“发大声于海上”的《浙江潮》中所

---

① 费正清：《剑桥中华民国史1912—1949年》(上卷)，杨品泉等译，中国社会科学出版社1994年版，第11—15页。

描述的先哲对浙江后学的召唤：

> 乃读乡先贤哲学士大夫之遗书，其理想之高超，出乎天，天而入于人，人发为章，云蒸霞蔚，光怪陆离，我浙人以于政治界、哲理界、文艺界，其位置固何等乎？……且将挟其一切哲理、一切艺术，乘此滚滚汩汩飞沙走石二十世纪之潮流，以与世界之文明相激射相融和，放一重五光十色之异彩，以灌溉我二十一行省之同胞。浙江省文明之中心点也，吾浙人其果能担任其此言乎，抑将力不能胜人，徒为历史羞乎？

这里所指称的“乡先贤”当指王阳明、黄宗羲、龚自珍等光耀于世的浙籍文化先驱，其表露的正是浙江青年人受到先贤的召唤油然而生的一种“天降大任”的紧迫感和使命感。《浙江潮》的亮相，以夹带着深重忧患意识的汹涌澎湃的激情折射出浙江青年学子敏于事变、敢为人先的精神和欲以思想文化之力进行社会变革的强烈愿望。这里所强调的，首先便是使浙江居于文明“中心点”的地域文化传统的继承。鲁迅就曾自豪地说：“于越故称无敌于天下，海岳精液，善生俊异，后先络绎，展其殊才；其民复存大禹卓苦勤劳之风，同勾践坚确慷慨之志，力作治生，绰然足以自理。”①

背山面海的地理环境以及由此形成的人文底蕴铸就了浙东人勇敢刚毅、机智敏捷的生存本领，更赋予了浙东人忍辱负重、坚韧自存的进取精神。这种陆地文明和海洋文明所孕育的开拓进取精神已经作为一种“文化基因”熔铸于浙东人的血液之中，进而形成了地域文化传统。王十朋在《会稽风俗赋》中，曾将越事概括为“慷慨以复仇，隐忍以成事”②，慷慨和隐忍是越人的主要行动方式和思维方式，是一种从骨子里迸发出来的尚武的豪气和刚烈的骨气，而这种豪气和骨气正是来自春秋战国时期勾践“卧薪尝胆”“报仇雪恨”那段苦难的民族记忆。

有关越国最早的文字记载见于《春秋》：“阍弑吴子余祭。”关于此

---

① 鲁迅：《鲁迅全集（第八卷）·〈越铎〉出世辞》，人民文学出版社 2005 年版，第 41 页。

② 王十朋：《王十朋全集·会稽风俗赋》，上海古籍出版社 1998 年版，第 839 页。

事,《左传》这样解释:周景王元年(公元前 544 年),吴国在一次攻打越国战役中大获全胜,并俘虏了大批越国士兵,专门让他们为吴国看守战船。有一次,吴王余祭打算去巡视这些战船。前一天晚上,其中的五个战俘连夜商定了"赌杀"之计,想一举杀了即将前来巡视战船的余祭。第二天,这五个战俘分成了甲乙两组,每组两个人,另外一个人作为裁判。"赌杀"开始后,甲组一号出列,毫不犹豫地朝自己的脖子上一抹,刎颈自杀。这一举动引来了现场大批吴国士兵和越俘的围观,人们纷纷劝阻:"使不得啊,使不得啊!"喊叫声传到了余祭的耳朵里。听完手下的汇报,余祭这才知道喊叫声来自越俘们正在进行的"赌杀"。他素闻越人性格刚强,刻臂歃血为盟之风盛行,但想不到竟然能刚烈到如此地步,好奇心驱使他一步步走向"赌杀"的现场。看到余祭还没有走到人群的最前面,乙组一号不得不再次拔刀刎颈。这时候,余祭自己都搞不清楚何时站到了人群的最前面。说时迟那时快,另外三个越俘夺过了吴国士兵手中之剑,三剑齐下刺杀了余祭。消息传到越国,越王允常在全国范围内公祭这五位英烈,将其精神引为"民风正则"。公元前 510 年,吴国出兵攻打越国,起因是在吴国和楚国的交战中,越国拒不出兵,这显然违背了当时宗主国在发生战争时附属国应出兵相助的条约。于是,吴王阖闾愤然遣兵讨伐越国。对这次惩罚性的军事行动,越国当然耿耿于怀,一直伺机报复。公元前 506 年,吴国再次出兵攻打楚国。借此机会,越国乘虚直捣吴国龙门,并大获成功,从此与吴国的属国关系一笔勾销。公元前 496 年,越王勾践继位还不满一年,吴王阖闾觉得这是个可乘之机,两国大军在槜李(今嘉兴)摆下阵势。勾践派敢死队攻击吴军大阵,擒拿其前排士兵。但数次攻击,吴军岿然不动。勾践于是采取了一个极端手段:派罪人出阵,排成三行,来到吴军阵前,把剑搁在项上,集体自杀。吴军将士一时惊诧莫名,勾践乘机发动进攻,结果吴国一败涂地,阖闾重伤,还没回到国内,便一命呜呼。死不甘心的父亲把最大的精神遗产——复仇传给了儿子夫差。夫差不忘父仇,积极备战的事很快传到了勾践的耳朵里。勾践听了火冒三丈,亲点三万大军前去讨伐,两军在太湖展开了一场水上大厮杀。复仇的吴军气势如虹,有进无退。公元前 494 年,夫差败越于夫椒(今江苏苏州),勾践以残兵五千人困守会稽山。危急之际,勾践采取范蠡委曲求全、以退为进之谋，派文种以金玉、美女西施作为媾和条件向吴求和。

公元前492年，勾践率妻和大臣范蠡亲去吴国臣事夫差。他忍辱负重，自称贱臣，对夫差执礼极恭，三年不愠怒，无恨色，胜过夫差手下的仆役，使夫差误认为勾践已真心臣服，从而得以获释归国。为兴越灭吴，报仇雪恨，勾践归国后“卧薪尝胆”，发愤图强。在谋臣文种、范蠡的辅佐下，制订了“十年生聚，十年教训”的战略：所谓“十年生聚”，就是鼓励人民生育，国家均给予奖励：生丈夫，二壶酒，一犬；生女子，二壶酒，一猪。所谓“十年教训”，内涵主要是：一是招募人才，加强武术训练。勾践请来长于剑术的越女为剑术教练，请来射箭能手陈音为箭术教练，专门负责士兵的武术训练。二是加强知耻和纪律教育。勾践自己身体力行，克己自责，“苦身焦思，置胆于座，坐卧即仰胆，饮食亦尝胆也。曰：‘汝忘会稽之耻邪？’身自耕作，夫人自织，食不加肉，衣不重采。”“中夜潜泣，泣而复啸。”不仅如此，他还教育越国人民要牢记这种耻辱，并对将士进行知耻和纪律教育。为了富国强兵，勾践在内政上实行发展生产、奖励生育及尊重人才等政策，以安定民生，充裕兵源，收揽人心，巩固团结，从而增强综合国力；在军事上，实行精兵政策，加强训练，严格纪律，以提高战斗力。在外交上，针对“吴王兵加于齐晋，而怨结于楚”的情况，采用“亲于齐，深结于晋，阴固于楚，而厚事于吴”的方针。在“厚事于吴”过程中，佯示忠诚，使夫差放松对越戒备，放手北上中原争霸，纵其所欲，助长夫差爱好宫室、女色之欲望，使其大兴土木，耗费国力；并行贿用间，扩大吴统治集团内部矛盾，破坏其团结。施行十年，使得越“荒无遗土，百姓亲附”，国力复兴。越军亦成为一支装备精良、训练有素且“人有致死之心”的精锐部队。公元前473年，越军再次大规模进攻吴国，将夫差围困在姑苏山上及至自杀而亡。古越初民强悍善斗的性格也在历史迁衍中孕育成了一种好剑之风。“吴越之君皆好勇，故其民至今好用剑，轻死易发。”[①]春秋战国时期，越地剑气纵横，名剑频出，《越绝书》卷一一记载了欧冶子铸剑的神话般场景：“赤堇之山破而出锡，若邪之溪涸而出铜，雨师扫洒，雷公击橐，太一下观，天精下之。”“剑”一定意义上已经成为越人性格的物化形态，当这种原始的剑

① 班固：《汉书·地理志》（卷八下），中华书局1959年版，第1667页。

崇拜被引向战胜强敌、洗雪国耻的民族目标时，越剑便成了一种励志图强、绝处求生的生命力量的象征，而被赋予了一种宁折不弯、矢志复仇的精神内涵。

浙东先民在异常困难的自然环境下求生存求发展，其思维方式自然是“崇实”的。这种实事求是的思维方式，既需要一定的胆魄，更需要强烈的批判精神，久而久之就在浙东地域渐次形成了一种反传统礼教、反正统思想的批判之风。周作人在《地方与文艺》一文中，就曾将“浙东学派”视为“异端”思潮，并指出这种思潮是“文学进化上”的“很重要的一个时期”。①

东汉王充甘冒天下之大不韪，在哲学理论著作《论衡》中以“实事疾妄”的思想批判以董仲舒为代表的天人感应论、流行的谶纬学说以及当时的一些迷信观念等“浮华虚伪之语”。他用气一元论否定自然界万物与人是上天创造的，从而客观上批判了“君权神授”思想，坚持了朴素的唯物主义思想。他指出所谓“符端”说和“天怒谴告”说是为“君权神授”制造依据与欺惑民众，为腐败的政治开脱。他提倡“学而后知”，反对“圣人生知”“圣人天知”“生而知之”的先验论。认为不论任何人包括圣人在内，要认识客观事物，必须先通过感官的闻见，“如无闻见，则无所状”，不“目见口问，不能尽知”。认为要是没有效果与事实的根据，则人们认识事物的本来面目就可能出错，对事物了解的实际情况就会有差距。他在神学化的儒家经典被立为官学、神学唯心主义充斥社会的恶浊氛围中，发扬理论批判精神，举起“崇实知”“疾虚妄”的旗帜，对当时泛滥成灾的“俗书”“经书”“奇怪之语”“虚妄之文”进行了一次秋风扫落叶式的全面批判，对古代唯物主义元气论思想和科学反迷信的斗争做了一次全面总结，把唯物主义元气自然论思想发展到一个新高度，从根本上动摇了神学经学的理论基础。王学破除了对教条、权威的迷信，把读书人从“从亦一述朱也，彼亦一述朱也”的沉闷气氛中唤醒，发挥了解放思想的作用，成为明代思想史的一个转折点。

南宋吕祖谦、陈亮、叶适等创立浙东事功学派，确立张扬人的精神主体性的哲学理念，构成对汉儒经典的冲击。吕祖谦学术思想的宗旨

---

① 周作人：《谈龙集》，开明书店 1930 年版，第 12—14 页。

是:不“尚奇”,不“尚胜”,不“尚新”,不“尚异”,而“求安”“求是”“求常”“求达”。他把“理”或“天理”作为自己哲学思想的最高原则,认为“理”是指存在于万事万物中的普遍法则,唯“理常在”。在认识论上以“明心”作为第一要务,认为“心即理”,“明心”即“明理”,主张“明理躬行”。“明理”要求在“义、利之上,不可增减分毫”,“躬行”则注重实用与趋向变革,以为“惟出窠臼外,然后有功”。陈亮主张道在物中,理在事中的“事功之学”,以对抗理学家“存天理,灭人欲”的主张。肯定世界的物质性,主张“实事实功”的唯物主义认识论标准,注重“事功”,反对空谈“义理”。叶适认为“物之所在,道即在焉”,故“道在物中”,认为道不能离开天地和器物而独存。在认识论上,他认为人类的认识来源于客观世界,并由客观世界所决定。中国传统文化中价值观念的主流是重义轻利,因而浙东事功学派的功利主义具有特殊的价值。

明清之际,王阳明对“心即理”“致良知”“知行合一”的重视和强调,使浙东成为当时新思想、新思潮的主要启蒙地区。他创立的“心学”体系,认为人的心才是宇宙的本体,提出“心即是理”,形成了“心外无物”“心外无理”的宇宙观。这一体系冲破了旧传统观念,追求个性解放,在整个封建社会后期占有重要地位。他提出的“致良知”学说,是道学中“心学”的主要代表和集大成者。“致良知”就是教育人们克服私欲,恢复天理,使人人都能按照封建伦理纲常去行事,达到“良知”的极限。“知行合一”则是王阳明“致知”论的核心范畴,它的宗旨包括互相联系的两个方面:强调克服心中不善的念头的重要性,反对只知不行。对于不善的念,即使未见诸行动,也应看作行了而严肃对待;对于善的念,未见诸行动,则不能认为已经真正在意识中确立,只有行了,才能证明你真正确立了善念。他的思想风靡一时,其影响延续至近现代,而且波及周边国家。

黄宗羲对封建君主专制主义进行了尖锐的批判,在哲学方面对王阳明的思想做了唯物主义的修正,提出了“心无本体,工夫所至即其本体”的著名论点。他的《明夷待访录》是一部充满民主启蒙思想的著作,是对封建君主专制统治声讨的政治檄文。书中集中体现了黄宗羲作为一名启蒙主义思想家的治国观点,提出了政治、经济、军事、法律、教育、伦理等完整的社会改革大纲。他指出,君主为了一己私利,“以我之大私为天下之大公”，坑害别人。所以，他一针见血地破天荒提出“为天下之大害者，君而已矣”！并提出了“天下为主，君为客”的社会政治结构原则，从而启迪人们去思考封建社会政治结构的不合理性，是对封建君主专制理性的批判。

再如章学诚对各种伪史学的批判，也有着振聋发聩和开风气之先的意义。新文化运动的重要组织者和领导者蔡元培发表的鼓吹新思潮的文章，表明了其在新旧思潮激战中的鲜明立场。在《洪水与猛兽》一文中，他“用洪水来比新思潮”，将猛兽“作军阀的写照”，期望“把猛兽驯服了，来帮同疏导洪水”，其坚决站在新思潮一边的态度清晰可见。以上种种，推究原始，乃伏根于“辩论之间，颇乖时人好恶”[①]的浙东民间文化性格使然。

① 章学诚：《章学诚遗书·上钱辛楣宫詹书》（第29卷），文物出版社1985年版，第332页。

第二章 浙东乡土小说作家的民间文化意识

地域文化积淀联系着一个地区的民风、民情，地域文化精神所产生的潜在力量相当程度上影响着作家创作精神、风格的形成和转化。浙东地区特殊的地理环境和历史传统影响下形成的刚硬民风民性的氛围，使生活于该地区的人在其性格上或多或少带有“倔”的特性。“文学的永恒正取决于作家对这块土地独特的文化风俗和生活底蕴的审视与表现。”[①]有论者认为：浙东“刚性”文化所孕育的浙东乡土小说作家的“坚韧”精神在具体的创作中主要表现在两个方面：一是追求为人、为文的“硬气”，展现浙东作家鲜明的新人文理性精神；二是体现韧性精神和忧患意识，使浙东作家整体性地呈现出“深刻”“峻拔”“厚重”“刚劲”的美学风格。[②] 此说甚为有理。受“山文化”和“水文化”的影响，浙东乡土小说作家的文化性格和审美气质往往体现为刚柔相济的美学特征，并为他们所认同直至追寻。

第一节 人格上的浙东民性

浙东民间文化精神，一方面体现为浙东人受深厚的人文薪火承传而具有的刚健风骨，另一方面则体现为浙东人身上的那种理性务实、开拓进取的执着精神。浙东民间的思想文化精髓，通过文化的传承和民间的积淀或直接作用、或间接投射在浙东乡土小说作家身上，从而使他们的精神品格、思维方式、审美趣味等都不可避免地打上了浙东民间文

---

① 鲁雪莉：《越文化视野中的乡土作家——许钦文传论》，中国社会科学出版社 2011 年版，第 131 页。

② 黄健：《“两浙”作家与中国新文学》，浙江大学出版社 2008 年版，第 219 页。

化的深深印记。他们从坚韧的民性和硬气精神中承传的精神气质使他们身上深潜了厚重土气，决定了他们的艺术思维是“土性”的。同时，他们“从浙东学派的启蒙传统汲取的精神营养，恰逢五四反叛封建传统、实现人的精神启蒙这一特定的时代要求，启蒙思想得到了加倍张扬，而其中实现启蒙目标的最佳入口即是乡土题材。”[①]浙东人反抗强权、耿直无忌的文化基因在浙东乡土小说中得到了呈现。作家们以手中之笔，大胆而坚决地揭露和控诉封建思维方式和陈规陋习的罪行，表达对民众的关怀和同情，显露的正是他们独立不倚的个性精神和刚烈不阿的硬气。

童年经历对于作家来说，具有“决定的意义”[②]，会深潜地影响作家人格和作品风格的形成，并且往往成为作家审美意识的思想内核。浙东乡土小说作家自小家道贫寒，饱受人间疾苦，与下层人民有着共同的感受，对旧社会都有着强烈的逆反和抗拒心理，同时思想比较激进，对新思想、新事物极为敏感。这种压抑很容易产生抗拒心理，加上知识分子的自尊心理，更促使他们寻求摆脱之道，这就形成了他们的敏感性和激进性。

王鲁彦的童年时期曾在家乡杨家桥附近的灵山小学读过几年书，尚未毕业就被父亲遵照当地习俗送到上海一个同乡开设的经营纸张、印刷事务的商店里当学徒，为的就是希望儿子能走自己的经商老路。许杰、许钦文、巴人和潘漠华都是因为家里贫寒而读不需要交学费的中等师范学校。即使上师范，许杰和潘漠华都是在别人的资助下才得以上学的。巴人照大哥大嫂的意思留下务农，后来向母亲苦苦哀求，才同意用二哥读过的书、穿过的衣去上学。

他们不仅家境贫寒，而且自身的社会经历也都十分坎坷。他们都是在“五四”浪潮的冲击下，受到新文化运动中“科学”和“民主”精神的鼓舞，从农村来到城市。王鲁彦离开农村到上海当学徒，后来又跑到北京工读；来自台州农村的许杰“因为醉心于新思潮新文化运动，生吞活

① 鲁雪莉：《越文化视野中的乡土作家——许钦文传论》，中国社会科学出版社 2011 年版，第 133 页。

② 〔苏〕高尔基：《论文学》，人民文学出版社 1978 年版，第 12 页。

剥的看了许多新书杂志”，并开始“研究文学艺术”；许钦文丢掉小学教师的教职，漂流到北京；巴人来自奉化乡下，魏金枝是嵊县（今嵊州）人，潘漠华是武义人，他们都是乡下人。他们都遭受过失业的痛苦和社会的歧视，求生无门，以致陷入走投无路的境地。除了潘漠华当时还在上学，算是校园作家群的一员外，其余都属于城市流浪青年作家群。同时，他们还都受到了旧式婚姻的羁绊和困扰。许钦文说：“我想，我如果在乡里结婚，不是要在这里生根、永远住下去吗？这时，我就不再认为做‘剩落大伯’可羞，而是认为很可喜的了，因为光身一人不是可以随时离开家庭，远走高飞吗？”[①]于是，他勇敢地反抗包办婚姻，说服父亲给他退掉了婚事。巴人17岁时，由母亲包办，与比他大三四岁的表姐张福娥结了婚，“我还不晓得反抗买卖婚姻，但我不满意这婚姻[②]。”大革命失败以后，巴人回到奉化老家，却遭到了来自妻子的白眼和辱骂，“自此，我即灰心丧志，觉人生之无聊，且有出世为僧思想[③]。”巴人在《这样的一个晚上》中曾说：“妻给予我的侮辱，妻给我的不调和的痛苦，我都拍一拍胸说一声，‘算了’。”这里所谓“妻给予我的侮辱”，是指他妻子有一次以喝卤乳自杀威胁巴人。到春晖中学任教以后，昔日的青春热血似乎又被重新唤起了。他先是与女学生夏蕊华恋爱，后来又与毛庆祥的妹妹恋爱，但都自制放弃了。王西彦在很小的时候，家里人就给他准备了一个童养媳，这在他的《八妹》中有详细的叙述。他想方设法外出读书的原因就是为了逃避这一桩婚姻。

相似的人生经历，再加上所受的共同的民间文化的滋养，浙东乡土小说作家人格上的“浙东性”是显而易见的。浙东先民艰苦卓绝的顽强拼搏、不屈不挠的韧性战斗、为国捐躯的牺牲精神以及崇高的民族气节，深深积淀在浙东文化深层结构之中，继而对生于斯、长于斯的浙东人施加深层影响，在这种充满叛逆的文化摇篮中成长起来的浙东乡土小说作家自然也不例外，无不具有浙东人的性格、气节。

---

① 许钦文：《钦文自传》，人民文学出版社1986年版，第102页。

② 王任叔：《自传》，载上海鲁迅纪念馆：《巴人先生纪念集》，人民文学出版社2001年版，第424页。

③ 同上，第425页。

1929年初夏，国民党政府曾通过反动文人王平陵等诱迫王鲁彦去书报检察机关任职，但他绝不接受。无论生活多么困窘，他也决不向国民党反动派屈膝。他曾于1932年10月回到家乡镇海探望病中的父亲，并一直到1933年初才返回上海。这次在镇海乡下的小住，使他认识了生活在农村的各式各样的人物。"他感到封建统治者的恶势力压迫的深重，他强烈地同情农民中的反抗精神，对当时现实产生了强烈的恨和爱。"①

许杰身上很具"台州式的硬气"。② "四·一二"政变后，他挺身加入中国共产党，次年又与柔石一起执教于宁海中学，间接参与了"亭旁暴动"。这位"五四老人"，在晚年看到社会风气不正，国人文化素质滑坡时，毅然撰文呼吁社会公德的回归。其时，他的子女均已成家立业，个人也生活无忧，但作为中国知识分子固有的对社会负责、对历史负责的矢志不渝的可贵精神促使他做出了这一举动。"文化大革命"以后，许杰讲得最多的话就是"活着就是胜利"。凭着这种信念，他最终从坎坷而漫长的道路中走了过来。

受越文化"刚硬坚韧"精神积淀的影响，许钦文更多地继承了越文化中的"激烈"一脉。这一性格特点，在他少年时即可见端倪。面对私塾单调呆板的教学方法，枯燥乏味的"正统"传统伦理道德的宣扬，许钦文萌发了反感情绪，"逃学"成为他表达对封建专制和个性束缚的反抗方式。早在绍兴读书时，许钦文就常登越王台，缅怀历史英雄人物。越王勾践躬自蹈厉、坚忍犷悍的文化性格，励志图强、绝处求生的生命力量，给他留下了深刻的印象。许钦文钦佩具有爱国精神和民族气节的革命烈士，赞赏他们独立不羁的人格，充满叛逆的文化气质。在他幼年

---

① 覃英：《〈愤怒的乡村〉后记》，载曾华鹏、蒋明玳：《王鲁彦研究资料》，江西人民出版社1984年版，第179页。

② 鲁迅在《为了忘却的纪念》一文中悼念遇害的左联五烈士，提及柔石时曾写到："他的家乡是台州的宁海，这只要一看他那台州式的硬气就知道，而且颇有点迂，有时会令我忽而想到方孝孺，觉得好像也有些这模样的。"方孝孺（1357—1402），浙江宁海人，明建文朱允炆时任侍讲学士、文学博士。建文四年（1402），建文帝的叔父燕王朱棣起兵攻陷南京，自立为帝（即永乐帝）。方孝孺因拒绝为朱棣起草即位诏书而惨遭杀害，被灭十族。

时期，就受到秋瑾、徐锡麟事迹的影响。鉴湖女侠秋瑾，在狱中坚贞不屈、正气凛然的故事深深激励着他，幼小的许钦文对于她格外崇敬，曾特地从邻家借了秋瑾的照片看，想象她挥刀骑马的飒爽英姿。徐锡麟“为败满事，蓄志十年”的民主革命精神，同样激起了许钦文的仰慕之情。他幼年时期就读的热诚学堂，是徐锡麟生前于1904年农历正月创办的。绍兴光复后，在城内举行徐锡麟烈士入祠仪式，许钦文和同学途经十几里路从东浦赶到绍兴，虽然天热，但他们唱着“烈士锡麟，手热创诚，兴学卅载，学子成群……吾芨热血，沸腾沸腾！”的校歌，情绪热烈而高涨。秋瑾、徐锡麟身殉革命的精神，给予许钦文极大的激励。他每每形诸笔墨，总是怀着崇敬的心情表达对两位先烈的景仰之情。这些革命志士面对腐朽政治势力所表现出的浩然正气、铮铮铁骨，一定程度上反映了浙东人的倔强和硬气、反抗和叛逆，而这正是越文化精神投射的印痕，对许钦文的精神人格产生了重要影响。此外，绍兴城南五六里香炉峰下的大禹陵，也是少年许钦文的熟游之地。他一再登临，多次瞻仰这位古代平民化的治水英雄，对其长年沐雨栉风，深入大泽不辞辛劳、踏实苦干的理性务实精神留下了难忘印象。他20世纪20年代初失业漂泊到北京，即使在走投无路的困境中，倔强和反叛精神依然不减：“找不到事情，大不了得不到钱。没有钱，大不了买不得煤和米等等。没有煤和米等等，大不了做不出饭或面。不吃饭或面，大不了胃脏起变态，也是使神经不快。就是像刘蕺山先生的固执，他成仁时遗下的纪念桌子，我看他指甲刻在桌面上的条痕也不过二三分深。这有什么大不了的！”[①]这与越中先贤刘宗周的榜样作用不无关系。远上北京，一方面表现出他对现实的不满，勇于冲决旧社会、旧势力所编织的罗网，另一方面也表现出他对事业和理想的孜孜以求，闪现着越人积极进取、不畏险阻的文化人格。1933年，许钦文曾蒙冤下狱。在监狱里，他利用仅有的一张破桌子，用腿顶住，写出了《神经病》等小说。

出生于四明故土、常听人讲“长毛”造反故事的巴人是一个愤世嫉俗的狂士，对于看不惯的东西，他常常连白眼也不转过去，以至于睚眦必报，决不容忍。他“常爱读乡贤的著作”，称赞王梨洲“身遭援亡之祸，

---

① 许钦文：《许钦文小说集·这一次的离故乡》，浙江文艺出版社1984年版，第191页。

以一儒生而起义山寨。"赞扬张苍水、朱舜水、钱肃乐以及"六狂生"的董志宁、王家勤、张梦锡、华夏、陆宇鼎、毛聚奎等人"无一不亮节劲风，拎式后世"。称佩他们是"真能读书的人，……每每干出泣鬼神而感天地的英雄事！"巴人读师范期间，在一次演讲中，"我竟不推病请人代庖，讲了一次《卫生不必要论》，论旨仿佛是侧重于生活的自然发展，而反对矫揉造作、讲摄生之道①。"其继承、捍卫、宣传鲁迅达三十余年之久，同样表现了浙东人的"硬"和"迂"。1972 年，正当国人在"四人帮"的淫威下或三缄其口或心理变态时，蓬头跣足的巴人在故乡奉化的山野里喊出了旁人所不敢喊的两个字："打鬼！打鬼！"

同乡方孝孺刚正不阿、敢于直言的骨气给童少年时代的柔石留下了深刻印象，并对他日后的性格发展也产生了重要影响。在柔石的收藏品中，有一张方孝孺遗像的照片，背后"长期保存"四个字足见他对这位乡贤的认同和景仰。

可见，文化的传承是精神上的，地域文化传统总是会以"集体记忆"的方式留传给后世，这由浙东乡土小说作家不约而同地从故乡先哲身上传承了"硬"和"迂"的精神质素便可见一斑。

成长于浙东地域的浙东乡土小说作家在描写浙东民俗时，虽然最初的创作动机会各有不同，但其中所受民俗中蕴含的地域文化精神的影响和规约却是不言而喻的。依郑择魁的观点，浙东乡土小说作家接触浙东民俗"最直接、最方便的渠道，也是一条输送内容最多、影响最为深刻的渠道"②是家庭生活。

许杰原名许世杰，"世"为辈份。按照传统，家中男丁的姓名均必须有字辈，如许杰父亲为"万"字辈，名许万有，而许杰为"世"字辈，其子为"昌"字辈，三代的辈份连起来就是"万世昌"。许杰幼年时算命先生曾说他命中缺木缺火，因此他父亲从《文成字汇》中给他找了一个有火有木的"杰"字，取名叫许世杰。后来进了私立小学，一位姓潘的老师说"世"字不好，要他把"世"字拿掉，于是就叫"许杰"。许杰的父亲是一个

---

① 巴人：《论鲁迅的杂文·后记》，转引自钱英才：《巴人的生平与创作》，浙江文艺出版社 1990 年版，第 7 页。

② 郑择魁：《吴越文化与中国现代文学》，杭州大学出版社 1998 年版，第 75 页。

店员，也曾做过一段时间的小贩。母亲是童养媳。祖父死了妻子以后，续娶了许杰的祖母，这个第二个祖母带来了她以前的女儿，这个女儿就是许杰的母亲。也就是说，许杰的父亲娶了他继祖母的女儿。年轻时，许杰的父亲曾经被送去估衣铺（又叫拆衣店）估衣，也就是买卖旧衣服，学成以后就留在那里当小伙计。但是，家里上有老下有小，估衣铺里的工资根本不够开支，于是他就从这个店铺里搜罗来一些旧衣，重新改一改再挑出去变卖，也赚了一点钱。但好景不长，家道很快开始中落。1915 年春天，许杰的母亲产前生病去世。之后，家里发现了很多债务，原来是父亲做生意时亏空了，家用不够开支，母亲就参加了当地一种叫“月月红”的储蓄。大概就是：我要用十元钱，那么就找十个人，每个人出一元钱，这个月我收这十元钱，其余九个人帮忙，以后每月抽一元钱，十个人轮流收回。许杰的母亲因为人缘好，家里没有钱的时候，就瞒着他的父亲与别人约这个“月月红”的会，并向别人借了钱。虽然家里经济情况不好，但她还是不肯增加家里的负担，这是她的性格使然，并影响到了许杰。母亲去世以后，灵柩停在村头名叫曹家岩的小丘上，上面有一座曹岩庙，庙前就是停灵的地方。根据当地习俗，妇女临产之际死去的，死后灵魂会出来，坐在灵柩旁边抱着小囝喂奶，因此家里人一定要送一把小竹椅去。因为在露天，所以还必须送一把伞去，并把这把伞张开来插在椅子上。许杰家也遵照这一习俗，送了一把上面撑有小雨伞的小竹椅去。许杰经常会到母亲停灵的地方去，这把历经风吹雨打的小竹椅和破雨伞给他留下了深刻的印象。

许钦文幼年时，家人曾按照当地习俗，在村上北海桥给他找了一个结拜娘，并由这个结拜娘给他取名作刘道福。这是因“生辰八字”而来的一个人生仪礼俗信，有些地方也称为“拜干亲”“认寄父寄母”“过房”等。有小孩的人家，如果认为小孩的“生辰八字”刚好与父母相克，则视为难以养活，一定要认儿女多的人或贫寒的人为继父母。人们普遍认为儿女成群的人家，孩子就像成群的动物一样容易长大；家境贫寒人家的小孩不娇贵、抵抗力强，反而容易长大。除了认干亲之外，许钦文还曾在偏门外庙里的菩萨处“寄名”。这也是当地的人生礼仪俗信之一，一般是小儿出生后多病难养，于是父母将婴儿或幼子送到寺庙，请和尚给他命名佛门中的名号，试图借助神佛的佑护渡过关厄。胡朴安《中华全国风俗志》曰："大凡缺少子嗣之人家，忽然生下一个男孩，自然爱如珍宝。但是一方面却时时惶恐，或是多病，或是夭殇。因此，为父母者往往带领小儿，到庙中焚香祷告，求和尚给小儿起一名，俗称寄僧名。其意盖谓自此以后，此孩便算出家。寄僧名之孩，往往作僧人之装束。"[1]民国前后，绍兴城乡皆有香火兴盛的关帝庙和包公殿。一位是仁义至上的武财神，一位是众人崇敬的包青天，绍兴人对这两位神灵特别崇拜，为了求得他们的保佑，常常将孩子带到关帝庙或包公殿"寄名"。"寄名"神佛之后，并不是永不还俗，而是借神佛的保佑，躲避过一定时期的关厄后，就可以"还俗"。按照这一习俗，许钦文也曾在菩萨处"记名"为张金。幼年时耳濡目染的越地民俗，对许钦文日后倔强坚韧性格的形成起了至关重要的作用。炎夏初秋在院子里纳凉时，祖父总是喜欢给孙子讲历史故事，尤其是太平天国的故事，讲完后都会再讲一番如何做人的道理。每当社戏上演的时候，父亲便会带他去看。他喜欢看的"大戏"总是在半夜以后上演，就算再怎么困倦，他也必然要等待。穿着大红衫子，石灰一样白的圆脸，披散着头发的"女吊"和着悲凉的喇叭，在台上哭诉人间所遭遇的种种不幸，不仅赶走了他的睡意，也让他同情不已。他曾回忆道："记得幼时看'大戏''目连戏''跳吊'总要到半夜后，虽然未到半夜已经疲倦，但我也要熬着看了才肯回家。"正是由于"女吊复仇的坚决很感动人"，"女吊的本身是美的，她受苦，被迫害，使人感动"，因此，他的小说集《故乡》封面采用了友人陶元庆所画的复仇之鬼"女吊"形象。他还从小喜欢看社戏《白蛇传》，对于横加干涉并压迫别人个性自由的法海和尚充满了愤怒。幼年时期听到的故事和看到的社戏，使许钦文从小就被植入了同情弱者、憎恨强权的越文化基因，并很自然地接受了"慷慨以复仇，隐忍以成事"这种具有刚烈内敛特性的越文化精神熏陶。

巴人刚落地不久，就停止了呼吸，因此父母只好伤心地按照当地习俗打算让一个"善埋孩子听说还在坟地上偷偷烹吃死孩子"的"堕民"拿去埋掉。还是对门的阿婶有办法，把他放在木制脚盆里，口里念念有词，往右方向转三转，往后方向转七转，抱起孩子在他背上一拍，孩子竟

---

① 胡朴安：《中华全国风俗志》下篇卷一"直隶"，岳麓书社 2013 年版，第 374 页。

“哇”的哭出声来。按照当地习俗,脚盆是脏物,尤其是盛过妇女月经带,洗过下身,放过污血,什么妖怪邪气都会被它冲掉。为了消除灾难,使他能活下来,父母就根据当地风俗,给他取了名字叫“和尚”。浙东民间一直流传着为孩子寄名于和尚的习俗。据说和尚是出家人,受神灵的保护,妖魔鬼怪对之无可奈何。如由于鲁迅的“八字”(生年、生月、生日、生时)好,生日与灶司菩萨相同,被人料定日后必定“出山”(能成大事、有出息),但俗传“祟牢头”(恶鬼)专门“寻着”这种“小官人”的,正如鲁迅在《我的第一个师父》中说:“中国有许多妖魔鬼怪,专喜欢杀害有出息的人,尤其是孩子。”根据绍兴风俗,找一个和尚拜为师父,就可以避灾脱晦,恶鬼不敢来“寻着”侵扰,小孩就容易养大。所以鲁迅还在襁褓时就被抱到长庆寺去,拜住持和尚龙师父为师父,寄名为他的弟子,取法名叫“长根”,大概是“长寿之根苗”的意思,以防止“养不大”。由于解放前医疗卫生条件差,小孩夭折多,人们又比较迷信,为了求得孩子健康成长,故而人们拜佛为亲,以“寄名”作为护身符。[①] 小孩子读书前要“拜孔子”。因此巴人读书时,他父亲右手提锡茶壶,左手拿着两包包头,分别放着黑枣、红枣。学堂里的董先生满满装了两盆,并恭恭敬敬地点上三支香和一对蜡烛。巴人在父亲的指点下,恭敬地向孔圣人一跪三拜,并向先生一拜,而父亲则倒了满满的红糖茶给先生,同时把红糖茶分给了其他学生,这叫“结缘”,据说喝了红糖茶就不会和巴人吵嘴打架了。

王西彦的父母为了他能健康成长,依照义乌当地习俗给他找了一个衣衫褴褛的看庙人做义父。当地人认为,凡是生辰八字和亲生父母相克或是注定难以长大成人的小孩子必须认一个孤零无依的人做义父才可以消祸除灾。当然,在他很小的时候,家里人还给他娶过一个童养媳。孩提时代,王西彦曾听惯了读过《三国演义》的堂房小叔叔讲“赤壁之战”之类的故事,因此对庙里的关帝爷和关平、周仓等神像,倍感亲切。他还对离村子不远的西竺庵里面带微笑、慈眉善目的胡公倍感亲切。农历八月十三日是胡公的生日,当地不仅要演草台戏,而且还要迎神。演戏的班子和剧种,以本地流行的登剧、乱弹和徽戏为主,也有昆

---

① 参见王西彦:《永存的恩泽》,载《人民文学》1990 年第 5 期,第 67—68 页。

腔和滩黄；剧情大多宣扬忠孝节义，偶有揭露社会黑暗和反抗封建压迫。所谓迎神，就是把一个黄杨木雕成的小神像安放在形如亭阁的神轿里，往各村游行一遍，接受村民们香烛鞭炮的致敬。这个胡公原来是邻县永康胡库村一个穷人的儿子，根据当地“贵者贱之，贱者贵之”的原则，父母给他取了个“胡厕”的名字，意思是从厕所边捡来的，因为浙东乡民们普遍认为，小孩子越是卑贱就越容易抚养，不致折煞福星。没想到，这个从厕所边捡来的孩子，日后竟然苦学成才，考上了北宋端拱年间的进士，成为婺州府有史以来第一个取得如此功名的文人。后来，他把名字改作“胡则”。[①]

浙东自古就是一个迷信淫祀、好佛信鬼的地方。许杰的祖父和父亲常常念经，母亲因为家贫而频频参加名为“月月红”的民间储蓄活动。许钦文的父亲一直对祭祀礼节很虔诚，即使家里常常没米吃，但板壁上却始终会挂满成串的银锭。他曾深有感触地说：“我感到，我的故乡虽然山明水秀，被称作文物之邦，却是充满着封建迷信的污浊空气，像到处堆满了发着腐臭的垃圾。……讲鬼神的事情比别处多，就连倒大小便的日子，也有许多忌讳，如今天是什么菩萨生日不能倒，明天又是什么节日不能倒，甚至夏天蛆虫爬出来，秽气四溢也不管。……还有石牌坊简直可以说是排成长队的。在城里，到了深夜，还可以听到打锡箔的声音铿铿锵锵，村里的妇女也在那里点着油灯笃笃笃笃地褙锡箔，为着生产迷信品糊纸锭，做纸元宝，准备祭神时烧给鬼神当作钱用的。……这种封建陋习，使我又急，又气愤。”[②]巴人在回忆其故乡浙东奉化乡民的闲谈时也曾说：“他们的话里大都是狐和鬼。他们构想出一个很有道德很守一切人类礼节的狐鬼社会，通过他们那种原始的野蛮性，又把某一种狐鬼的作恶行为，着上很浓的色彩。他们就那么陶醉在超现实的快乐里，仿佛自己正在狐鬼社会里。”[③]王西彦的祖母是一个观世音菩萨的虔诚的崇拜者，父亲兼给人家选日子和看风水。受此影响，浙东乡土

---

① 参见浙江省民间文艺家协会：《浙江民俗大观》，当代中国出版社 1988 年版，第 233 页。

② 许钦文：《钦文自传》，人民文学出版社 1986 年版，第 102—103 页。

③ 巴人：《捉鬼篇》，转引自钱英才：《巴人的生平与创作》，浙江文艺出版社 1990 年版，第 2 页。

小说作家往往通过表现乡俗的野蛮来对封建宗法制社会加以批判。

民俗文化的正面内容使浙东乡土小说作家体味到故乡、人生的可爱和美丽，使他们自然地萌生出一种爱乡、爱国之情和振兴、报效之心；而其所包含的大量的负面部分，又使他们觉察到故乡故国的落后、愚昧和陈腐，使他们亲身感受到封建礼教的“吃人”本质，使他们能透彻理解中国的封建传统，以致在五四时期他们能够扯起反封建的大旗奋勇向前，猛烈攻击腐朽的旧社会。

第二节　创作中的民间理性

乡土小说作家往往生活在一定的民间文化环境之中。民间文化不仅会潜移默化地影响并制约作家的思维方式和艺术活动，而且能够激发作家的创作灵感和审美激情。依黄永林所言，民间理性和民间立场的表达在不同时期、不同作家那里呈现为不同的形态：第一种是民间启蒙理性，即作家在对封建落后愚昧民众形象的塑造中，力图通过启蒙重造一个民主自由的民间社会；第二种是民间回归理性，即作家在诗意化的民间乐园的重塑中努力寻找民间理性的价值意义，倡导向民间和谐社会与文化传统回归；第三种是民间批判理性，即作家超越现实生活层面，用具有批判意义的民间理性精神观照民间社会，在对民间传统文化的评判中重新审视民间，发挥民间理性特有的批判力量和功能。不少乡土小说作家虽然以启蒙者的身份出现，但他们的话语方式一直保持着民间的姿态，站在知识分子民间立场上审视乡村民间生活，在启蒙话语悲壮性的洞烛之下，乡村民间得到了重新阐释。乡土小说在批判传统势力追求现代特征时，也面临着前所未有的矛盾，面对现代化的工业社会对人性的异化，在启蒙话语受到一定的挫折和都市文化的挤压时，淳朴、厚实和具有民族文化风范的乡土民间理性成为乡土小说作家重构理想世界的坚实基础，并以此来确立民间的道德优势，作为对都市堕落生活的针砭。这批从民间底层着眼的乡土小说作家，他们对民间一往情深，试图到民间去重温人情的淳朴，将叙事文本指向那远处、天真、充满生命活力的乡村世界，以抗击都市文化的世风日下与道德沦丧。[①]此说甚是。

浙东民间文化对浙东乡土小说作家的影响，除了它那得天独厚的自然和人文环境的影响因素之外，更重要的是，这些影响因素已经作为一种文化基因，深深地融进了浙东乡土小说作家的精神血肉之中，并孕育了一种极具地域性特征的文化性格和审美心理，形成了一种极具个性特征的思维方式和创作方式。这正是郑择魁所指出的浙东乡土小说中存在的一种“召唤地母的精神结构”，“它不是显在的，而是隐伏的，类似于集体无意识的心理积淀，从而构成一种隐秘的心理冲动。……”[②]以此为基点，逐渐扩展为土性的审美敏感区，使得浙东乡土小说作家对乡土产生了独特的兴趣。他们深入本土，在地域文化的深厚土壤中汲取先民的血液和精魂，写出了乡民们的生存本相：许杰笔下的人物具有台州人的倔强和硬气。巴人笔下的农民不是卑顺低下、麻木不仁、安于命运的，而是志向高、骨气硬的人物。潘漠华笔下的农民决不向命运低头。只有王鲁彦、许钦文笔下的人物大都缺少反抗的闪光，也有奴性意识，不过他们是国民性批判的对象。

王鲁彦从小就和农民有着深切的交往。“鲁彦的童年和少年时代都是在农村度过的。他的伴侣都是农家朴实的孩子。还在幼小时，鲁彦就表现出对艺术的爱好和才能。以音乐为媒介，他和农村的劳动者结成了亲密的朋友。冬天，他们在落雪的早晨一起堆造‘雪和尚’；春天，他们在锣声的召唤中一道往嘉溪山上坟；农民兄弟用粗糙的大手替他做好精致的钓鱼竿，使他玩得废寝忘食；贫苦雇工则让他从极简单的竹管丝弦中，听到劳动者心中丰富优美的音乐……在鲁彦的一生中始终保留着十几年的乡村生活带给他的充满诗意的印象，这印象同时也为他的创作提供了许多珍贵的素材。”[③]王鲁彦的家乡镇海，杨家桥横跨在河上，桥的两端有一条小街，两边开了米店、豆腐店等小店铺，居民的日常生活所要都到这里来购买。货物的进出，顾客的往来使得这里成

---

① 参见黄永林：《中国民间文化与新时期小说》，人民出版社2007年版，第40—42页。

② 郑择魁：《吴越文化与中国现代文学》，杭州大学出版社1998年版，第51页。

③ 范伯群，曾华鹏：《王鲁彦论》，上海文艺出版社1980年版，第3页。

了王隘村最热闹的地方。王鲁彦的家就在这条官河的边上，每年他父亲外出那天的后半夜，“二时后，就有划船老大在墙外叫喊起来，是父亲离家的时候了”。这些景色后来在王鲁彦的小说和散文中多次出现，如《河边》《桥上》《野火》等小说中都有河和桥的出现。你看傅家桥：只要街上有消息可听，有来往的人可看，无论男女老少没事做的时候都会聚到街上来，随便走进一家店堂去坐着谈天。村里还有祠堂和庙宇，每逢过年过节，童年的王鲁彦都要到那里去叩头、拜祖宗。“大碶头现在叫做大碶公社，是典型的江南水乡。那里的木板桥、轧米船，每每在王鲁彦的小说和散文中出现，成为必不可少的背景、道具；而那里农民的贫穷愚昧、悲苦愤激又几乎渗透进王鲁彦的所有作品，成为它们的血肉和灵魂。王鲁彦从小就是呼吸着和农民一样的空气长大的。”①

除了家乡风貌诉诸笔端外，王鲁彦的实际生活经历也总是会在不经意间反映到作品中。《钓鱼》写的是自己童少年时代的钓鱼、钓虾生活。《旅人的心》折射的是父亲和自己离乡背井一起去上海当学徒时的生活。《自立》中的故事情节来自父亲小时候给他讲过的祖上兄弟二人因盖房子而打的一场官司。《小小的心》中的阿品，其原型曾跟作者同住，连人物的性格也保留了原样。王鲁彦在桂林时，曾有一次在街上看到一个陌生孩子在玩耍，就停下脚步和他亲切地交谈起来，久久不想离开。这种喜欢小孩子之情，也充分体现在了他的《小小的心》里。后来他在《厦门印象记》中记录了一段遇见《小小的心》中人物原型的文字。同时，《贱人》也刻画了一个类似小小的被人贩子拐卖的小孩。《菊英的出嫁》中的冥婚场景，真实地在王鲁彦家里发生过，是为死去的哥哥而举办的。我们可以从他的散文《母亲的时钟》中找到一些线索：“那是我们阴配的嫂嫂的嫁妆。它比母亲的一架更新，更美观，声音更好听。”这句话明确告诉读者，王鲁彦的家里曾经为死去的哥哥举行过一场冥婚。王鲁彦的父亲是一个长年在外谋生的店员，这成了小说《黄金》中的如史伯伯、《桥上》中的伊新叔、《菊英的出嫁》中的菊英父亲等人物形象的原型。当然，菊英的娘也未必不是王鲁彦经常承受孤独和寂寞的母亲

---

① 刘增人，陈子善：《鲁彦夫人覃英同志访问记》，载《新文学史料》1980年第2期，第221页。

的真实写照。1932年10月，王鲁彦乘船去上海，中途回镇海老家住了两个多月。王鲁彦在外漂泊十多年后再次回到故乡，“故乡农村经济的凋敝，贫苦农民的悲惨命运，勾起了鲁彦的文思”，[①]于是他开始酝酿长篇小说《野火》的写作，并“计划写出以浙江农民生活为题材的三部曲：《野火》、《春草》和《疾风》，他要在小说中暴露地主阶级的贪婪和凶残，反映贫苦农民受难、不满、觉醒、反抗、直至斗争胜利的全过程。”[②]

许钦文的乡土小说，经常用故乡的事情做题材，“我所用的题材，荡出大半是亲历的实事，把实实在在的真事情照样写出来[③]。”他认为“故乡的事情，大概是熟悉、比较熟悉的，用作题材，从实际出发，可以写得入情入理，也容易写得比较深刻生动”，“创作要写熟悉的事情，我的所爱在故乡，我的所恨也在故乡，笔下抒情，自然容易接触到故乡的事情上去”。[④] 许钦文的父亲“除做流畅的八股文，写工整的洪武正楷，要画兰花，刻图章，还要弹三弦，吹笛子，唱《西厢记》，连女子戴的珠花也会扎得很好；他又会种花，游水，爬树，打得一手好牌，无论麻雀或大和，都有精深的功夫。我底儿童时期正当他底少年时代，我既于无意中受了他这种种底影响，又有了像他不肯轻易同人点头招呼的习性。”[⑤]现实中的父亲后来成了《回乡时记》中“父亲”的原型：“父亲总是用火漆、松香、蚌壳、树根和煤渣等物堆成种种形状，《桃花源》《踏雪寻梅》《八仙》《三星请寿》《麻姑老寿星》《鹬蚌渔翁》，许多《西厢记》和《红楼梦》中的情形，现在愈积愈多了。……他本精习洪武正楷和经书，科举废后就画兰花，写魏碑，也雕刻玉石，都已很有心得。晚上总要提着‘天疣子夜游’的灯笼深夜才归，夏夜往往和祖父先后伴奏三弦、琵琶和洞箫。”

---

① 刘增人，陈子善：《鲁彦夫人覃英同志访问记》，载《新文学史料》1980年第2期，第224页。

② 同上，第225页。

③ 许钦文：《从“故乡”到“一坛酒”》，转引自王光东：《中国现当代乡土文学研究（下卷）》，东方出版中心2011年版，第167页。

④ 许钦文：《卖文六十年志感》，载《东海》1982年4月号，转引自鲁雪莉：《越文化视野中的乡土作家——许钦文传论》，中国社会科学出版社2011年版，第203页。

⑤ 同③，第166页。

源于越地远文化传统的精神积淀和近文化传统即浙东启蒙文化思潮的深刻浸淫，许钦文与越地乡村割不断的乡土情结使他把自己的创作与乡土紧密联系在一起，炽热而真诚的乡情使他的创作显现出强烈的浙东生活气息与民俗风情特色。同时，越地质朴务实的人文品性和反叛与启蒙的文化因子承传，使许钦文在创作中极为重视人的思想启蒙，显示出向封建传统观念的挑战。他在创作中描写家乡的风俗民情，一方面对那片土地有着深深的眷恋，另一方面，用无情的笔尖去挑开浙东越地文化的痼疾，表现出深刻的文化反思和批判精神。《石宕》就是作者根据幼时听到过的一个故事而写的。

巴人的家乡有一个作为尚书象征的"尚书第"，俗称"狮子闾门"。幼年时，巴人经常在这里听村民们讲带有神奇色彩的狐鬼故事。不过，巴人听得更多的是，他们诉说现实的血和泪生活；堕民的低贱、悲惨的境遇；地主的残忍和凶狠等。巴人说："在社会给我影响最深的是木匠、竹匠和村中的老农民。我自小喜欢学锯木，补箩笊。……村中老农民，每在夏秋之夜，为我讲'长毛'故事，为我讲邻县秀才王锡彤造反的故事(宁海县平洋党反教斗争)，这些人给我的思想感情的影响，现在分析起来，是有决定性作用的。我之所以爱好文学，和我一开始写小说，总是写农民，是和小时这段生活有关的，而且一直到现在，我还没有放弃写王锡彤造反的故事的计划(一生来，已三次起稿，三次失掉)，也是和这种影响有关的。"[①]巴人也曾说："我的工作是这样开始的，一方面跟乡里思想相同的朋友，杂谈着一切人生问题；一面却拣着晚上乘凉的时候，跟乡下人谈家常事情。——于是我偷偷地把这些东西记下来。……可是一到后来，离开乡村，却时时叫我记起那些被记下过的人物，仿佛那些人物，并不是活在这现实社会上，而是活在我的那些草稿本里。"[②]巴人幼年喜欢听祖父讲故事，尤其是太平天国的故事、汤太守造三江闸的故事，他也特别喜欢看社戏。巴人的父亲"善讲故事。《西游记》《三国

① 王任叔：《自传》，载上海鲁迅纪念馆：《巴人先生纪念集》，人民文学出版社 2001 年版，第 422 页。

② 王任叔：《深入农民群众》，载 1936 年《青年界》第 10 卷第 1 号，转引自钱英才：《巴人的生平与创作》，浙江文艺出版社 1990 年版，第 64 页。

演义》是‘拿手好戏’。十岁时，父亲肺病咯血，在家闲养。在大烟灯前，在黄昏人静的时候，常与村中‘破靴’，娓娓谈论唐僧刘备不倦[①]。”后来父亲因为身患肺病曾一度吸食大烟。民国后，县里开始禁大烟，他父亲一听到禁烟令后便将烟盘扔进了溪水里，发誓从此以后再也不吸大烟了。这件事情对巴人的影响很大，而且他也将这件事写进了《顺民》中。巴人家有两片竹山。巴人小时候很喜欢在秋末冬初跟随父亲去竹山壅培，看父亲“号竹”，从而对毛竹产生了特别的感情，正如《殉》中的三田虮对竹林的感情。他的母亲是一位坚强而有主见的妇女。大革命爆发后，她的孩子们因卷入砸菩萨、赶和尚、嫁尼姑的运动而遭受全村人的非议时，她为了支持自己孩子的革命精神，抵制全村的责难，竟“把自己祈神礼拜的香竹筒，用斧子给劈碎了！并立誓——为了支持自己孩子的事不再念佛吃素！”在巴人和他二哥以后的革命斗争中，也得到了母亲的理解和支持。这在他的长篇小说《冲突》中得到了具体的再现。在小说中，乔翰家的老大乔治相当于巴人的大哥朝延（伯庸），乔翰相当于巴人的二哥朝焕（仲隅），乔芍相当于作者本人（浙东方言，乔、朝同音），三叔婆相当于他的母亲。以书中锦溪县（奉化县治所在地大桥镇有锦溪河）党的领导人物来说，常务委员章一兆就是庄公间（浙东方言，章、庄同音），农工部委员竺先生就是卓子英，青年部委员小马就是巴人的挚友、诗人董子兴烈士（笔名挚声，1927年冬被捕时为奉化县委书记）。农友老三叔公、阿翘、才兴、阿龙、瘸腿兆麟，凡是读过作者早年短篇小说集的人，那就更觉亲切了。反面人物戴北江相当于戴南村，吕连相当于俞飞鹏，而官僚段承泽、沈秉垂，则是实举其名。至于书中的西溪村，就是作者的故乡大堰村，武装冲突的周村，就是县内的裘村。而农民与土匪、散兵的斗争，在西溪村组织农会、建党、酝酿二五减租、捣毁庙庵与县党部、为含冤农民做主、海滨乡与国家主义派的武装冲突……都是有史实可考的。

---

① 王任叔：《自传》，载上海鲁迅纪念馆：《巴人先生纪念集》，人民文学出版社2001年版，第422页。

巴人出生的奉化，是一个“民多事丛，号不易治”[①]的地方。《奉化县志》载：“贫者虽储无担石，而衣冠楚楚，亦不至于垢蔽，大抵受性刚直，任意尚气。”浙东山区强悍的民风深深地影响了巴人的文学创作，反映在作品中，则是勾勒了一群倔强、刚硬的浙东山区农民群像，他们身上无一例外地存有坚忍、硬气的地域风骨和反抗精神，充满了野气和匪气。如《运秧驼背》中的运秧驼背、《白眼老八》中的白眼老八、《冲突》中的阿翘、《仇视》中的狗老蟆等，都是勇于反抗、刚正不阿的农民形象。在《隔离》中，巴人借助青年艺术家樊光甫的视角道出了自己的审美选择：“他抱着一种隐约的理想沉浸在这古朴的乡村的诗样温情里。他不须用眼去观察每一个乡民的脸，用手去摸每一个乡民的心，他只要望一望这苍老的山色，这厚重的土地，嗅一嗅它们发出来的凝滞的气息，他就觉得这确是建筑理想世界的最好材料，最坚实的土地。”可见，作者从乡民笨拙的性格里看出了坚韧。

巴人乡土小说艺术上最主要的特征，是它的地方特色，具体表现在风景、风俗的描绘、方言土语的运用上。《白眼老八》中的白眼老八，是生活中实有的；《运秧驼背》中的运秧驼背，村里就有两个。《阿贵流浪记》写的是他自己的一段亲身经历。1925 年春，巴人从四明日报社辞职后，跟着一位同乡到了上海。起初因人生地不熟而找不到工作，唯一能做的只是到处闲逛。后经友人介绍在宁波同乡会谋得了一份工作，但因看不惯该会秘书的脸色，只上了一天班就再也不去了。后来他在茶楼、马路看到青年学生的演讲和散发的传单后，得悉了“五卅”惨案的事实，于是便愤然离开上海。小说主人公阿贵的故事，正好影射了作者的这段经历。同时，巴人还用他那多情的文笔，把浙东山区的自然风光和民情风俗描绘得绚丽多姿，芬芳浓郁。《殉》中对竹乡的描绘，充满了诗情画意。作者描写的不同季节的竹山景色，很好地衬托了人物的性格，表现了人物的感情，几乎达到了情景交融的地步。

柔石的家乡宁海自古民风淳朴，但也歪风陋习盛行，“典妻”即为其中之一。据毛海莹田野调查所得：柔石（本名赵平福）所在的赵家曾有

---

① 陈造：《县丞厅壁记》，转引自胡朴安：《中华全国风俗志》上篇卷三“浙江”，岳麓书社 2013 年版，第 81 页。

个兄弟因家境贫困而将妻子典给了当地的一个财主。柔石得知此事后甚为诧异，日后脑海中不时浮现兄嫂被典时的情景——一顶两人抬的小轿里，有个哭哭啼啼的少妇，抛夫弃子，进了财主家血盆大口般的门，传宗接代……柔石之子赵帝江也曾肯定：《为奴隶的母亲》中的"典妻"习俗取材于宁海地区的实际生活，认为该作品所描写的内容是符合生活真实的。

王西彦的父亲是一个乡村私塾老师，在他的小书柜里，除了医书、杂书外，还有一部已经发黄的涟鲜纸绣像《三国演义》。这对刚懂事的王西彦来说，是一个极强的诱惑。他的一个绰号叫"老太婆伯伯"的堂房小叔叔，满肚子《三国演义》故事，能把"赤壁之战"说得有头有尾，绘声绘色，使听众身临其境。说到起兴处，他还会扯起沙哑的嗓子哼唱一段乔国老在甘露寺向孙国太母子夸说蜀将的戏文，把那句"这般虎将哪国有，还有那诸葛运计谋"唱得抑扬顿挫，有腔有调。王西彦曾把口述的历史故事和书上的神话故事，看作自己后来走上文学道路的诱导力量。但是，王西彦也承认，对他写作学习产生更大作用的，则是"像母亲那样的农村妇女的悲凉命运"[①]。当童养媳可以说是浙东农村妇女一般的命运。"有的女婴侥幸没有被绝望的母亲在她刚出世时就被塞进尿桶，等到长大到五六岁或十来岁，如果眉眼比较清秀，就有另一种'出路'在等待着她——被人贩子送到乌镇去转卖。"[②]人贩子买到的农村姑娘，一转手就能赚到一笔大钱。因此，"乌镇"这个字眼，就成为妇女们心目中的凶犯。"卖到乌镇去！"这句话就成为一种威吓。甚至爱哭的女孩子，一听到大人责骂说"你哭！你哭！再哭就卖你到乌镇去！"她就会一面嚎哭一面呼救道："不要卖我去乌镇！不要卖我去乌镇！"……王西彦笔下的"童养媳"其实现实生活中都有原型。他的母亲就是一位目不识丁的童养媳，"原先我只知道她姓骆，竟说不出名字。""三个姊姊都在婴儿时期就被'抱'给别人做童养媳，从而使她们终生陷入苦难。童年时期，母亲经常躲在灶门下暗自吞声流泪和大姊经常满脸血迹从婆

① 王西彦：《王西彦选集·自序》，湖南人民出版社 1982 年版，第 3 页。

② 王西彦：《我怎样学习写作——向故乡文学青年谈创作》，转引自艾以、沈辉、卫竹兰：《王西彦研究资料》，知识产权出版社 2009 年版，第 114 页。

家逃回村子却不敢进门的情景，给我留下极为深刻的印象。后来，二姊不满 30 岁就因夫妻不和而早死，三姊则在多病的丈夫去世后自行'出典'给别的男人，抗日战争中惨死于日寇的刺刀下。单是母亲和三个姊姊的遭遇，就在我幼稚的心灵里蒙上一层人生的阴影。"①"婶婶姊妹们的身世给了我易感的心灵特别深切的印象，因此，到了自己能够提笔写作时，就无法压制一个强烈的冲动——写出她们的身世和遭遇、叹息和眼泪，灵魂的麻木状态和改变命运的朦胧渴望。"②他的小叔叔肩背伛偻，走路一颠一颠的，加上说话噜苏，人们给他取了个绰号叫"老太婆伯伯"。这成了《老太婆伯伯》中人物的原型。"到了我能够使用不很纯熟的文字来写点什么的时候，童年和少年时期的回忆，连同混杂其间的迷惘心情，就一齐重现在眼前。"③农历十月十三日辰时，母亲在一场不明不白的病症里永离人世，年幼的王西彦跟随父亲度日。常言道："做官的爹，不如讨饭的娘。"又因性格暴戾的老祖母偏疼多病的哥哥，对做弟弟的极为冷漠，等等，这一切，使他在童年就失去了家庭的温暖，养成了隐忍的习惯。后来，王西彦把自己所写的回忆童年生活的作品编成一个集子出版，书名就叫做《忧伤的世界》。

乡土意识极强的王西彦，总是站在悲苦的乡民的角度，来看待和表现那个悲凉的乡土。他也曾多次说明，自己所写的几乎无一不是有生活实据的事情，有些甚至是真实生活经历的照直摹写。他曾说："一个作家的创作道路，总被决定于他的人生经历和他的人生态度。……我不知道对一个作家来说，除了写出生活的真实，把生活的真相忠实地告诉人民，他还有什么别的任务。"④又说："我的童年和少年时期都是在家乡农村里度过的，当我提笔学习写作时，关于家乡的见闻就成为所能采取的唯一的题材。尤其是，有谁能够忘记自己的乡土，不对乡土抱有深

① 王西彦：《自传》，转引自艾以、沈辉、卫竹兰：《王西彦研究资料》，知识产权出版社 2009 年版，第 3 页。

② 王西彦：《飞翔和大地——关于创作问题答〈青春〉编辑部问》，转引自艾以、沈辉、卫竹兰：《王西彦研究资料》，知识产权出版社 2009 年版，第 148 页。

③ 王西彦：《我怎样学习写作——向故乡文学青年谈创作》，转引自艾以、沈辉、卫竹兰：《王西彦研究资料》，知识产权出版社 2009 年版，第 117 页。

④ 王西彦：《王西彦小说选·自序》，湖南人民出版社 1982 年版，第 1 页。

切的感情呢？在我的观念里，乡土是和母亲相联系的，对乡土的感情也就类似对母亲的感情，或竟是同一的东西。直到现在，已经是一个白发如麻的老人了，我还依恋着自己的童年，记忆里还保留着过去那个充满叹息和眼泪的乡土的悲凉景象。”[①]“我不敢否认，自己在写作《古屋》时，脑子里是不是曾经浮现出那位邻村飘零子弟凄凉而苦涩的笑容。……如果不是出生在那么一个家庭里，不是童年和少年时期都在农村里度过的，不是对母亲和姊姊以及命运更为悲苦的农村妇女抱有同情和怜悯，我就不会提笔从事写作学习，不会在初期作品里描写农村生活和贫病农民的忍受挣扎和反抗。”[②]

“无论是讨血钱的奶娘，在明亮的月光下被送去出卖的村女，因严重旱灾的逼迫而变成藐视神灵和‘王法’的庄稼汉，身心备受蹂躏却只能饮泣吞声的童养媳，他们都是我童、少年时代所身经目睹的，在写作时眼前一直浮现着他们悲戚的面容。另一篇《苦命人》，写的就是我自己那个童养媳出身的母亲，连故事情节也大体上是实在的，记得写作的动机也就是为了纪念早离人间的苦命母亲。”[③]《残梦》《铃凤姑娘》《冬夜》《仇》《车站旁边的人家》等作品，多半是作者对故乡浙东乡村生活的临摹，真实地反映了乡民们的忧伤和苦难。《鱼鬼》中的鱼鬼，模特是他的一位患有癫痫病的远方堂兄弟；《黄昏》中的福田媳妇，模特是他惨死在日本侵略者刺刀下的小姊姊，“福田”则是他大姊夫家所在村子的名字；《漫长的路上》中的疯子，模特是他病死在监狱里的堂房小叔叔；《老太婆伯伯》中的老太婆伯伯，模特也是他的堂房小叔叔，连绰号都是他原有的；《福元佬和他戴白帽子的牛》和《刀俎上》都写到了乡民们对牛的爱惜之情。浙东地区农业发达，民间崇牛风盛行。乡民和牛是相依为命的，在农忙季节，他们宁愿自己省吃俭用，也要买上几两老酒“慰劳”耕牛。

潘漠华曾在《雨点集·自序》里说：“《晚上》等四篇，都以作者故乡

---

① 王西彦：《悲凉的乡土·自序》，花城出版社1982年版，第3页。

② 王西彦：《飞翔和大地——关于创作问题答〈青春〉编辑部问》，转引自艾以，沈辉，卫竹兰：《王西彦研究资料》，知识产权出版社2009年版，第150页。

③ 王西彦：《悲凉的乡土·自序》，花城出版社1982年版，第4页。

的农人为题材。我的故乡的生活，是一味朴素的生活。在物质的生活的鞭迫下，被‘命生定的’一句格言所卖，单独地艰苦地挣扎着。这四篇小说中，便都是这种人物。”[1]《晚上》中的高令、《人间》中的火吒司，都是这种“命生定”论者的代表。

柔石在恪守“人”的主题下，描写自己所熟悉的生活和人物。因此，他笔下出现了很多浙东农村的普通民众形象，特别是农村妇女形象，如《人鬼和他底妻的故事》《没有人听完她的衷诉》《为奴隶的母亲》等。

---

① 潘漠华：《雨点集·自序》，转引自杨义：《中国现代小说史》（第一册），人民文学出版社2005年版，第306页。

第三章　浙东乡土小说的创作范式

小说美学风貌的形成，不仅要受创作主体（如作家的精神气质、文化修养等）的左右，又要受创作客体（如小说的题材选择、人物塑造等）的影响。而创作主体的精神面貌、气质情感、思维方式和审美趣味等，也常常会在很大程度上受制于其生存的自然环境和社会环境。从这一意义来说，正是浙东地域特定的自然地理环境和浓郁的启蒙思想文化氛围的滋养和熏陶，才使得浙东乡土小说作家在创作中常常会采纳和运用以演绎民风、抒发性情为形态特征的表达方式。浙东“山岳气”和“水性格”刚柔相济的地域文化传统及其影响，使浙东乡土小说表现出一种“土性”和“水性”互动相制的文化审美风范。这两种看似矛盾实则统一的美学风格呈现了浙东乡土小说作家乡土叙事中的双声话语结构：当理性大于情感时，作家因看到民间文化的现代化进程中传统的负累太深，急需深挖“病根”加以改造，于是以犀利的笔触挑开乡村生活滞重的一面，着手进行乡村恶俗的道德化揭露；然而当情感大于理性之时，那种“地之子”的乡愁又冲淡了批判的锋芒，作家对民间文化多取自我欣赏、自我迷醉的创作心态，满含深情地描绘家乡优美和谐的自然风景，在文化选择上大抵表现出对传统文化的眷顾、怀恋以致向往的姿态，于是就有了“风情美、人性美”的诗意化书写。正如有论者所言：“当浙东乡土小说作家接受了先进思想的熏陶，以一个觉醒的现代知识分子的眼光，去重新审视他们曾生活过的乡村文化时，看到的是种种封闭、落后、沉闷、愚昧的景象，于是他们先是对乡村文化进行急切的批判；而当他们发现都市文明的污浊冷漠而深感孤独之时，家乡的自然山水和淳朴民风又成为他们寄托理想的精神乐园。”[①]但无论是以批判的

① 周春英：《王鲁彦评传》，中国社会科学出版社2011年版，第88页。

目光审视民间文化，还是以鉴赏的姿态观照民间文化，其间都渗透着或浓或淡的恋乡情绪。

第一节 “乡土批判”型叙事

我国著名社会学家费孝通曾对传统中国的社会属性进行过认定，他指出：“从基层上看去，中国社会是乡土性的”，“乡土性是‘乡土中国’精神世界的底色”，并认为，“乡土社会生活富有地方性”。[①] 中国自古以来就是一个传统的农业社会，其民具有明显的“土地情结”。在“五四”的时代语境中，乡土小说作家纷纷以反叛封建文化，肩负思想启蒙为己任，乡土题材势必成为其创作的最佳切入点之一。浙东乡土小说中显然存在一种“召唤地母”的精神结构，并以此为基点，逐渐扩展为土性的审美敏感区，这凸显了浙东乡土小说作家土性的艺术思维特征。“乡村是乡土中国的载体和文化象征，它与象征着现代中国的都市是处在对立之中的。同时，在对乡村落后文明的苦难叙事和精神批判当中，乡村又寄寓了对逝去的传统文明的一种复杂情感，而在都市想象和书写当中，都市又成为文明弊端的批判对象。”[②]受惠于浙东地域浓郁的启蒙思想文化氛围的浸染，以及出于同一乡土背景的乡土小说的领衔者鲁迅的感召和引领，浙东乡土小说作家纷纷以自觉的启蒙立场投入乡土写作，从而形成了以启蒙话语为主导的沉重坚实的创作主题。其直接审美指向，在于思考文化对于生存的影响，从而从提高民族生存素质的角度，进行了双重的文化批判：既是对古老、沉滞而落后的乡村恶俗的批判，又是对被近代商业文化污染腐化的都市文明的批判。浙东乡土小说作家凝心聚力于浙东这片有着深厚根基的文化故土，努力“将乡间的死生，泥土的气息，移在纸上”，[③]纷纷以这种文化批判的目光对浙东民间文化进行审视、思索和开掘，从而体现了改造“乡土浙东”以及与之相

---

① 费孝通：《乡土中国・生育制度》，北京大学出版社 1998 年版，第 1—4 页。

② 黄健：《“两浙”作家与中国新文学》，浙江大学出版社 2008 年版，第 277 页。

③ 鲁迅：《鲁迅全集(第六卷)・〈中国新文学大系〉小说二集序》，人民文学出版社 2005 年版，第 263 页。

关的落后的“国民性”的命意。

浙东地域强悍刚毅的民风和坚韧劲直的人文品性，使得此地的作家自觉或不自觉地产生了一种“山岳气”，反映到创作中，则总是趋向于批判型审美表达，“在坚硬、粗犷的意象中寻找兴奋点，使其创作格调变得强劲、硬朗”[①]。王鲁彦《岔路》和许杰的《惨雾》以悲愤的笔调叙写了械斗的经过，展现了浙东农村“白刀子进红刀子出”的强悍民风；许钦文的《石宕》和巴人的《老石工》写尽了浙东乡民为求生存而被逼出来的坚毅性格。

宗族，是传统农村社会结构中的一个重要方面。在宗法观念下，“族不问大小，各自为村，有事则集于一堂”[②]，“乡村皆聚族而居，无族不立宗祠”[③]。浙东乡土小说作家在表现浙东地区的宗族之争时，大多通过“械斗”加以表现。“械斗”是一种野蛮的陋俗，在现代文明制度建立之前，它或作为解决民间纠纷的手段，或作为复仇的路径。这既与农业社会中聚族而居的生存状态有关，同时也与浙东民性中“多山岳气”有关。自清朝以来，这种“械斗”在天台时有发生。特别是1990年初春，当地两个村庄因为山林纠纷而引发“械斗”，波及三个县市的同宗同姓的村庄，计有万余人参与。

王鲁彦的《岔路》叙写袁吴两村因鼠疫流行，白发的老人、强壮的青年、吮乳的小孩，先后死亡了，在种种办法均试验无效的情况下，通过权力（袁家村及其村长袁筱头象征着权力）和财富（吴家村及其村长吴大毕象征着财富）的结合，抬出了关爷像出巡。但在举行盛典时，竟为了关爷像到底该先走哪条道发生了争执，因为两村人都认为关爷像先去压邪的地方，鼠疫会得到更好的控制。为了这个还没有亲眼见到的虚拟利益，两村人引发了械斗，其目的就是为了看一看“到底哪一村的力量大”。盲目械斗所引发的悲剧可想而知：

---

① 王嘉良，傅红英：《启蒙语境中的乡土言说——“五四”浙东乡土作家群论》，载《文学评论》2004年第3期，第80页。

② 明万历《龙游县志（卷二）·风俗》，转引自汪林茂：《浙江通史》（清代卷下），浙江人民出版社2005年版，第418页。

③ 清光绪《富阳县志（卷十五）·风俗》，转引自汪林茂：《浙江通史》（清代卷下），浙江人民出版社2005年版，第418页。

> 瘟疫在两个村庄里巡行，敲着每一家的门，但人们开大了门，听它自由出入，只封锁了各个村庄的周围，同时又希冀着突破别人的土垒。每个村庄里的人在加倍的死亡，没有谁注意到。仇恨毁灭了生的希望。“宁可死得一个也不留！”吴阿霸这样说，袁载良这样说，两村的人也这样说。

发生械斗，说是偶然，其实也是必然。你看，两村的小孩子之间的吵架几乎是每天都不可避免的，平日里两村的青年也常常因为血气方刚而发生冲突。这种矛盾的郁积最终引发了无知而冲动的惨烈拼杀。这不是因为两村之间有什么不共戴天的宿仇，而是因为一村之内为血缘所系，同族同宗，而村与村之间则存在隔膜和排外思想，这种以村落为基本社区单元的宗法制社会的特点，最终使械斗一发而不可收拾。在封建宗法思想统治下，狭隘的乡民观念和仇恨意识非但没有阻止疾病的蔓延，反而引发了比疾病更人的危害——械斗。作者以冷隽之笔揭露了封建宗法制的农村私欲多于公愤、隔膜多于同情的残酷现实，从中体现了作者对世态炎凉的抨击和对不幸人民的同情。小说告诉我们，人的愚昧和自私，以及长年积存的惯性，有时比天灾造成的损失更甚。“愚昧之可怕是因为他们以虚妄的行为去对付狂暴的瘟疫，而这种虚妄的迷信行为又是官府所允许和听任的；自私之可怕是因为他们由争执一个村庄、一个宗族的无谓的体面而酿成流血事件。”①

许杰的乡土小说不仅表现了在封建宗法思想投影下农民的麻木、悲惨，更多表现的则是农民的渐趋醒悟和奋力抗争。许杰小说中的乡土气息，主要在于“他以一种粗豪、开阔的文笔，写出了浙地山乡剽悍倔强的民风。同样描写浙东农村，王鲁彦笔下镇海的旧式乡民，朴素、狭隘中带有势利；许杰笔下天台的旧式乡民，豪爽、泼辣中带有剽悍。即是说，王鲁彦作品使人感受到一种柔软的海风，许杰作品使人感受到一种冷硬的山风。活跃在许杰的这些小说中最有特色的人物，是械斗场上的勇士（《惨雾》），戏台下的泼妇（《台下的喜剧》），嗜赌成性的浪子（《赌徒吉顺》《漂浮》），作恶多端的盲人（《琴音》）。这里缺少的是羞涩、

---

① 杨义：《中国现代小说史》（第一卷），人民文学出版社 2005 年版，第 427 页。

怯懦、朴讷，所多的是奴性斗狠、放荡不羁、执迷不悟和敢于在大庭广众中抛头露面[①]。"

《惨雾》被茅盾认为"是那时候一篇杰出的作品……全篇的气魄是雄壮的"，"是农民自己的原始性的强悍和传统的恶劣的风俗"。[②] 小说叙写了玉湖和环溪两个村的村民为了一块尚不明价值且长满蓬蒿的小沙渚而引发的血腥械斗，惊心动魄地揭示了私有观念和为名誉及财富而战的野蛮民风相结合所造成的血的悲剧。从偷袭到对垒到火拼的整个过程，村子里"备战"的紧张氛围，"接战"前锣声里村民们的争先恐后，红了眼相互砍杀的残忍，以及家属们的惶恐惊悸，作者都进行了淋漓尽致的表现。既有对恐怖气氛的着力渲染，又有对血腥场面的淋漓描绘，从而将一场"由自私、狭隘和凶悍相互撞击而激发的血腥悲剧刻画得惊心动魄，令人难以释怀[③]。"

在批判好强斗狠的原始野蛮习俗过程中，小说的叙事也充满了一种坚韧的"硬气"：

村上总是充满一种杀气，这一种气味是辣人的火药气和涩口的血腥气所混成的；同时，也充满了一种惊恐的感觉。

……

我远远的望上老虎山的山顶，那边满山都是看战的人；他们有的张着洋伞，有的戴着箬帽；衣服的彩色是白的最多，清的和黑色少些。他们在那边蠕动，像是一群蚂蚁。

……

太阳如一颗杀星，照耀在沙漠一般的沙滩上，闪亮的细沙的眼，正像隐藏在地下的鬼火。

始丰溪染着可怕的鲜血，滚滚的激出绝调的哀音，滔滔然泛成血河的霞彩，和那立在旁边静悄悄地瞧着的柳树上的鸣

① 杨义：《中国现代小说史》（第一卷），人民文学出版社2005年版，第499页。

② 茅盾：《〈中国新文学大系〉小说一集导言》，上海文艺出版社1981年影印本，第28、31页。

③ 王嘉良：《"浙江潮"与中国新文学》，文化艺术出版社2004年版，第236页。

> 蝉的凄厉的哀声，与那复在头上的沉默着的愁容的天空里惨云的消魂的色彩相映合。
>
> ……
>
> 一切的空气之中，都笼罩着粗厉的恐怖之网，和倒垂着尖利的死神之刀。
>
> 世界是被黑暗所占领了；恶魔穿着黑暗之夜的魔衣，在一切的空气中，用粗厉的恐怖之网笼罩人生，和尖利的死神之刀对待人生。

作者通过这种缜密而又充满张力的叙述，真实地还原了浙东乡村械斗的原始蛮性，为人们展现出了一种惨淡的乡村生活和生存场景。王西彦在一篇怀念许杰的文章中曾说："《惨雾》表现出被一种原始性的宗法意识所控制的农民们的愚昧状态。……在我的童少年时期，也曾多次看到邻村因细小事故而引发的械斗。"[①]

这种械斗是野蛮习俗与强悍民风、财产欲与荣誉感的原发性流露。沙渚虽小，却是"一桩伟大的财富"；矛盾其实无谓，却是"一个权力和财富的冲突"。这种械斗更多体现的是一种集体无意识，对权力的崇拜已经作为生活的一部分渗入乡民的心理，以致玉湖村人去应战时，听到锣声，人们就如同着了魔一般，一个个自告奋勇，表现出病态的麻木、亢奋，义无反顾地冲锋在前。甚至不识情事的小孩都能和一批玩着的小孩，也不知受了什么暗示似的，跟着人群前进。这"暗示"正是对"械斗"这种集体无意识的发自内心的认同。于是，尚未成年的、"被自眩的本能所驱使"的多智拿起了自家的"武器"来对付亲姐夫："那只新的稻桶，桶外的四个'五谷丰登'的大字，和'积德堂能记置'几个小字，都没有磨灭净尽；这明明还是香桂姊家里的农具。"这难道不是一个极大的讽刺吗？再说起初尚显理智的多理，因"恐怕猪刀枪伤得太利害了"，就把它丢在地上，顺手把多智手里的短棒接过来。后来在村人"冲天般"的勇力影响下，"各人都自告奋勇，不欢喜自己有怯弱的表示，以致人们看出

---

① 王西彦：《童心不泯——怀念许杰先生》，载上海暨南大学校友会：《许杰先生纪念文集》，内部资料 1996 年版，第 3 页。

他是一个怕吃辣椒的弱鬼”，多理也终于大喊：“打死就给我先打死，我做先锋！来！我当头阵！我充敢死队！”并因此而打动了“许多好胜的后生”，“全村的灰了的心，又被他扇炽了；埋葬了的好胜的勇敢，又被掘起了”。

鲁迅曾指出，中国人虽然缺少“个人的自大”，却喜欢“合群的爱国的自大”。[①] 因此，多智的母亲看到自己的儿子磨刀霍霍时，这样说道：“你自己还没有长成十足，多智！正如一株娇嫩的毛竹，哪里可以临风呢？这些公共的事情，你只要不落了人后，已算好了；怎么还要出人头地呢?”这在浙东乡土小说中多有表现。如祥福（许杰《七十六岁的祥福》）劝三孙子不要革命而不得时说：“便是学堂里的人，都要革命；你也只好在后面跟跟的。”因为这种群体的参战可以不必为先，不承担后果，胜利了可以分一杯羹，失败了也可以把责任推给别人。因此，一旦有人以“众数”的名义发出号召，人们就会群起而从之。小说中也正是在众数的不断煽动和推波助澜下，两村才全面动员如临大敌，即使有人不愿意参与也“不敢违反大众的意思”，正如“我”父亲因前次没去，便被人骂为“偷懒”，对于公共的事业不热心，因此这次也就“推脱不过了”。最终，这种“神圣”的械斗让一村老少陷入了奋勇后的极度空虚与恐怖之中：

> 人马走完之后，村上非常的静寂；它是兼着大水后的凄清与暴雷后的惊恐的两种情调渲染成的一幅画，有令人置身在千丈飞瀑之下的寒栗与恐怖的魔力。

女人对此只有惊恐与无奈，她们的心“正如看着大火一样；她们不能前去救火，只能在辽远的异方看着它的势焰的凶猛与缓和，而用自己的心弦的紧张与弛缓同它相应和罢了。”可悲的是，她们却向老天与祖宗发出了要死亡归诸自己的奇怪祈祷：“少数的死亡归诸我；多数的受伤归诸那环溪人罢！”多么奇怪的祷告，要死亡归诸自己的祷告。因为她们已经认识到战争是没有不受伤或死亡的，而死亡可以有偿命的经费的

① 鲁迅：《鲁迅全集（第一卷）·随感录三十八》，人民文学出版社2005年版，第327页。

收入，受伤却不过是受了要死不死的苦痛。这是怎样一种“视死如归”的心态啊！

小说最大的特色在于，作者以紧张激烈的械斗和忧愁缠绵的闺房生活穿插叙写，从而构成了特殊的层次和情调，最后又以惨痛的结局和感伤的民间传说似的尾声结束全篇。在小说中，作者对主人公香桂姊用墨甚多。香桂姊是刚从玉湖村嫁到环溪村的新娘，新婚才不久，娘家和夫家双方就开始斗狠，从而使她陷入了两难境地：一方是娘家，她对娘家人怀着无限的深情；一方则是夫家，有着她深爱的丈夫，萦绕在她心头的是惨雾般的情感。作者通过表现她内心的矛盾，批判了为名誉和财富而战的粗犷野蛮的民风，揭示了私有观念和野蛮民风相结合而造成的悲剧。面对被杀的人，村人们毫无怜悯之心，反而将之视为战利品。最后，回娘家小住的香桂眼睁睁地看着丈夫被娘家村子里的人惨杀，那“鲜红的血，喷泉一样的涌起，它将要直射太阳，散成殷红的霞彩，腾腾然把漫天的光明罩住，洒下迷雾的一天的血雨。”为了将来“算总账”时多一个“筹码”，玉湖人把香桂丈夫的死尸从溪岸拖来充当本村人，为了避免引起对方怀疑，甚至不许香桂哀苦。所以她只能“含糊着哭着一声‘兄弟’”就投入丈夫的怀中，“用力的搂住他，好像要钻入他的心里的样子，她的眼泪直流，滔滔然欲把他的尸身漂去。”小说通过香桂的悲惨遭遇（丧夫和丧弟的双重痛苦）无情地控诉和批判了“灾难深重的中国人身上所存在的那种冥顽不化的自戕、内耗的国民劣根性”，[①]从而寄寓了作者对乡民的深切同情。

基于坚硬山（石）的长期磨砺，“土性”的艺术思维在浙东乡土小说作家那里是一种整体性的存在，在创作中则表现为一种粗犷豪放而又不乏质朴野性的审美情趣。许钦文在《石宕》中“渲染了一个‘石葬’的悲凉氛围”[②]。就“土性”意义而言，“石”也是一种土，是土性的极致。石宕是江浙一带对石矿的称谓。小说开头描写了采石工人金生一家的生

① 丁帆等：《中国大陆与台湾乡土小说比较史论》，南京大学出版社 2001 年版，第 72 页。

② 王嘉良：《辉煌“浙军”的历史聚合——浙江新文学作家群整体透视》，中国社会科学出版社 2009 年版，第 55 页。

存状况：金生的父亲因为从事过于劳累的采石工作而患咯血症死了。为了应付家用，金生只能做额外的工作以增加收入，因此在二十四岁的时候也像他的父亲一样咯血死了。他的弟弟有水随之继承了他的工作，挑起了他的负担，但身体还没有长成的有水终因承受了过重的劳累而只活得二十岁就像金生那样死了。尽管村民代复一代地因粉尘造成的肺病而咯血身亡，但他们不得不做，因为他们都有各自的负担，不得不养家糊口，而且在这个村里只有这种工作可以做，他们也只有做这种工作的本领，所以只能选择坚守，子习父业，兄死弟随，而且加工加点，“铎，铎，铎，……”的声音不绝。由于长期开采，石山变形，致使石层突然断裂，巨大的石块把七个石匠埋了进去，或留了一条臂膊，或留了一颗涂着鲜血的头，或留了一只带着小腿的脚，或只渗出了血水，或被活埋于石块下。（这种血腥的粗犷在浙东乡土小说中并不乏见。巴人的《灾》中，掘出来的因出蜃而被埋的人中，有血肉淋漓的一堆，饼子似的辨不出头和脚的；有去了下身，胸以上还在呼气的半尸；有搭棱棱的一个圆头；有紧紧地抱着个肉块的孩子的手臂；有竖在泥土里的两条腿；有给岩石打成个大窟窿的胸部；有紧紧地相互握住的两条手……许杰的《惨雾》中，癞头金被打死后，眼睛还是睁着，左边的面上有一个很深的刀痕，鲜血流染遍了头部，转成红黑色，将颡后的几根毛参参的黄发膏住……而臂部的肉已经紧涨得反花；腹部的伤口，还流出一节小肠。）尽管坚硬冷酷的石块中来自三个被埋石工的呼救声不绝于耳，但因石块太大、太厚，人们束手无策。外面的妇孺们虽然哭得呼天抢地，但唯一能做的也只是“六只手在那石上乱摸，似乎想在那里找出一道门，可以使她们的亲人走出”。这根本阻止不了石工因缺水缺粮而被活活饿死。但是，生活还得继续，石匠们在山体传出越来越微弱的呼救声中又发出了“铎，铎，铎……”的用铁锤打击铁锤凿石的声音，继续这种明知险象环生却又不得不为之的艰辛劳作。小说的结尾这样写道：

> 但是过了不过半个多月，铎铎铎的用铁锤打击铁锥的凿石的声音又从山底另一面起来，石匠们又在那里开石宕了，有时也是哼呀呵呀地嚷一阵。这并没有人预言过，以后不会再有那样危险的事情，也并没筹妥预防那种危险的方法。只是

因为他们都有负担,不能不做工以谋衣食,而在这村里只有这种工作可做,他们也只有做这种工作的本领。

由此可见,采石工人所面临的不是被石块砸死,就是因过度劳累而咯血死去。在生存困境下,人们无法改变凄惨的现实,心也只能随着与山石的接触而变得冷硬。小说的深刻之处正在于:它揭示了压在石匠们头上的比石崩更为可怕的东西,这就是沉重的生活负担。

巴人反映石工命运的小说《老石工》叙写老石工在“削壁千仞的大岩石前”的高空作业,岁月的磨砺已使他渐见老态,但枯皮似的手臂却还是“钢铁一般的坚硬”。巴人笔下的老石工,是一群长期与山石接触而成就的硬汉形象:

人蹲在那里,仿佛吊空似的,却还要使用大锤、铁凿凿着,跟岩石拼个你死我活。或者石矿已经开了一半,岩石上有块兜形的嘴子,他们就站在那嘴子上凿石块……

望望下面呢,是深得没有底的一块黑,望望上面,天是没边没际的阔,鸟儿拍着翼子打咱们脚下飞过,风从地底下卷起,直吹着咱们的屁股……要是个阴云不雨的天气,云在咱们脚下浮起,太阳却又贴近地照着咱们头顶,晒得人要死。头上冒汗,屁股可还沾着湿。……这时候,咱们就得什么都不给想起,光挥着大锤子,打在铁凿子屁股上,一凿又一凿地凿下去。……锤声,凿声,石块的飞溅,那是一切。人也算作跟锤子一样的一副家伙,那还挨得下去。

这是作家对浙东人刚硬气质的最形象的昭示。在高空作业,稍一分神,就会被摔成肉酱和血饼。但人有脑子终得想,除非把脑子麻醉得半醒不醒的,于是石工们想到了酒:

人一喝得够的时候,胆就泼天的大。仿佛两股下长着两个翅膀,上来下去,全都很松动。工作也就做得更起劲。妈的,什么跌不跌,这种糊涂想头全给赶跑了。老板呢,不用说,

> 在那附近村庄上，开了大酒店，任你喝足再算账。你一天舍不得喝，老板就会拍拍你的肩头，说："老狗，别痛惜铜钱，壮壮胆哇！"自然喝得惯，不喝也就全身没股劲，手和脚软软的象抽出了气，谁还上得石矿去。再说，咱们是粗人，谁会回头往后想：大鱼、大肉是现成的，不要你付一个子儿，写上账就完事……让那混账去在工钱上扣除……眼前总得活个够味，吃喝个饱来。便是跌死，也是个饱肚鬼呀！要是一喝得饱，那就天大危险也不怕，大伙儿唱着笑着，叫着骂着，打着扭着……不一会儿就各上各自的石窠去，叮呤当啷一阵子响，再也不愁跌下去……

但酒只能给他们壮胆，并不能给他们带来安全。石工也并非天生胆大，不得不借酒来壮胆。他们也并不留恋这样的日子：

> 这生活，我真活得够了，我倒想寻死。故意跌下来，跌个稀烂，叫老板没法再在我明年工作上扣回账钱，也算报了个仇！但再想想，我光杆子一个儿，谁收拾我这肉酱血饼。爸妈养大我，活着，没孝敬过一杯羹饭，死了，总得躺在他们身边去，这，这……有点不合算呀……

这种为生活所迫而被逼出来的坚毅，不免让人听来感到骇然和酸楚。巴人曾在《给破屋下的人们》一文中说过："我知道，你们是一无所有。……你们真是个耶稣啊！把一大部分的利益送给别人，留下极小部分给自己用，而且，有时连这极小部分都得不到，你们真个是甘心的吗?"因此，巴人的文本世界中缺少一般"侨寓者"笔下那种怀恋的甜蜜、凄婉的温馨，更多的是揭露乡村社会不幸的苦难、绝望的挣扎，以致反抗的呼声，从中又涌现出一群看似卑弱实则坚韧不屈的人。贫困、饥饿、破产的农民，生活在偏僻的山乡小村，住在破屋下、凉亭里，自己一锄一锄地耕种着田地，收上的禾谷要先交够地租，种上的青菜、瓜果要先孝敬乡绅。兵荒马乱，官兵们常常下乡胡作非为……这些人物形象都是破屋下无产无业，无亲无爱，受尽压迫，但却永远硬气，始终刚强，敢于怀疑甚至反抗旧秩序、旧道德的人。巴人之所以能生动形象地刻画出这类人物，正是源自他对破屋下人们的深切同情。

王西彦的《村野恋人》把背景放在一个几乎与世隔绝的小山城，表现了一对青年农民惨遭扼杀的爱情，同时也表现出了乡土人性的坚韧。庚虎家数代单传，每代男子不到三十五岁就毙命了。但庚虎和金兰不相信“不会有好结局”的宿命，依然热诚相爱。金兰更是不顾父母的粗暴干涉，常与庚虎在美奂常屋后面的竹林里幽会。庚虎被日军射杀后，悲痛欲绝的金兰长跪在竹林里，思忖着假如自己能和庚虎在这里双双自缢，那该是多么幸福啊。

在对古老、沉滞而落后的乡村恶俗的批判中，浙东乡土小说作家既有对野蛮而刚硬民风的凸显，更描写了“乡下的沉滞的氛围气”①。

王鲁彦是以“黯淡的颜色、阴郁的调子”来写故乡农村的，在质朴的乡风中，“交织进野蛮的欺压和陋旧的习俗”。②《自立》中的王大眼出于嫉妒，向官府告了对他出言不逊的弟弟一状。谁知在新屋落成的当天，县里真的来牌捉人了。在前往官府的路上，这对兄弟还争着付渡船钱，十分亲热。但他们即将面对的，则是遥遥无绝期的官司，审了又审，县官就是不肯结案。到最后，做弟弟的卖光了九十九亩田和大屋的一半宅基地，而王大眼也一个铜钱都没有到手，钱都进了县官的腰包。一句无聊的玩笑话，最终闹得倾家荡产，这想必是兄弟俩所不曾预料的。这一切的罪魁祸首是嫉妒，它的“毒焰是可以烧毁情谊，恩爱和理性的呀！”③《一个危险的人物》对村人的麻木落后和冷酷无情进行了批判。在T城读书八年的大学生子平回家探亲，一身穿着在邻居们觉得不以为然；回家五六天不曾迈出大门一步使邻居们颇感奇异；和十几个年轻女人的合影被误认为都是他的相好。在河边看衣衫褴褛的人钓鱼，并坐在了草地上；在邻居家吃饭时吃相不好；在山巅上狂奔、喝酒、爬树；在狂风暴雨中撑着纸伞、赤着脚，裤脚卷到大腿上，大声唱着歌去溪中

---

① 鲁迅：《鲁迅全集（第六卷）·〈中国新文学大系〉小说二集序》，人民文学出版社2005年版，第258页。

② 杨义：《中国现代小说史》（第一卷），人民文学出版社2005年版，第437页。

③ 苏雪林：《王鲁彦与许钦文》，载《现代》1935年第5期，转引自曾华鹏、蒋明玳：《王鲁彦研究资料》，江西人民出版社1984年版，第168页。

洗澡……这一切，都引来了村人的不满。及至有一天在林家塘贴出了减免租税的告示，被村人责骂为“多管闲事”。由此，子平成了林家塘人眼里的扫帚星，人人欲除之而后快。在愚昧的村人看来，“共产党就是破产党！共人家的钱，共人家的妻子！”并认为子平“和党部有关系”。于是，为了脱罪（隐藏共产党的人家一样是要枪毙的），更为了拿到他兄弟的产业（他兄弟名下尚有二十几亩田，几千元银庄的现款，且只有子平一子。子平一死，这些产业就该由惠明的大儿子继承），惠明和村人联合告发了他。在大家的合力中，子平凄惨地倒在了血泊中……林家塘又恢复了往日的平静。林家塘人这些是非不分、人妖颠倒的言行，一方面反映了当时革命的不深入，另一方面也显露了人们的落后和麻木。

许杰的乡土小说尤为关注乡村社会人们的生活和命运，不仅表现了封建的陈规陋习和父权、夫权等封建家长制度给农民们带来的痛苦，从而揭示了乡村社会中那些“无可挣扎的灰色的人生”图景；同时也表现了“沿海农村在资本主义都市风气侵袭下人们思想意识的变化以及正在发生的一些新的悲剧”。[①] 他在《贼》中叙写了枫溪镇捉贼殴贼的经过：“脚步杂踏的声音，拳头落到背上的声音，呼痛呼救求饶求恕的声音，恫吓的声音，询问的声音，谩骂的声音，立刻便闹成了一片。”就连十二岁的孩子和奶孩子的媳妇也加入了这一行列。小说既写出了枫溪人强悍的民风，也揭示了乡民麻木的心态。《奇特的朋友》写儿子和媳妇原本没有一丝感情，但家人和族长却硬要强迫他们同房。一切的一切，都是出于封建宗法制度的需要。受制于封建宗法制度的压迫，人都成了非人。《赌徒吉顺》则通过描写吉顺的堕落，展示了半殖民地半封建中国农村在资本主义金钱势力入侵下社会心理的变化和妇女们更其痛苦的境遇。

许钦文的乡土小说不仅展示了浙东农村的“土性”生活形态，而且“以深切的现代理性精神和犀利的批判性眼光，挖掘潜隐在地域文化深层的传统历史痼弊和国民的精神生存状态”，并通过“松村”这一典型环境的渲染“展示了文化痼疾给乡村带来的衰败贫穷与愚昧无知，渲染了一种普遍冷漠、麻木的社会氛围，开掘被传统封建文化包围渲染的乡民

---

① 严家炎：《中国现代小说流派史》（增订本），长江文艺出版社 2009 年版，第 53 页。

扭曲与病态的灵魂”[①]。许钦文笔下的松村是一个守旧、迷信、愚昧和落后的地方，虽然维新势力也曾一度影响过这里，但就像清风拂面，过后还是一潭死水。本来人力车夫比起轿子来是一个进步，但因为一个犯人坐过这种车子上法场处斩，反维新的人就说这种车子是“杀头车”，讲人道的维新家也不敢坐了；自从村里一条大黄狗与一条癞皮狗在路上交尾时被人称为“自由恋爱”后，这个词语就成了污秽的代名词了；松村人不喜欢劳动，只要勉强可以不劳动，总是不劳动；喜欢奴役人，只要一有奴役人的机会，总是设法去奴役别人；松村人尚“藏拙”，有着“毋多事，多事多败”的格言，又有“欺负她不要紧，帮助她是错的”习惯和“有力的就是有理的”习惯，以及其他许多陈旧落后的习俗、清规和迷信。在这里，一切是非善恶的唯一评判标准是人的尊卑、贵贱，而非客观事实。正是这种因封建等级制度延伸而来的生活逻辑和社会心理，制造了一桩桩悲剧。《疯妇》就批判了旧中国根深蒂固的封建宗法制度及其对乡村陋习的强力浸染。《模特儿》则控诉了封建宗法制下的农村私欲多于道义、隔膜大于同情、悲哀大于欢乐的社会现实。

巴人总是把笔触伸向乡间破屋，“描写乡民们悲惨的命运和孤苦的灵魂”，[②]展现艰难生活在社会底层的“盲目挣扎者的后半世的下场”。他对畸零者孤寂心灵的多笔墨刻画，其最终目的是为了控诉“社会对他们心灵的挤压，贫困的生活使乡村淳朴人情正逐渐失却，却增添了人世间的炎凉和黑暗”[③]。《白眼老八》批判了隐藏在封建道德背后，富兄不认穷弟、寡妇不认情人的冷酷世情。《运秧驼背》揭示了宗法制乡村人生价值颠倒的社会悲剧。《族长的悲哀》写出了新时代背景下乡村阶层地位的变化，暗示着新旧统治者其实如一丘之貉。《河豚子》写一个农民因走投无路而想到了寻死，本想用买来的河豚子毒死全家，无奈因煮的时间过长而毒性全失，因而求死未成。《佳讯》批判了反动当局残酷的经济剥削，捐税多得连农民把田送人也没有人要。而《莽秀才造反

① 鲁雪莉：《越文化视野中的乡土作家——许钦文传论》，中国社会科学出版社 2011 年版，第 139、143 页。

② 杨义：《中国现代小说史》（第一卷），人民文学出版社 2005 年版，第 388 页。

③ 黄健：《“两浙”作家与中国新文学》，浙江大学出版社 2008 年版，第 168、170 页。

记》这部封建末世的浙东百科全书，能让我们了解诸如械斗、诉讼、上坟、求神、祭祖、开贺，如何捐监生、买功名、奉祖庙、聚学田、请龙王、出稻会，如何吃大户、打龙灯，乃至充满野性的聚赌、虐杀、抢亲、野合……[①]在坚固的封建势力的把持下，乡民们的生活可想而知。雄猫头（《雄猫头的死》）被当作“眼线”打死；黄鼠狼（《追剿》）被当作土匪打死；运秧驼背（《运秧驼背》）被迫走上求乞之路；白眼老八（《白眼老八》）掉进山坑而死；老狗（《顺民》）被枪毙；三田虮（《殉》）上吊自尽；而《灾》中的整个山庄都被洪水冲没。

魏金枝的《留下镇上的黄昏》写出了农村的民生之艰辛，展现了浙东乡村被压抑、被窒息的失常人生，同时也写出了重压下的农民被逼出来的顽强生命力。《校役老刘》写一个长相丑陋、被讥为“好一张像尿壶的脸”的学校勤杂工老刘，在奉尊损卑的社会里，受尽了侮辱和损害。《奶妈》写一个秘密的女革命者——奶妈，长期以来被人怀疑行为不端，并有“告发者”之嫌，直到最后揭开谜团见真相，她的英勇牺牲才令人百般感慨。《白旗手》写白旗手——一个勤务兵因不满招兵委员会克扣壮丁安家费、霸占农民妻子的行为，策动新兵投奔山上“除暴安良，自由平等”的队伍。《坟亲》描写了看坟人倔强的性格、坚韧的意志及其苦难的一生。坟亲是指江浙一带专门替人看守坟墓、管理坟山事务的人，他们整天生活在坟山上，与坟墓打交道，以死人为邻，是一份必须耐得住寂寞、吃得了苦的人才能从事的职业。《报复》写一位寡妇被鸦片鬼秋老板奸污生下“野种”后，背负“失节”的恶名到尼姑庵带发修行，以求洗刷“龌龊”。二十年后，长大了的“野种”竟然前往庵堂认母，顿使她感到了巨大的羞辱，因此在拥抱之际用利刃刺杀了“野种”，演出了亲母杀子的悲惨一幕。小说强烈谴责了封建恶势力，同时也批判了封建礼教文化给妇女造成的伤痛。曾被鲁迅誉为“优秀之作”[②]的《七封书信的自传》叙写一位在宗祠学校任教的教员，因反对族长和守旧势力的无理压迫而被捕的教员，无法容忍法庭颠倒是非的裁决，最终与难友一起杀死狱

① 参见王欣荣：《巴人及其现时代价值——为纪念巴人诞辰百年而作》，载上海鲁迅纪念馆：《巴人先生纪念集》，人民文学出版社 2001 年版，第 202 页。

② 鲁迅：《鲁迅全集（第四卷）·我们要批评家》，人民文学出版社 2005 年版，第 246 页。

卒，上山落草，走上了打家劫舍之路。其行为虽然具有盲目性，但也透露出了一股英武之气。

王西彦早期的乡土小说主要以故乡生活为背景，通过描写乡民们的狷狂生活和乖蹇命运，展现乡土的悲凉、社会的浑浊、人生的惨淡、时代的灰暗。取材自浙东农村生活的《车站旁边的人家》由三个小故事组成。其中，《下雪的日子》写章九爷迫于生计，不得不叫儿媳妇去车站卖身，并把9岁的小孙女送人当了童养媳。《夜宿》和《小喜剧》则真实地反映了农村妇女在失去生活的希望后，只能在客栈里卖身求生。在故作欢颜中，不时透露着她们的抑郁和隐痛。接下来发表的《悲凉的乡土》，仍然由几个小故事构成。给死了妻子的杜奎伯奶养孩子的刘兴嫂，因丈夫中风而无钱买药，不得不硬着头皮向同自己一样清贫的杜家讨奶钱，结果不仅未能得到钱，反而逼走了孩子(《讨血钱》)；一个有着五张口的人家，病困交加，衣食无着，脾气暴戾的父亲怀着莫名的怨恨，骂妻子，打孩子，并逼着13岁的女儿到"下路"去讨活命，八斗田又因天旱而枯萎，叫天天不应，唤地地不灵，绝望中杀死了自家五口人(《毒虫草》)；童养媳凤囡仅因曾挨着一个男人坐过，便为村人所不齿，她提心吊胆地过日子，仍免不了遭受小丈夫的凌辱和婆婆的毒打，她没有笑，也不能哭，只能在夜里"幽幽地抽泣"(《凤囡》)。[①] 在王西彦的笔下，浙东大地是一片"悲凉的乡土"。《鱼鬼》中的农民"鱼鬼"，因面相丑陋，并且曾是坟地里的弃婴而遭人歧视。当"我"重回家乡，感到世事非昨之时，只有"鱼鬼"依然坚强地活着，母亲们也依然在拿他吓唬小孩，孩子们也依然怕与他打照面而被摄去魂魄，连他死去老娘的坟头不长草也被传说在夜间爬出来给"鱼鬼"在晒鱼。他虽然一年到头起早贪黑，日辛夜苦，农忙时种地，空闲时捉鱼，但依然交不足村里第一位大人物"议员五爷"的地租。因此，当连日淫雨，洪水决堤，淹没稻田，"议员五爷"气势汹汹地申斥"鱼鬼"兄弟护堤不力，扬言要照常收租时，绝望和悲愤交织的"鱼鬼"在痛打这位头面人物后，纵身洪流。

此外，柔石的《人鬼和他底妻的故事》写出了浙东农村人不如鬼的

---

① 参见白烨：《王西彦评传》，转引自艾以、沈辉、卫竹兰：《王西彦研究资料》，知识产权出版社2009年版，第93页。

生存状态。潘漠华的《冷泉岩》则对传统习俗进行了冷静的观照。小说中离县城五十里外的深山冷庙里，人们还过着半人半兽的生活，童养媳、典妻制度流行，女人毫无人性尊严可言。《晚上》揭露了宗法制社会中乡民们无法掌握自己的命运并备受命运拨弄的惨淡现实。高令原本是村里一个极勤俭之人，因地主解除佃约而不得不改行当轿夫。祸不单行的是，他在下雪天抬轿时失足摔伤了乡绅，从此再也找不到生活的营生。于是，他来到酒馆借酒浇愁，并乘着酒醉之际回家毒打了正在做鞋的妻子。小说真切地描写了这个走投无路的农民因备受生活折磨而几至发狂的内心。《乡心》描写了乡民们的悲惨遭遇，揭露了农村经济破产后，农民即便从农村逃离到城市，但仍不免挨饿的悲剧。勤劳好强的年轻木匠带着妻子来到大城市杭州想摆脱生活的困境，但心头却"深沉的怆凉的缠绵着乡愁"。小说因"喊出了农村衰败的第一声悲叹"而被茅盾赞誉为："那时候，描写农民生活的小说还是很少，《乡心》的出现，是应该特书的。"[①]

这里我们不得不提到的是浙东乡土小说作家对"外来工业文明对沿海乡村的渗透、影响和破坏"[②]的关注。

"五四"乡土文学大多以古老乡土中国的凝固、不变为表现视角，注重对国民劣根性的深挖细掘。但20世纪20年代以来，随着外来资本的入侵，浙东沿海的农村自然经济开始经受为近代商业文化所污染腐化的都市文明的冲击。浙东乡土小说作家及时把握住这一文化脉动，开掘了有别于鲁迅关注乡土的崭新视角：表现外来工业文明冲击给浙东乡民带来的生活遭际和心理变化。王鲁彦笔下的人物都对金钱怀有特殊的感情：金钱可以使李妈由一个善良、勤劳、诚实的"乡下人"变为脾气暴躁、撒泼耍赖、刁钻揩油的"老上海"(《李妈》)，也可以使为守住财富的土财主王阿虞整天提心吊胆、焦虑忧心(《许是不至于罢》)。在这里，金钱操纵着人们的命运，是一幕幕悲喜剧发生的根由。许钦文的小说描写了从女人穿高跟鞋(《老泪》)，到女人因"放纸船"摇到本村而由织布改为褙锡箔挣钱，儿子则"到上洋酒店里做学徒"(《疯妇》)等发

① 茅盾：《〈中国新文学大系〉小说一集导言》，上海文艺出版社1981年影印本，第27页。
② 杨义：《中国现代小说史》(第一卷)，人民文学出版社2005年版，第413页。

生在乡村的一系列变化。巴人在《牛市》中也写到了"洋靛青进来以后，种土靛青的便倒了担，以前一担靛青可卖十来块钱的，现在连三元一担也没人要了"的变化。《灾》中的万竹村，早先村人们总能把土地上所长的东西"打发得落落实实；使自己受用，不靠外面供给"，但来自地主乡绅的盘剥却使得农民灾祸丛集。这些作品在文化批判过程中所做的思考是深刻的："既写出了半殖民地都市文明对乡村灵魂的腐蚀，又看到了传统的乡村灵魂由于自我闭锁而在新的冲击面前张皇失措。"[①]商业文化的弊端和传统文化的恶习两相交叠，勾勒出了近代浙东沿海地区传统固有格局逐渐分崩离析的生动图景。

农村自然经济开始解体，乡村文明经由工业文明冲击，是浙东乡土小说作家竭力开掘的主题。王鲁彦对此用笔甚深，清醒地洞悉到了农村中现代意识的萌芽。他及时把握住外来工业文明的侵入和渗透这一脉动，进行深挖细掘，描写乡村小有产者的生活遭际，表现世态炎凉和人情冷暖。正如茅盾所言："我总觉得他们和鲁迅作品里的人物有些差别：后者是本色的老中国的儿女，而前者却是多少已经感受着外来工业文明的波动。或者这正是我的偏见，但是我总觉得两者的色味有点不同；有一些本色中国人的天经地义的人生观念，曾是强烈地表现在鲁迅的乡村生活描写里的，我们在王鲁彦的作品里就看见已经褪落了。原始的悲哀，和 Humble 生活着而仍又是极泰然自得的鲁迅的人物为我们所热忱地同情而又忍痛地憎恨着的，在王鲁彦的作品里是没有的。他的是成了危疑扰乱的被物质欲支配着的人物（虽然也只是浅浅的痕迹），似乎正是工业文明打碎了乡村经济时应有的人们的心理状况。"[②]

《桥上》展示了传统的靠诚信维持的民族工商业（以伊新叔为代表）在与现代的靠雄厚资本占先的资本主义工业（以林吉康为代表）的较量中败下阵来的图景。伊新叔是昌祥南货店的老板，带做舂米生意。生意虽好，却全是一个人做，忙碌得几乎没有片刻休息。虽然生意繁忙，

---

① 王嘉良，傅红英：《启蒙语境中的乡土言说——"五四"浙东乡土作家群论》，载《文学评论》2004 年第 3 期，第 83 页。

② 茅盾：《茅盾论中国现代作家作品·王鲁彦论》，北京大学出版社 1980 年版，第 75 页。

伊新叔平日里却总是给邻里乡亲帮忙。虽然他认为薛家村里的人几乎每一家都和他有着很好的交情，即使永泰米行老板林吉康的轧米船定的价格比他低，这项生意还是谁也抢他不过，但事实上等轧米船降低价格后，人们就争着往那里去买了。虽然薛家村里的人都知道林吉康和伊新叔在斗花样，是不在乎亏本的。伊新叔降价了，林吉康一定会跟着降价。所以当伊新叔降价时，就没有人去买，他们要等第二天到轧米船上去买更便宜的米。这样，伊新叔不得不宣布不再做米生意了。原本以为尽有退路，还有昌祥南货店在，但也在与林吉康的隆茂酱油店、天生祥南货店的"竞争"中败下阵来。于是，他想做"称手"过日子了。但天不由人，连这份工作也不能再干了。及至后来，在伊新叔面临破产的情况下，人们也不忘"及时"从他那抽出存款。伊新叔长期以来所结的好人缘最终还是敌不过金钱的诱惑。自私自利的欲念和对金钱的强烈渴望使乡民在克勤克俭的同时变得薄情寡义。

《屋顶下》通过婆媳矛盾，喻示了都市文明与乡村文明的对峙以及前者对后者强有力的侵浸。小说中婆媳之间的矛盾，"不是家庭日常生活这一表面原因所致，而是旧的社会生活的本质使然，是劳动人民的命运片舟和恶浪滚滚、暗礁林立的生活海洋之间的矛盾反映。"[①]在外来商业文化的冲击下，百物昂贵、通货膨胀、社会动荡，本德婆婆深感朝不保夕，"当家有如把舵"，稍不留神，航船就会触礁翻沉，于是谨小慎微，始终用"老办法"持家，随时准备抵挡灾难和破产的袭击。这自然与因受城市文明熏染而改变生活方式和生活观念的阿芝嫂产生了难以愈合的代沟。阿芝婶平日里非常尊敬婆婆，总是一而再再而三地忍受来自婆婆的无理指责，甚至违心地奉茶认错。她也非常体贴婆婆，听从丈夫的话，尽力服侍婆婆。当买来的新鲜黄鱼婆婆不吃时，她就把它腌起来，想等婆婆喜欢吃的时候再拿出来。八月十六中秋节[②]，阿芝婶因为夜间

---

① 张复琮：《鲁彦小说简论》，载《郑州师专学报》1981年第2期，1982年第1、2期，转引自曾华鹏，蒋明玳：《王鲁彦研究资料》，江西人民出版社1984年版，第264页。

② 此为宁波风俗。这来自当地的一个民间故事：据说南宋宰相史浩是宁波人，每年中秋节他都会赶回家乡陪母亲过节。有一年，他因公事缠身无法及时赶回宁波，后来又马失前蹄在绍兴耽搁了一夜，到家时已是八月十六，这天正好是母亲的生日，于是一起庆贺节日和生日。故事流传开来，便相袭成俗。

哭了一晚，白天精神恍惚，于是在收拾碗盏时不小心打碎了一只羹匙。平日里的郁积顿时使本德婆婆勃然大怒："狗养的，偏偏要在今天打碎东西！你想败我一家吗？瞎了眼睛！贱骨头！……"为维系苦熬苦撑所得的一点薄产，误把媳妇的一片孝心当成恶意，婆媳之间由互相体贴到互相猜疑直至互相辱骂，并终而演变成在同一个屋顶下分开生活乃至离散。结尾处，阿芝嫂外出做工了，但她的结局又将如何呢？"她正想着怎样刻苦勤俭，怎样粗衣淡饭的支撑起来，造一所更大的屋子，又怎样的把儿子一个一个的养大成人，给他们都讨一个好媳妇。"历史的车轮转了一圈后又回到了起点，阿芝嫂将与本德婆婆走上同样的路途。小说中的婆媳矛盾，是"'唯慎'心理与善良心肠的矛盾"。[①] 农村经济的破产和随之而来的朝不保夕、福祸无常的"唯慎"心态使得人与人之间产生了隔膜，产生了不信任之感。对本德婆婆而言，"迫害"媳妇已经成了她的一种本能的自觉，因为封建宗法思想早已深入她的骨髓。

商品经济的到来，极大地影响了人们的生活观念和方式，突出体现为人们不再一味注重让自己的小孩上学接受教育，而是纷纷把自家的儿子送到店堂里当学徒。请注意，宁波人让小孩去店堂里打下手不叫"打工"，而叫"当学徒"。因为在宁波人看来，当学徒总有"出山"的一天，而打工则永无翻身之日。因此，很多大老板都纷纷向财主王阿虞推荐人前去当学徒。王鲁彦的《许是不至于罢》一开头，乡下老婆婆对她的孙子阿毛讲了很多对财主王阿虞的钦羡之辞。王阿虞财力富足，因此有很多大老板向他推荐学徒。就连王阿虞的嫡堂嫂嫂要推荐一个表侄去，也只答应到"下年"。她设想着，要是阿毛早几年就去他店里当学徒，现在就可以赚大钱了。《乡下》也折射出了农村经济的破产。阿毛力大无比，一下能挑三百斤的重担，但随着火车的通行、轧米船的出现、汽车的开通，他从挑夫变为舂谷砻米工人，乃至划船载客的舵手。资本主义先进生产工具无情地剥夺了阿毛等人传统的生存手段。开土布店的阿利，亏本卖掉了土布，而转卖价格便宜的日货。接着而来的更廉价的俄罗斯、英国货，又逼得他再次亏本卖掉了日货。最后，他不但亏光

---

① 张复琮：《鲁彦小说简论》，载《郑州师专学报》1981年第2期，1982年第1、2期，转引自曾华鹏、蒋明玳：《王鲁彦研究资料》，江西人民出版社1984年版，第264页。

了本钱，还卖掉了六亩田地用来还债。三品出狱后带着阿毛的儿子阿林继续以划船载客为生，但也被强生乡长等合股买来的三只又快又便宜的汽船抢走了生意。又因造公路、通洋车，乡镇府强制当地住户限时迁坟，三品家的房子因此被拆得七零八落。此外，小说中还讲到了两种农村借高利贷的方法：一种是“找一个中人，按月二分利息”，待稻谷收获后偿还。另一种是先“写一张谷票给人家，到明年早晚稻收割以后称租谷，预先把谷价定好了，有的写一元八角，有的一元九角，明年谷价值二元五六，也只得睁着眼让人家贱价称去。等待谷子称完了，自己没有吃的，再去借钱，把高价的谷买进来”。同时，还写到了民间为解决临时困难而采取的“摇会”，以及“认会、坐会、月月红”等由众人合资、化零为整、按照抓阄结果决定发放先后次序的互助性筹钱方式。

在描写外来工业文明给农村经济带来破坏的同时，王鲁彦也写出了乡民们所遭受的精神污染。“在乡土文学作家中，最能反映资本主义金钱势力入侵后东南沿海农村人们思想变化的，还是王鲁彦。”①他的作品“善于描写乡村小资产阶级和农民心理与生活”②。《黄金》通过如史伯伯家道衰落后遭遇的一连串难堪，揭露了商品经济影响下人们的趋炎附势和世态炎凉。

如史伯伯所在的陈四桥虽然是一个“偏僻冷静”的乡村，四周环山，交通不便，“但每一家人家却是设着无线电话的，关于村中和附近地方的消息，无论大小，他们立刻就会知道，而且，这样的详细，这样的清楚，仿佛是他们自己做的一般”。陈四桥人是精明的，他们往往能通过一个信封、一种表情，便能猜出主人的境况、心情，再试着套问一下，加上自己丰富、合理的联想、推测，对其情况就能估计个八九不离十，“不到半天，这消息便会由他们自设的无线电话传遍陈四桥，由家家户户的门缝里窗隙里钻了进去，仿佛阳光似的，风似的。”接着，他们就会寻找到自己该有的态度，或趋利避害，落井下石；或妒富欺贫，幸灾乐祸。在陈四桥，绝对不能让人家知道你穷了，因为“一家中等人家，如果给他们一点

---

① 严家炎：《中国现代小说流派史》（增订本），长江文艺出版社 2009 年版，第 57 页。

② 苏雪林：《王鲁彦与许钦文》，载曾华鹏，蒋明玳：《王鲁彦研究资料》，江西人民出版社 1984 年版，第 167 页。

点，只要一点点穷的预兆，那么什么人都要欺负你了，比对于讨饭的，对于狗，还厉害！……”在这里，如史伯伯儿子的汇款俨然成了人情冷暖的晴雨表：开始生活得“安安稳稳”的如史伯伯在本地备受尊重，但就因儿子一次未曾及时汇款回家，便引来了陈四桥人的冷落、嘲讽、挤兑、敲诈等一系列欺侮，这个安稳人家从此开始被势利的村风所拨弄。如史伯母去平时最和她谈得来、也时常来往的阿彩婶家串门，感受到了阿彩婶前后态度的鲜明反差，而且还被人造谣说是向阿彩婶借钱而遭拒了；裕生木行老板陈云廷的儿子结婚，平日里无论走到哪里都受族人尊敬的如史伯伯竟因自己的穿着而受到嘲弄，儿子也受人奚落，甚至因后辈的悖逆无礼而屈尊下位；十五岁的小女儿原先有很多要好的同学，但自从听见哥哥没有寄钱来，就开始讥笑她，先前和气的老师也总是骂她愚蠢，没有做错的功课也说她做错，写得好的文章也被认为是抄袭，并因此而被打了手心；如史伯伯家“比人还可爱”的爱犬也因主人没钱而被屠户阿灰砍了一刀及至死去；做羹饭明明多花了钱还受到一向对他很恭敬的本家阿黑的讥讽；强讨饭的阿水也敢来敲诈式地要钱。从这个几乎无事的悲剧中，如史伯伯感到“自己仿佛是一匹拖重载的驴子，挨着饿、耐着苦，忍着叱咤的鞭子，颠蹶着在雨后泥途中行走，但前途又是这样的渺茫，没有一线光明，没有一点希望”。王鲁彦通过这些场景，非常精妙地刻画了金钱尺度与封建礼教的纠结。正如如史伯伯的大女儿所言：“你有钱了，他们都来了，对神似的恭敬你；你穷了，他们转过背去，冷笑你，诽谤你，尽力的欺侮你，没有一点人心”，以至于如史伯伯发出了“在这样的世界上，最好是不要活着”的哀叹。这种“陈四桥人性格”对于展示金钱笼罩下的炎凉世界，批判阴沉暗淡的鄙俗风气，表现蜕变中的沿海乡镇被资本主义商业文化侵蚀而形成的世情浇薄的恶俗文化心态，是极为精到的。在这里，金钱控制了人与人之间的关系，原始农业文明下农民的淳朴和善良正在渐渐土崩瓦解，固有的自私、圆滑正在不断滋生，人与人之间的关系正在从土地农耕型的自然、朴实转向金钱把持下的势利、鄙薄。“乡村小资产阶级的产业观念，以及周围人的幸灾乐祸，便交织成了这篇小说的静的悲剧的发展。”[①]王鲁彦以他对故乡人情世故的谙熟，通过一种戏剧性情景的设置，将浙东乡民从钱眼中窥视观人的势利心态揭示殆尽。1928年，即王鲁彦发表《黄金》的次年，茅盾以“方璧”为名作《王鲁彦论》，对王鲁彦在乡土写实道路上的探索和追求给予了充分的肯定：“乡村小资产阶级的心理，和乡村的原始式的冷酷，表现在这篇《黄金》里的，在现文坛上，似乎尚不多见。作者的描写手腕，和锐敏的感觉，至少就《黄金》而言，是值得赞赏的。”并满怀信心地预言王鲁彦在此艺术道路上“一定还有更好的成绩”。[②]

《阿卓呆子》中，阿卓原为富家子弟，从父亲那里继承了12万遗产，生活很是殷实。因此，镇上的人看见他都点头弯腰，“叔”“哥”“先生”的称呼不绝。但他却毫不珍惜，终日游山玩水，挥霍无度。一旦败落，傅家镇人不仅把他的狂态视为茶余饭后可资娱乐的谈资，还开始捉弄、戏耍阿卓，或拳脚相加，或鞭笞棍打，或者在本已猪食不如的饭碗里拌上草灰逼他吃下去，或者寻找借口吞去他仅剩的财产，直至把阿卓逼上发疯的境地。小说抨击了旧社会金钱使人堕落，禁锢人们灵魂的罪恶。

在王鲁彦揭露人性自私的乡土小说中，《鼠牙》是角度比较独特的一篇。“初二那天，她（阿德嫂——笔者注）命令全家趁天还没有黑，便上了床，不准点灯，不准做声，在床上摆些蜡烛的断片，让老鼠们取去做花烛”，“它们在窃窃私语，在大声的欢呼，搬嫁妆，抬花轿，放鞭炮，吹喇叭，打锣鼓”，阿德嫂听着老鼠“嫁女儿”，安心地以为老鼠接下来会在邻居阿长嫂家里安家落户，没承想阿长嫂却以同样的方式把老鼠又嫁了回来。这里通过民俗反映了人性中的自私和狭隘。

王鲁彦的乡土小说对乡民们的仇富、自保心理也刻画得入木三分。《许是不至于罢》中，“钱可通神”，王阿虞虽然没读过几年书，甚至连信也不会写，但却有一班有名的读书人和他要好起来。有了钱，做人也就容易多了。王阿虞的阿姆在穷困的时候受尽了别人的欺侮，一举一动都要十分小心，就连在家里和家里人讲话也不能过于随便！但现在王

① 方璧[茅盾]:《王鲁彦论》，载曾华鹏，蒋明玳:《王鲁彦研究资料》，江西人民出版社1984年版，第163页。

② 同上，第163—164页。

阿虞有钱了，大家都会“阿叔”“阿伯”地恭维他，很多的纠纷争斗别人排解不了的，王阿虞出面只须一句话就可以了事。平日里他们还经常向王阿虞借钱，但借去后是好吃好喝，假充阔佬，而非真的贫穷。王阿虞正沉浸在三儿婚期渐渐临近的喜悦之中，但忽而想到“上海还在开战，从衢州退到宁波的军队说是要独立，不管他谁胜谁输，都是不得了的事！败兵，土匪，加上乡间的流氓！”他的二十万家产不保：躲到警察所去，怕警察变强盗；钱存到宁波的银行，担心银行被抢；逃到上海租界，但路上不太平……于是，他脸上的笑容顿时隐没了。吉期近了，王阿虞心的负担也越来越沉重：因为担心三儿的娶亲花轿被抢，他费尽心机，“叮嘱总管一切简省，不要力求热闹。从小碶头，他又借来了几个警察。他在白天假装着镇静，在夜里睡不熟觉”。但本村人并没有为他分担点什么。及至后来王阿虞家遭窃，虽已鸣鼓求救，王家桥人也凭“经验和揣想”猜到这是报抢之锣，但并没有人伸出救援之手。反而躲回家里，关上屋门，只在房内“屏息的听着”。“强盗是最贫苦的人，财主的钱给强盗抢些去是好的”，他们有这种思想吗？没有！他们恨强盗，也怕强盗，而且一百个里面有九十九个半要想做财主。那么他们为什么不去驱逐强盗呢？甚至都不集合起来大声地恐吓强盗呢？他们和财主有什么冤恨吗？没有！他们尊敬财主，他们中有不必向财主借钱的人，也都和财主要好。因此，王阿虞的三儿娶亲，他无须亲力亲为，凡事都有人替他安排。很多的贺客因为他是财主，贺礼也是加倍地送。连划船的阿本，也要借凑上四角钱送来。王家桥五六百人家，没有送贺礼的大约还没有五十家。而且也以本村有这样的财主而骄傲，一提到财主，便在“财主”前加上“我们的”三个字，以表示财主是他们王家桥人。但为什么王阿虞家报抢铜锣敲得震天响，却是“屋里多透出几许灯光，但是屋中人都像沉睡着一般”？根本原因在于自保，“管自己”是王家桥人保守的基本原则。自私自利的人性使他们丧失了邻里间最起码的互助精神。第二天，他们没有吃早饭仅仅洗了脸便赶来“慰问”财主，而且乐此不疲地向财主打听抢劫的经过，直至“慰问的客踏穿了财主的门限”，为的只是想探听抢劫的“惊心动魄”，并以示他们廉价的“同情”和敷衍的“慰问”。王阿虞明知村人的虚伪自私，但还是客客气气地答谢应酬他们，并以“他们虽没有来援助我，但是他们现在并不来破坏我。失窃是小事”来自慰。在这里，人类的自利，人类对他人祸福旦夕的不介意被王鲁彦描绘得淋漓尽致。王阿虞的这种“谦逊”是金钱使然，“财主成了他的负罪的记号，使他不得不格外谦虚了”，他可以任由军阀战争荼毒生灵，却唯恐殃及自身，“这就是乡村小资产阶级的心理；他们的处事哲学”。[①]

此外，王鲁彦还揭露了拜金主义所导致的人的堕落和异化。《李妈》中，老实巴交的李妈只身来到大都市当娘姨，最初对生活充满了幻想，想凭借辛勤劳作换得温饱生活，但事与愿违，她反而屡屡碰壁，备受老爷、太太之流的欺侮。起初，面对不绝的辱骂，李妈只是“恐怖”不迭，“忧虑”不止，仅做了三天工，便失了业。给第二个东家当娘姨时，她显然已经“算是一个‘新上海’了”，凶恶的东家骂她“混账”、叫她“滚蛋”时，她会愤慨地以示不满。经过一阵摸爬滚打后，她对剥削者有了本质的认识——“这个刻薄，那个凶”，“天下乌鸦一般黑！”生活所迫使她自然而然学会了偷懒、揩油等都市恶习，并开始“以恶抗恶”。有时她揩了油而被东家查出，但她并不害怕，更不脸红，反而会泰然地说：“哪一个娘姨不揩油！不揩油的事情谁高兴做！”同时，她的脾气也越变越坏了。“东家的小孩，也都怕了她，她现在不肯再被他们踢打，她睁着凶恶的眼睛走了近去，打他们了。”李妈的转变实属性格的转变。由乡村走进城市，摆脱了封建经济的剥削，但却遭遇了更残酷的经济压榨和精神摧残，上海这个“冒险家的乐园”促使她的性格发生了突变，她终于成了一个十足的“老上海”。这样一来，那里的娘姨不再讥笑她了，谁都同她要好了。丁老荐头也对她特别看重起来，每次的事情，就叫她去挡头阵。她也喜悦地自言自语地说：“现在我们也翻身啦！”王鲁彦极其信服地写出了李妈由“乡下人”变成“新上海”直至“老上海”的演变过程。周立波曾赞叹道：“《李妈》却是一篇逼真地描写了农妇出身的娘姨的小说。熟悉上海娘姨生活的人，就会惊讶于他的描写的真实。”[②]《银变》叙写的是乡下土财主破产的故事。钱庄老板赵道生整日对自己口袋里的银钱焦

① 方璧[茅盾]：《王鲁彦论》，载曾华鹏，蒋明玳：《王鲁彦研究资料》，江西人民出版社1984年版，第163页。

② 周立波：《〈鲁彦选集〉序》，载王鲁彦：《鲁彦选集》，北京开明书店1951年版，第61页。

虑忧心，但最终还是遭到了沆瀣一气的官匪的敲诈。而毕尚吉却因为想向他再借一点钱，他就发狠心将毕尚吉当作土匪报案，乃至要枪毙他。《中人》叙写从南洋回来的美生嫂略有薄产，出于"穷人不容易过日子，到处会给人家奚落，讥笑，欺侮"的考虑，默认了村民对她发财的猜度。于是，这种猜度一传十、十传百，竟成了美生嫂自定的计划，说她决定买田造屋了，决定修桥铺路了，决定……之后，欲从中捞取好处的人蜂拥而至。乡长打着做中人的幌子，软硬兼施，终于让她吞下了捐钱大放血的苦果。同样表现人的异化的还有许杰的《赌徒吉顺》。小说叙写勤恳本分的手艺人吉顺来到"建筑有些仿效上海，带着八分乡村化的洋气"，"楼下西桥上的市集，小贩的喧嚣，人声的扰攘，却又带着十二分的都会气味"的县城后，被这里的生活习气所腐蚀，染上了赌博、酗酒、挥霍等恶习，"有钱就有名誉"成了他的座右铭，最后被赌债所迫而典妻。这是淳朴的乡下人受到"洋气"环境的熏陶而走入歧途的一个恶例。当他想起故乡的山容水态和家庭的其乐融融时，未泯的良知又有所重萌，内心充满了矛盾和苦痛。这种内心之痛，其实也是乡村文明在向近现代文明转轨过程中所遭受的"阵痛"。作者通过对典妻前后吉顺心理变化的描写，刻画了"农民被生活所抛弃时的畸变性格"。[①]

当然，其他浙东乡土小说作家也注意到了商品经济给予农村的影响。许钦文的《疯妇》叙写由于市镇经济变迁，洋纱洋布挤占了土纱土布市场，当地市镇的新兴经济转向了锡箔业，双喜媳妇就由织布始而褙锡箔了。这就造成了婆媳两代人的隔膜，婆婆因深感自己的织布手艺后继无人而对媳妇百般挑剔，"多一个媳妇，少一个儿子"，终而使其因精神失常而跳河自杀。小说深沉地反映了自给自足的自然经济开始解体但陈规陋习仍旧牢不可破地禁锢着人们的思想，两者之间的矛盾终于酿成了新的悲剧。巴人的《灾》《牛市》《乡长先生》等作品也表现了动荡时代的农村经济状况，揭示了农民贫困的社会根源。《灾》写"精明"的地主玉喜先生相对于他的祖辈而言，更"棋高一着"，因为他"毕竟多读了几年书，在洋学堂里登过，手段更精明了。祖父和父亲总是把从土

---

① 丁帆等：《中国大陆与台湾乡土小说比较史论》，南京大学出版社 2001 年版，第 72 页。

地上赚来的钱放在土地里的。买田，植林，栽竹，或是垦植些什么；但这本钱的转头，可迟缓得多了，他觉得那是太无谓了。他一边在乡间开了家钱庄，一边又在宁波开了家木行"，通过盘剥终于使得农民不堪其苦；《牛市》借助牛市来表现农村经济已经彻底凋敝，当年兴旺发达的牛市如今已经门庭冷落，技艺精湛的屠夫也已无事可做，而喜如家原本种土靛发了财，但销路却为洋靛所夺，以致兄弟失和，家破人亡；《乡长先生》中，"从前吃的是地里，穿的是地里。自割稻自做米，自种棉花自织布"。但现在，牛头市集近况也不大好，鲜鱼贩子一市少过一市，鲜咸货店总是开张不久就关了门，乡民们越来越吃不起鱼腥了。本来芒种和收割的时候，少不得要有半点鱼腥味的。可是因为鱼价高，有些人家也遵守不了那套习惯了。只有猪肉铺子，倒是每市开店的。但挂出来的都是小猪仔肉。至于大生先生开的酒坊和洋糖、洋布、洋油等杂货铺子，却因为这十几年来穿土布、点茶油都是老价钱，反不如用洋货更便宜，因而门庭若市；《血手》中的地主五云，非常善于打探市场信息并窥测剥削时机。在堵缺事件中，他以笑嘻嘻的伪善态度和假惺惺的欺骗话语，骗取了善良农民的信任。在平粜事件中，他乘人之危，逼人就范，迫使农民只能屈从。

可见，无论是许杰、巴人等作家对"石骨铁硬"的浙东民风的演绎，还是许钦文、王西彦等作家对乡风恶俗的批判，抑或是王鲁彦等作家展现商品经济对浙东农村的侵蚀，都透露出正是浙东这块"土性"深重的大地，以它潮湿而坚硬的厚土和古老悠久的历史文化，孕育了生生不息的"石骨铁硬"的浙东人民和刚韧劲直的人文品性。而在这一刚性文化的背后，却伴随着古旧乡村的衰老和灭亡。

第二节　"乡土眷顾"型叙事

浓重的地域文化氛围会在潜移默化中从气质上造就作家独特的创作性情。正是这种特定环境中潜在共通的自然环境和历史气脉的流贯和影响，很大程度上决定了浙东乡土小说作家对于抒情性文体表述风格的选择。浙东地域山清水秀，水渠通畅。浙东乡土小说作家以此为审美对象，既展现风光风貌，又叙写人心流向，通过情致化的叙述态度传递感知体验，从而使作品呈现出了一种眷顾型的美学风格：王鲁彦笔下的浙东水乡，人们出门探亲访友时要坐航船，河流上往来游弋的船只，有“小脚姑娘似的”柴船，有“呆笨老太婆似的”冬瓜船，有“风流少年似的”小划船，还有“巨大的野兽似的”轧米船；许杰笔下的枫溪村有湍急的溪流，绵亘的远山，开阔的平野，长长的石桥，柳林苇丛，祠堂古庙，老樟枫叶，戏台山村，更有的笃戏演出和乡村夏夜纳凉情景；许钦文笔下是典型的水乡，这里有河埠头洗衣淘米的村妇、摇船橹戴毡帽的农人，有河岸的乌台门、临河沿的窗口，更有小船如梭的河道；巴人笔下有如画的绿葱葱的竹山，含着晶莹露珠的小草，互相挤拥爬上山岭的绵羊。作家们虽然在作品中表现了各自的审美选择，但无一例外地展现了浙东地域的山容水态。当然，浙东乡土小说作家在观照乡村生活、展现山容水态时，总是带着他们对故土的依恋，总有一种对故土“割不断、理还乱”的思绪，即鲁迅所谓的“隐现”的“乡愁”。可见，浙东乡土小说中的“水性”审美表达，用浪漫抒情的笔调来构建一个田园牧歌式的世外桃源，其实是以此来与人生的悲苦相抗衡，从而得到另一种宣泄的自足。

王鲁彦的乡土小说以浓郁的浙东风情取胜。《野火》一开首就描写了背山面海的浙东的独有风景：

> 天色渐渐朦胧了。空中的彩云已先后变成了鱼肚色，只留着一线正在消褪的晚红在那远处的西山上。映着微笑似的霞光的峰峦，刚才还清晰地可辨的，一转眼间已经凝成了一片，露着阴暗森严的面容。它从更远的西北边海中崛起来，中断三四处，便爬上陆地，重叠起伏的占据了许多面积，蜿蜒到正南方，伸出被名为太甲山的最高峰，随后又渐渐低了下去，折入东北方的大海。
>
> 这时西边的山麓下起了暮烟。它像轻纱似的飘浮着，荡漾着，笼罩上了那边的树林、田野和村庄。接着，其他的山麓下也起了暮烟，迷漫着，连接着，混和着，一面向山腰上掩去，一面又向中部的村庄包围着过来。
>
> 最后的一线晚红消失得非常迅速。顷刻间，天空变成了

灰色，往下沉着。地面浮动了起来。大山拥着灰色的波浪在移动，在向中部包围着。它越显得模糊，越显得高大而且逼近。近边的河流、田野、树林和村庄渐渐消失在它的怀抱中。

小说中描写的“捉大阵”是一种典型的浙东水乡生活方式：

从傅家桥的东北角上，华生的屋前下水，向西北走经过傅家桥的桥下，弯弯曲曲地到了丁字村折向西，和另一个由西北方面来的周家桥的队伍会合在朱家村的面前。从开始到顶点，一共占了五里多的水路。

河里的队伍，最先是两个沿着两岸走着的不善游泳、却有很大的气力的人。他们并不亲自动手捕鱼，只是静静地缓慢地拖着一条沉重的绳索走着。绳子底下系满了洋钿那么大小的穿孔的光滑的圆石。它们沿着河床滚了过去，河底的鱼惊慌地钻入了河泥中，水面上便浮起了珠子似的细泡。这时静静地在后面游行着的两个重要的人物便辨别着水泡的性质，往河底钻了下去，捉住了那里的鱼儿。他们不拿一顶网，只背着一个鱼篓。他们能在水底里望见一切东西，能在那里停留很久。他们后面一排是三顶很大的方网，华生占着中间的地位，正当河道最深的所在。他们随时把网放到河底，用脚踏着网，触知是否有鱼在网下。河道较深的地方，华生须把头没入水中踩踏着，随后当他发现了网下有鱼，就一直钻了下去。他们后面也是相同的三顶方网，但比较小些。这十个人是合伙的，成了一个利益均摊的团体。在他们后面和左右跟着各种大小的网儿，是单独地参加的。第一二排捉的是清水鱼，鱼儿最大也最活泼不易到手。他们走过后，河水给搅浑了，鱼儿受了过分的恐慌，越到后面越昏呆起来，也就容易到手。它们起初拍拍地在水面上跳跃着，随后受了伤，失了知觉，翻着眼白出现在河滩上，给一些小孩们捉住了。

……

岸上和水面充满了笑声和叫喊声。水面的队伍往前移动着，岸上的观众也跟着走去，最引人注目的是前面的两排，一会儿捉到了一个甲鱼，一条鲫鱼，一条大鲤鱼。头一排的两个人忽然从这里不见了，出现在那里，忽然从那里不见了，出现在这里，水獭似的又活泼又迅速，没有一次空手的出来。第二排中间，华生的成绩最好。他生龙活虎似的高举着水淋淋的大网往前游了几步，霍然把它按下水面，用着全力头往下脚朝天迅速地把它压落到河底，就不再浮起身来，用脚踏着用手摸着网底。

作者不惜笔墨地介绍了“捉大阵”过程中的每一个细节，令读者有身临其境之感。这是一首劳动者的赞歌，体现了乡民们对生活的热爱。

傅家桥的农业劳作器具也颇具水乡特色：

一路望去，最多的是单人水车，那是黑色的，轻快的，最小的。一头支在河里，一头搁在河岸上。农人用两支五六尺长的杆子钩着轴轳，迅快地一伸一缩的把河水汲了上来。其次是较大的脚踏水车。岸上支着一个铁杠似的架子，两三个农人手扶在横杆上，一上一下地用脚踏着水车上左右斜对着的丁字形木板，这种水车多半是红的颜色，特别的触目。最后是支着圆顶的半截草篷或一无遮拦的牛拖的水车。岸上安置着盖子似的圆形的车盘，机器似的钩着另一个竖立着的小齿轮。牛儿戴着眼罩，拖着大车盘走着。

《桥上》中的水乡描写也浸透着湿润的风味：

轧轧轧轧……

伊新叔觉得自己的两腿在战栗了。轧米船明明又到了河南桥这边，薛家村的村头。他虽然站在河北桥桥上，到村头还有半里路，他的眼前却已经有无数的黑圈滚来，他的鼻子闻到了窒息的煤油气，他看见了那只在黑圈迷漫中的大船。

河道上吐着一团团令人憋气和头眩的黑烟的轧米船是外来工业文明进入农村的象征，它的到来夺去了伊新叔的手工砻米生意。

紧接着，作者又写道：

> 他这昌祥南货店……刚在河北桥桥头第一家，街的上头，来往的人无论是陆路水路，坐在柜台里都看得很清楚。

桥头即街的上头，从桥上到村头相距仅半里路，轧米船就停在村头。此情此景，不正是浙东水乡独有的画卷吗？

再看《许是不至于罢》中通过乡下老婆婆之口所艳羡的当地财主王阿虞的住屋：

> 王家桥河东的那所住屋真好啊！围墙又高屋又大，东边轩子，西边轩子，前进后进，前院后院，前楼后楼，前巷后巷密密的连着，数不清有几间房子！……屋檐非常阔，雨天来去不会淋到雨！

“屋檐非常阔，雨天来去不会淋到雨”这不是典型的浙东农村的民居特色吗？在这里，作者借了乡下老婆婆向她孙子阿毛描述财主王阿虞情形时的羡慕之情，折射出了财主家的富足：椽子板壁油得血红，石板比普通人家的平，屋柱也比普通人家的大一倍，连桌椅都是花梨木做的，还罩上了绒布。

《童年的悲哀》里回忆儿时的生活也是多么令人向往：一把用竹竿、洋铁罐、麻束之类自制的胡琴，曾经带来多少感情的慰藉。这里的正月里，“是一年中最欢乐的几天”。“祠庙和桥上这里那里一堆堆地簇拥着打牌九的人群。平日最节俭的人在这几天里都握着满把的瓜子，不息地剥啄着。最正经、最严肃的人现在都背着旗子或是敲着铜锣随着龙灯、马灯出发了。他们谈笑着，歌唱着，没有一个人的脸上会发现忧愁的影子。”过年对孩子们来说自然是最高兴的事，因为可以玩平日里父母总是严令禁止的打钱游戏。几个孩子在地上围做一团，用尖石画出一个四方的格子，再在对角画两条斜线，把一个铜钱放在格子里，另一个人用铜钱去打，把对方的铜钱打出格子算赢。作者还以朴素自然的笔致描写了乡民们的生活情趣："在故乡，音乐是不常有的。每一个大人都庄重得了不得，偶然有人嘴里呼啸着调子，就会被人看作轻佻。至于拉胡琴之类是愈加没有出息的人的玩意了……然而，音乐的力量到底是很大的，乡里人一听到乐器的声音，男女老少便都围了拢去，虽然他们自己并不喜欢玩什么乐器。"在小说中，作者还写到了一位多才多艺的农村小伙子阿城哥。他为人诚恳、善良，拉得一手好琴，是"我"小时候的崇拜偶像。在他的影响下，"我"渐渐喜欢上了音乐，而且变得开朗起来。他还为人仗义，在我受到欺负时，挺身而出，替"我"解围。

在《开门炮》中作者回忆了童年过年的习俗："十二月二十前后，……这时我们的年糕多半已经做好，落缸的落缸，炒干的炒干。接着便是磨汤果，扫灰尘，祭灶，送年，做羹饭。""送年"也就是辞旧之意，这是必须很虔诚的，"那一天我得先剃头，洗澡，从衬衫换到长袍马褂……时间常在夜间十一二点"，之后，便"吃送年点心，已是一二点钟"，"送完年了，第二天就是做羹饭，接着二十三的祭灶"。从元旦起，便要走亲访友拜年，拜年时要拿伴手果(访客时随便捎带以做馈赠的果品)，然后小孩子叩头作揖后就可以得到拜岁果，这样过了十五，"便是蟠桃会。我又该穿着缎袍马褂去一次次地拜菩萨，跟着人家端着香到黄光庙去叩头，把菩萨接了来，随后又得把他送了回去"。他在《钓鱼》里还回忆了童年钓鱼的野趣，《清明》则回忆了清明扫墓乘船游山的情景。

"枫溪村"是许杰乡土小说中的一个常用地名。在这里，有满天的枫叶、清澈的溪流、荒凉的古庙、热闹的戏台，是《台下的喜剧》《赌徒吉顺》《末路》《出嫁的前夜》《贼》等小说中反复提到过的。小说集《子卿先生》的封面画是一堆紫黑色枫叶，也正是乡土色彩的折射。

《惨雾》中，始丰溪畔的环溪村和玉湖庄又是一番傍山依水的景象：

> 环溪村和我们的玉湖庄是隔着始丰溪的邻村。溪水在它俩中间流过，天然的画了一道界限。我们的村舍后面，从前都是一片膏沃的土地，正如现在我们从村后望过隔溪的树林里隐藏着的土地那么丰饶。无情的溪水，因为距离它的发源地不远，还带有奔暴的气概，在东冲西决的奔腾，差不多每日都

要改换它的故道,践踏我们的田地。现在流到我们的屋下了。我们的建筑,因为要避免溪水的要挟,在村外筑上了坚固的城寨,溪水奔腾的冲来时,破不了那坚固的城寨,就在它的下面潆洄了一回,转了几个漩涡,泛成澄碧的深潭,驷马一般的向下驰去。

我们到村后的溪滨眺望时,可以看着溪流的后面,是一滩黄色的沙石,沙石的后面是一片草地,草地上面生长着丛密的柳树,和许多芦苇;柳林长满了绿叶,直遮蔽了远山的山巅,与苍碧的青天相接,相离不远的隔岸的环溪村,已埋没在柳浪之中,找不到一个屋角。

当然作者笔下的柳江岸也是青山碧水,无疑是一幅水墨山水画。《大白纸》中,良来外祖母的家,是靠近山边的一座乡村:

那涓涓汩汩的活水,从山麓流下,绕住那乡村的屋外,煞是有趣。那里也有小小的鲫鱼,和善于横行的小蟹住居着;但她的最多的族类,却是多须而善跳的弹虾。因为那个流水是活的,所以那小小的坑底也长满了茸茸的绿苔;流地漂过时那些绿苔,正是仙女们临风轻盈的绿发。在那里聚居的族类们,就当它是一座伟大的王宫,巍峨的森林,在那边进出。因此那呆笨的泥螺的屋脊,就被势力盛旺的绿苔侵占了而滋生着绿色的长毛;至于那较老的弹虾也逃不了这个侵占。

而这里的夏夜也完全是一派世外桃源的景象:

村乡人们都已吃了晚饭,女人们也料理好碗镬等琐事,坐在门口乘凉。许多儿童绕住他母亲膝前,要求讲故事,或认天上星,也有一些在那边唱“月亮光光”的。满村直玩得一个尽兴。

许钦文的《疯妇》写到双喜媳妇站在自家屋后河沿上翘首企盼双喜

归来时，眼前出现了水乡的诱人景色：

后面是在一个溇的河沿，对岸是块葬地，有许多高高低低的坟墓。溇里的水通一条广阔的河，站在河沿就可望见葬地的那边白蒙蒙的水，是从泰定村到上洋去必经的航路。不知怎么一来，她把米淘箩等物放在河踏步上，直挺挺的站在高凸的坟墓上了。她的面前只有白洋洋的一片水，但她的眼睛里似乎只有一只尖头的白篷船，载着她的丈夫飞也似的从东边破浪而来，拨起着无数的泡沫，向西边过去。一只在西边没去，另一只照样的又从东边起来。后来又一只将要在西边没去的时候，忽然掉转头来，并且似乎就有人告诉她，说是不再到上洋去了，刹那间双喜就在她的眼前了。

《我看海棠花》里，竹心乘坐乌篷船去尼姑庵拜菩萨：

一路河水很清，河面较宽的地方总有许多菱蓬浮在水面，一丛一丛的，每个菱蓬中间都有许多叶子高耸着露出水面，开着细小洁白的花，似乎有一种清香的气味。

船过一梁圆洞石桥，河面狭了，河水现着绿色，靠岸的两旁满是竹竿和桑树的倒影，摇摇摆摆的，好象是排列着许多什么，欢迎人进去的样子。

通过竹心的眼睛，我们看到了桥水相连、竹桑相间的水乡绍兴美景。这一美景同时也衬托出了竹心游松节庵时的欢快心情。

在《回乡时记》中，作者又为我们展现了一幅水乡春色图：

一路所见，新插的稻秧，阔大的芋叶，细簇簇的荸荠草和菱蓬，光青碧绿，疏疏密密，虽然都是一向熟识的，却很使我感到新颖。我和故乡委实疏远，而且老是寄寓在都市，和田野太少接触了。但我究竟不曾忘却故乡的景物，虽然感到新颖，总是一见就认识了的。

极富水乡韵味的稻秧、芋叶、荸荠草、菱蓬等作物应接不暇，作者通过寥寥数笔抒发了回乡时的喜悦之情。

此外，作者还在《鼻涕阿二》中写到了阴历五月一日松村的赛元帅会："松村是水村，所以元帅会也是在水上赛的。会货中重要的是扮着繁杂的故事的大龙船，扮着'水满金山'的泥鳅龙船和大敲船等。以快为特色的小泥鳅龙船虽很简单，却很有劲，往往使得一般人无目的地尽量呐喊，可是容易颠覆，不会游泳的是不能去找的。"在《回乡时记》中又写到了车旦会：戏文台上"有的正在'跳财神'，有的已在连翻筋斗做武戏，有的还在'敲头场'。……又看到泥鳅龙船，拨着水花，划得和台上的锣鼓同样紧张。"

巴人在《运秧驼背》中写运秧驼背计划把家搬到三圣殿去时，有一段对三圣殿四周的景色描写：

> 三圣殿是个真好去处。位置刚在西园之上，下大山的半腰。我们一登其上，可以盼望远近。四周山屏，矗立如武侍。青翠苍绿，几乎终年如常。可见那山里松竹的繁茂了。俯瞰细田畈，形如大船。船底一带溪水，永恒地在奔流着。每当人眩眼看时，几疑那细田畈真个在水上驶行。左旁一村，瓦屋比栉，形如菜刀，与前面龟形的小村遥遥相对。每当晚间晨兴，烟雾飞扬，弥漫山谷，将这一座圣殿，高擎云间，住在这里的让你，几疑是世外的人了。

再看作者在《殉》中描写三田虮下工后在暮色中回家时路过竹山的一段话：

> 竹山上是半壁霞光，明丽的红云，与欲流的蓝天，相互的辉映着；一条条的炊烟人立地上升，织成了薄薄的一层银灰色的罗网，罩住了翠绿的竹山；这就使他的竹山变得象一个青春的少女，披上件飘飘临风的薄纱一般，益觉得妩媚无比了。而行将解职的太阳，从绿竹梢头穿过他临别时的金色的眼光，这又象把那少女的身上的薄纱揭开了，使她的青春显得更加美

> 艳。——那时那竹林真个是苍翠欲流了。

巴人在这里把悲惨的农民形象放在优美的大自然里，从而形成了强烈的对比。

而《运秧驼背》中的西溪村也很有些诗情画意：

> 西溪村四面皆山，有如团城，山峰起伏，看来又象是团城的雉堞和箭楼。四山到处是松林、竹林，青翠苍绿，终年如常，好一片绿化世界。俯看平原，好象一条元宝船一样，那里全是水田，人们叫它细田贩。细田贩由北向南，长长地伸展着。它的西边就是西溪村。临村有一带溪水，银光闪烁地终年奔流着，看来就象那细田贩这条元宝船在水上航行似的。隔着这溪水和细田贩和西溪村相对的，是东山村，掩映在绿竹与浓林之间。

顺便提一下，许杰的《惨雾》和王鲁彦的《一个危险的人物》中均对浙东水乡美丽的自然景物做了详细的描绘，但这些“风俗画”的描写绝非是某种艺术的“点缀”，而是和整篇小说的主题内涵呈“反衬”状态。这就是“在悲壮的背景上加上了美丽”的艺术辩证法。[①] 在许杰的《惨雾》中，械斗前后的自然环境描写始终起着氛围营造的作用，是对浙东乡村刚毅民风的陪衬。小说开头写道：“无情的溪水，因为距离它的发源地不远，还带有奔暴的气概，在东冲西突的奔腾，差不多每日都要改换它的故道，践踏我们的田地。”溪水在这里显然被赋予了某种灵性，成了小说中“土性”民风的陪衬。小说对环溪村周围自然环境的描写也很精到：

> 溪流的后面，是一滩黄色的沙石，沙石的后面是一片草地，草地上面生长着丛密的柳树和许多芦苇，柳林长满了绿叶，直遮蔽了远山的山岭，与苍碧的青天相接；相离不远的隔

---

① 丁帆：《中国乡土小说史》，北京大学出版社2007年版，第56页。

> 岸的环溪村，已埋没在柳浪之中，找不到一个屋角。我们的村舍尽处，恰与村后相反；流水汤汤地从西南方冲来，直到了村舍的靠壁；在那边顺势成一个反动，汇成一个射出角，向东南方流去；因此就堆成了一个沙渚。

这段描写既构成了一幅典型的浙东风情画，又点明了械斗的背景。而在两次械斗的间隙处，作者多次笔涉的秋英睡醒后窗外静谧和平的夜景，则“在叙事上既造成了张弛有致的节奏感，又和腥风血雨的械斗场面形成了对照，含蓄地表达了作者的谴责态度”①。

王鲁彦的《一个危险的人物》中的风景描写与此有异曲同工之妙：或通过描绘林家塘的美景产生自然之美和人性之丑的强烈对比，或通过天显异象营造子平遇难前的阴郁气氛，或通过子平被捕前的晨景讽刺林家塘人的愚昧。小说结尾处写道：

> 溪流仍点点滴滴的流着，树林巍然地站着，鸟儿啁啾地唱着快乐的歌，各色的野花天天开着，如往日一般。即如子平击倒的那一处，也依然有蟋蟀和纺织娘歌唱着，蚱蜢跳跃着，粉蝶飞舞着，不复记得曾有一个青年凄惨的倒在那里流着鲜红的血……

这里的描绘和叙述已经带有了感情倾向，有了议论，语调中流露出了对一个年轻人无辜丧命的悲伤，同时也透露出了对林家塘人无知的哀叹，大自然见证了他们的麻木不仁。

浙东乡土小说在传达“乡愁”情绪时，有时表现在显性层面，有时则是隐性寄托。许钦文的《父亲的花园》通过记忆中故园的繁盛和回归故土后凋敝的现实的对比描写，抒发了作者对自然状态中刚健、质朴、清新、快乐的乡土的依恋情愫。先前，父亲的花园里是怎样一幅动人的情景啊：

---

① 刘华：《论二十年代乡土小说叙事的先锋意味——以浙东乡土小说创作为例》，载《宁波大学学报》2006 年第 2 期，第 18 页。

> 父亲的花园在这一年可算是最茂盛的了……
>
> 红的、白的，牡丹、芍药，先先后后地都开了泛勃勃的美丽的花……
>
> 月季花中父亲最爱的“反背荷花”先后开了四次，一起开了十余朵。“美人妆”和“何郎敷粉”也各开了四五次。……
>
> 红玫瑰还没有开，母亲最爱的白玫瑰争先开了。母亲非常高兴，特地到花园去采摘。——母亲总是把它做成糖，这一年做了两小碗。
>
> ……
>
> ……父亲极爱兰花，凡种素的兰草的盆上都种蜈蚣草，冬季搬进书房。并且喜欢画兰花，这一年特别高兴，兰花也画得特别多。做了许多枕头，也都画上兰花，又题上字，由蕊姊、芳姊绣做成功。他说绣兰花蕊姊不如芳姊好，芳姊绣字也不差。给我的一个，一端有两朵花，题着“清品”两个字。另一端只一朵，题的字有四个：“王者之香”，是芳姊绣的。

如此的逼真描摹，足以使人有身临其境之感，浓烈的亲情使作者的记忆更为深刻。在许钦文的感觉中，“我能知道的，父亲在这一年可算最为高兴，家里的人也都很快乐”。现如今，各人为生活所迫而上下求索，但“我”那时又何尝明白，“这是最快乐的时候了”。可见，父亲的花园，是诗意的栖居地，是人性健康与欢乐祥和的大本营。也正因如此，作家在文末写道：“我想父亲的花园就是能够重新种起种种花来，那时的盛况是不能恢复的了”，“我不能再看见像那时的父亲的花园了！”面对父亲那破败萧条的花园，作者心中油然而生一种难以排遣的苦闷，字里行间的伤感无不流露出对父亲的想念和想望家园的“思乡情结”。

我们说，身在异乡的人最容易感到故乡的分量，特别是在疲倦和茫然时。所以当浙东乡土小说作家无一例外地把目光投向故乡时，本身就显示了他们的念念不忘。故乡的景色可以给在外漂泊的游子以无限的寄托。过去、现在与未来都可以通过那不动的山、流动的水联结起来，凝成一股绵绵不断的感情丝缕。因为乡愁是如此强烈，以至于它并不需要很长的间隔。虽只有五里之遥，但在县城酒楼上的赌徒吉顺（许杰《赌徒吉顺》）也在手气顺畅之时突然陷入了莫名的忧伤：

> 呆呆的注视着壁上的日影，又从这一丝辉耀的光线，逆溯到那向西的楼窗。他眼光在楼窗口徘徊了一回。窗外的屈折的枫溪，溪边的疏柳和芦苇，芦苇丛中的一声声的断雁，断雁声中的悲哀情调：它们都在枯黄的夕阳和将老的秋的景色中，引诱他追想到近年来家庭衰落的情境，和妻儿们在穷困的境遇中过活的情形。

这一“思乡”描写，曲折地传达了赌徒吉顺面对家人时的惶惑和自责，一定程度上也是作家自身情感态度和审美理想的外露。

第四章　浙东乡土小说中的形象谱系

浙东乡土小说作家大多是鲁迅的私淑弟子，他们师承鲁迅，沿着鲁迅所开启的对乡村的批判和眷顾之路，用形象的笔触勾画了许多有价值的人物群像。纵观浙东乡土小说，既有对浙东乡民刚硬劲直的突显，又有对他们落后愚昧的表现，之所以会产生这种看似矛盾的现象，主要原因在于不管是挖掘坚韧、刚强的一面，还是批判懦弱、奴性的一面，都是作家对现实的整体把握，都是为了揭示浙东乡民的生存状况和生命意识。由此，渗透着浙东文化因子、内蕴着石骨铁硬性格的乡民和身负“老中国儿女”奴性的精神胜利的“阿Q”两类群像，在浙东乡土小说中表现出了独特的风韵。

第一节　石骨铁硬的乡民

面对严酷的自然环境和社会环境，浙东乡民总是表现出决绝的生命态度、执著的生命意志和顽强的生命力量，诉诸作家笔端，则是通过语言、行为等来表现人物身上的坚韧和刚毅。在浙东乡土小说中，整体性地塑造出了一批在与自然环境和社会环境的搏斗中表现得“石骨铁硬”的乡民群像，无论是运秧驼背、白眼老八、王老三、雄猫头、柳英、阿召、阿毛、华生、老石工等男性形象，还是陈老奶、李妈、阿元嫂、金纱、双喜媳妇、金莺等女性形象，他们身上的共同之处在于均具有一种强悍刚毅的性格。上官筝把这些在生活的激流中上下挣扎，为求生存而不惜牺牲一切的人们，誉为“中国民族的灵魂的所在”，是“中国民族的真正的代表人"[①]。

巴人笔下的主人公往往是农村里的赤贫者、光棍党。他说:"在现实社会里,我对于社会的畸零者残余者,感到绝大的同情。他们大都有一副强壮的身手,足以负起一部分生产事业,然而他们没有土地,没有生产工具,有时连劳力也无人买。有时,以更大的跌价出卖劳力。"[②]这些人挣扎在农村社会的最底层,上无父母抚爱,旁无兄弟怡睦,内无妻子温热,同时又几无私产,颇少拖累,因而"敢于对宗法制社会秩序和道德观念发生怀疑,无所顾忌地讲些硬气话,做些硬气事。"[③]他们往往具有不甘屈服、铁骨铮铮的硬气和刚正不阿、宁折不弯的抗争精神,敢于斗争,勇于反抗,从不向恶势力弯腰折眉。巴人塑造的这些富有"硬气"性格的人物形象,"不仅表现出他对'坚韧'审美风格的自觉追求,同时也传达出他对以浙东乡村为焦点的乡土中国现状和走向的整体思考,以及通过对'争天抗俗'的反抗精神的肯定,从道义上支持蛰伏在乡村、民间对既定秩序的'破坏'力量。"[④]

运秧驼背(巴人《运秧驼背》)无父无母,无兄无妹,无妻无子,一直以出卖劳动力给人打短工为生。回乡时身外之物仅有一只破木箱、一床破席和几件破衣,无房落脚只能到庙里铺草席过夜,出卖劳动力工钱比谁都低就是没人雇佣。虽然命运惨淡、一贫如洗,但他却仍然不失浙东人的硬气和骨气,固守着一份作为劳动者的本分和操守,是一个"石骨铁硬"的倔强汉。在三餐不继,想出卖劳力换饭吃而不得的情况下,他依然不会向人诉苦:

"人活着只有一条命。"他有时说,"命长命短,都有天数。哪怕你穷,命长的,还得活下来,天无绝人之路。哪怕你富,命短的还得死掉。你又不能把作孽钱,带到阎王那里去。我既

① 上官筝:《揭起乡土文学之旗》,转引自钱理群:《中国沦陷区文学大系》(评论卷),广西教育出版社 1998 年版,第 227 页。

② 王任叔:《无实践即无文学》,转引自钱英才:《巴人的生平与创作》,浙江文艺出版社 1990 年版,第 63 页。

③ 杨义:《中国现代小说史》(第一卷),人民文学出版社 2005 年版,第 391 页。

④ 黄健:《"两浙"作家与中国新文学》,浙江大学出版社 2008 年版,第 224 页。

> 然数该如此，所以我总是饿也饿不死的。但我自然也没法去作践这一条命。有时实在饿得慌，那么溪头还有清水，我还得喝它几口；大地也还有青草，我采来咀嚼一下，倒还抵事的呢。可我一生没做过对不住良心的事，吃过不应吃的一口，别说喝人家的血汗了。”

这是正直而刚强的性格使然，但却饱含着深切的悲凉和辛酸。作为人的运秧，却为生活所迫而不得不像动物那样以草为食，以水为饮。在命运的不济之下，“人”已经异化为“非人”的“动物”。

就是这个出生时没哭叫过一声的石头一样的人，在为父亲守丧时硬是没哭叫一声以安慰地下的灵魂；没有钱时决不上酒店去，饥饿时也断不肯到人家地里拔一个萝卜充饥，乞讨时也从不曾到同族同宗的西溪村去。因此，当乔崇先生为了私利诬陷他偷阿三钱时，他会借着酒力硬气地质问道：

> 我要反问一句，我的钱，可是谁偷了？……我自从七八岁上起，便和人家看牛，工作，一直到现在有四十光景了，虽是近几年人家因我力衰不大要我作工，但极缺极缺算来，我终究作过二十年工了。我这二十年作工里，每年十元算，也得有二百元钱了。我这两百元钱，可不知谁给我偷了！我也不曾娶个把老婆，生个把儿子，过化去一百二百，我一直到现在，还是个光杆子呀！……我横忖竖忖，我终应有二三百积蓄。但我现在竟一些没有，连一条被也只剩有了一些破絮。我为什么要到这步田地？……

这是运秧驼背不得不向命运低头时倾吐的满腔苦水，从中也可以看见他对阿三之类趋炎附势者的憎恨和蔑视。因此，乔沅哥在运秧驼背被人诬陷偷窃时，会说出这么一番话：“照我毛忖忖，驼背哥是石骨铁硬的人”，“我们村里要像运秧那样石骨铁硬的人，是连半个也寻不出来的。”并且认定他是“断不会偷钱的”，“他和我同住了多年，他即便没有火了，要抽烟，连我家灶里借一个火也不来的。他真有这般骨硬呢！”以至于

"我"也从运秧驼背身上得到了启发,"也仿佛看到了真理的曙光了。那么,还是你和我——我们大家共同上路呢!"

白眼老八(巴人《白眼老八》)为人正直、硬气,独来独往,总是按照自己的信念和思想来生活和行动,在他的浪子习性中,却闪现着浙东人的倔强劲。番茄阿七说:"但照我们看法,白眼老八是个好人,正直的人,硬气的人。"是的,白眼老八是爱用一只白了的眼看一些他不待见的人,但在看番茄阿七这类同病相怜的"赤贫者"时却总是用另一只不白的眼,并且总是面带笑容。爱拍马屁的次等乡绅兄长——宏斐老嘴在白眼老八眼里一文不值:"孝敬大人,放在心里,不在口头上。叫得亲热,奉承得好,就算是孝敬了,我老八抵死也不信。这是假做出来的。"及至父母死了,也始终有一种力量控制住了他,不许他哭:

> ——他妈的,哭什么?死了也就死了,唤也唤不回来了!棺材里放下,泥土里葬下,那不是就完了!他妈的,活的还管不了,管他死的!做人便终有一朝要死的,早死迟死,横竖是一个死;尽天尽夜的为死去的人哭,活的事情倒做不了。他妈的……他仿佛听到有一种声音这么在警戒他。

当他与"堕民"[①]搭杠抬轿而被平日里素不往来的兄长宏斐老嘴怒斥为以平民身份干"堕民"职业是"不名誉",是"不孝",扬言要赶他"出籍"时,白眼老八愤怒反驳道:

> 像我那样抬抬轿,败坏你的什么狗名誉?我用自己的力

---

① 又叫"惰民""大贫",一般从事鼓吹演唱、买卖破布、打绳捻线、制作"叫子"、拗制"阁富"、钓田鸡、做喜娘等旧社会的"贱业"。据《浙江民俗大观》(浙江省民间文艺家协会编,当代中国出版社1988年版)载:堕民的住处被严格规定,不得逾越。堕民的服饰也有定规。"帽以狗头,裙以横布,不长衫。"女堕民称"老嫚",未出嫁的女堕民称"嫚线"。她们只能着黑色衣,系玄色围裙,出门时梳"老嫚头",挽一只方底圆盖的"老嫚篮"。堕民之子只能娶堕民之女,不得与四民通婚。四民虽穷至不能举火,也耻于与富堕民为伍,更不屑与之联姻。堕民子女没有受教育的权利,各地学塾一概拒绝小堕民入学。长期以来,堕民被压在社会的最底层,过着"辱贱无地"的生活。

> 气吃饭，天公地道；又不是象你那样，去向人家敲竹杠，拍大老馆马屁，逼卖人家老婆，这才败坏祖宗的名誉咧。这才叫爸妈在地下哭死了呢。哼！名誉！名誉！名誉是什么东西？你认为不名誉，我可认为顶顶名誉了呢。哼！名誉！名誉！我看你们这些人的名誉呀，连一块女人的骑马布都不如！拿女人的骑马布去遮你们的丑吧！我可用不着你们这种名誉。你要送不孝[①]，这个天下，又不单是你们这些狐群狗党的，也有我老八的一份！

一次他因偷树而被发现，当对方提出要请他的兄长宏斐老嘴来“讲案”时，白眼老八愤怒道：“你叫宏斐老嘴这家伙来讲案，那末，我就立刻把你脑袋象这样的斩破，你不要看我老八不上眼！”

在白眼老八的感召下，“我”也得到了感悟：

> 始终记着我们的白眼老八，好像他总在我的身旁和身后，时时指点着我的路。这能说白眼老八不活在我的心上吗？——你瞧：我们的白眼老八，穿着一通破短袄和破棉裤，腰那儿束着一条带子；戴着一顶破毡帽，白着只左眼，笑着只右眼，手里提了一瓦壶黄酒，满面春风的，唱着，走着，叫着来了！

“我”仿佛听到白眼老八一直在背后呼唤、催促我：“奔！奔！——奔呀！向前奔呀！我们的孩子！”可见，白眼老八这类形象身上所体现出来的

---

① 又叫“送忤逆”，指旧时一种民间和官方结合实施的惩戒不孝儿子的风俗。据《浙江民俗大观》（浙江省民间文艺家协会编，当代中国出版社1988年版）载：如某家儿子，吃喝嫖赌“败家”，屡教不改，父母出于无奈宣布“送忤逆”。由父亲亲自将儿子送到县衙，交给“父母官”入狱管教。送时往往由娘舅或姑夫陪同，表示至亲的支持。父亲一般先写好“送忤逆”的状子，具告起源（不孝罪行）及有关要求。县官必须接受。但量刑的轻重，管教时间的长短，则视具体情况而定。“送忤逆”之举，清末已较罕见，但其影响尚留在人们的意识中。民间父母骂子女时，常有“你这个忤逆胚，不送忤逆不收场”这样的话。

正直、刚硬的浙东民性，已经内化在作家的性灵深处，不断鞭策着他在荆棘丛生的现实社会中奋力前行。

王老三（巴人《唔》）身为农民自卫队队长，起初漠视革命，后来因为看到革命青年的所作所为确实是为了下层农民，他才以一个“唔”字赞成革命。参加革命后，他办事果断，性格刚毅，并不多言多语，而常以一个“唔”字来表示自己的坚定态度。大革命失败以后，他被捕入狱，面对敌人的审讯，仍然以一个“唔”字来表达自己的愤怒。当被敌人诬陷为“暴动”时，他反而觉得“暴动”倒是一条出路，可惜自己先前没有想到。在他眼里，同牢的革命青年是如此的可爱，因此他以一个“唔”字来首肯他们的心和自己一样，对他们的被杀，哀痛犹如丧子。被枪杀的前夕，他仍然铁青着脸，握拳咬唇，但始终没有喊一句口号，只是以一个坚强的“唔”字，来表达对反动派的仇根。他决不向任何人有所祈求，也决然地舍弃了一切，临死之前甚至不愿意留几句话在人间。一个“唔”字深刻地写出了这个下层农民出身的革命者质朴、刚健、爱憎分明的性格特点。

雄猫头（巴人《雄猫头的死》）上无父母、旁无兄弟、食不果腹、贫困无助，自己虽然没有多大的力量，但他并不安于现状，也有他的欲求。“我也想有个老婆，我也想有个孩子，我尤其想过一下比现在要好的生活。”在他以为：“要来的事总是要来的，那么，让他来吧！总之，这有钱人的天堂，这没钱人的地狱——这世界，是非变一变不可了。要不，象自己这样的人怎么能苦得出头啊！……”就是作者对他的描写也极具阳刚之美：“太阳的光辉，正面地照射在他的脸上；他那黝黑色的脸孔，泛起了红潮，变为紫铜色了。——看来好似一尊拄杖望太阳的铜像，美丽极了。”他虽然糊里糊涂成了一个牺牲品，但骨子里的坚强不屈却始终闪烁着越人遗风。

柳英（巴人《失掉了枪支》）原本是县农民协会的神枪手，身怀枪起鸟落、弹发鱼浮的绝技。一次，他在江轮上向屈先生讲述了他与枪支的奇缘。听后，屈先生怜悯地给了他五元钱，但被他拒绝了。因为他认为这是对他的侮辱，“活了三十来年，没有一文钱不是用力气兑来的”。他从来不用不凭力气赚来的钱，并且他也坚信自己终究会得到一支枪的。小说不仅展现了下层革命群众的品格，而且还暗示了革命虽然暂时处于低潮，但只要柳英那样的革命力量还在，就仍然有成功的希望。

阿召（巴人《乡长先生》）不管如何努力也始终食不果腹，但他却最看不起靠偷窃过日子的人，“在他以为要干就干个硬朗明白。白刀子进，红刀子出！用性命来换饭吃，倒也显得做人一分骨气。”浙东乡间土匪丛生，尤其是嵊县更是强盗盛行，“嵊县强盗”曾一度作为专有名词在江浙沪一带流传。因此，出生于嵊县的魏金枝，他小说中有一类特殊的性格刚强的人物形象——土匪。之所以作者会这么多地关注这个人群，是与作家本人对嵊县刚性文化的独特感悟和刚毅文风的审美追求分不开的。但就是这么一群“打家劫舍、除暴安良”之人，阿召却是有几分尊敬他们的。

阿毛（王鲁彦《乡下》）是一个雇工出身的贫苦农民，天生就有一身好力气，“我从来不靠天，不靠地，单靠我这副铁打的筋骨吃饭的！”面对苛捐杂税和反动派的淫威，他毫不退缩，决心拼个你死我活。他认为自己的拳头完全可以把前来逼税的乡长、文书、事务员“打个半死半活”。他也曾因为难以忍受屈辱，气愤地冲三品说：“忍耐！忍耐！你叫我忍耐到死吗？……再忍耐下去，连屋角里的老鼠也要咬我啦！哼！”“……我不再弄船啦！……我现在把那只讨饭船敲破了再说！”面对三年的监狱生活，他很后悔那天到乡长家里去的时候，没有带着斧头去：“那天要是决心去杀人，至少三个人之中也结果两个。……杀了他们，岂止他一个人出气，还给陈村人除了大害，杀一儆百，以后的乡长也不敢再是这么作恶横行，陈家村里的后代子孙也得益不浅。”出狱后看到好友三品、阿利的相继去世，他变得像幽灵般疯疯癫癫，但复仇的念头却始终未忘。有一天他用力咬着嘴唇，一点一点滴着鲜红的血，拿起利斧去寻找仇人。来到河边的阿毛，仿佛看到水中站着三个仇人，于是猛虎似的纵身下水……

华生（王鲁彦《野火》）是一个嫉恶如仇的人物，酷似阿毛。他在轧米时因为烟灰和细糠吹进了地主阿如的丰泰米店，因而被骂作“小鬼”“猪猡”。在双方的争执中，华生打烂了丰泰米店的货柜，并因此而结下了深仇。当华生挖井抗旱并周济村民时，地主阿如老板却暗中破坏，把死狗投入井中破坏水质，从而激化了双方的矛盾。荒年歉收，民不聊生，地主阿如却还凶狠逼租，甚至打死了贫苦农民阿曼，这一下点燃了华生心中的怒火。当乡公所司务员黑麻子温觉元带领保安队来强征捐钱时，他非但拒捐，还与他们发生了冲撞。于是，他以“活下去”的信念，发动并组织村民们和傅青山、阿如、黑麻子等进行了斗争。华生之所以这样，是因为他具有明确的独立自主意识：“我——是人”，又拍着胸脯说：“我——不做人家的牛马。”华生反抗、斗争的性格特点是“一拳还一拳，直截了当”，在屈辱面前，决不忍耐，“报复”就是一切。他和阿毛一样把凶顽的敌人看得不堪一击，“随便他们有什么，我有拳头”，他们自认为“拳头”是最好的斗争武器。但和阿毛相比，华生更多了一份沉稳。在阿波哥的劝导下，他能够暂时忍耐，从而等待更有利的时机起来反抗。这种忍耐标志着他的性格由幼稚走向了成熟。小说通过以华生为代表的农民反抗地主和反动政权的革命行动，表现出农民群众斗争“野火烧不尽”的气势，写出了农民由个人反抗到群众自发斗争的过程。

再如巴人笔下的老石工（《老石工》），因当年跟人比雕石龙柱时被人故意敲坏石龙的眼睛而给了对方脑门上一锤，于是逃到外乡。生活条件虽然极端艰苦，但他一直认为，人要活，“不能抢劫，偷盗”，“还得靠我的本行吃饭”。《乡长先生》中有一批敢于斗争的农民，寿夫大炮痛打了乡警，木仁老敢于揭露大先生的不可告人之处。《勘灾》中也有一批鸣不平的农民，他们敢于直言：“乡里的事全交给什么狗屁的自治委员会”，“自治委员是什么，还不是治自家”。当然，许杰笔下一心想拼死复仇的多理（《惨雾》）、全力鼓动乡民团结起来斗争的大宝（《七十六岁的祥福》）等人物形象也无不具有浙东乡民的刚毅性格。

在浙东乡土小说中，女性身上也闪现着浙东人韧性、务实的性格特征。她们冲破了封建礼教的樊篱，勇于争取自己的婚姻幸福，主张个性解放和爱情自由。

坚忍执着、踏实乐观的陈老奶（王鲁彦《陈老奶》）身上就闪现着这种“浙东性”。她早年丧夫，加上二儿子外出当兵，内心遭受了严重的打击，但她化悲痛为镇定，把一切都深埋在心里，毅然挑起了家庭的重担。收到二儿子的平安信，陈老奶并没有表现出兴奋。她原是一个极善于感动、神经易受刺激的人，但岁月的磨砺使得她变成了一副铁石心肠。不幸的是，二儿子出门才半年，大儿子又得急病死了。但她很快从悲恸中清醒过来，不但继续管理家务，而且还许给媳妇充满希望的明天，“你的日子多着哩，比不得我！孩子长得快呵，你总有称心的一天！"面对大儿子的老板对她们的欺诈，陈老奶虽几经辩解、申诉，但都毫无用处。大儿子在几处的存款也凭白无故被镇长提走了。虽然一家人陷入了衣食无着的困境，但陈老奶看上去反而更加年轻了，她"依然紧握着船舵，在暴风雨中行驶"。面对困境，她精打细算，筹划未来。在年迈不能动时，她不仅带领媳妇有条不紊地处理好该办的后事，而且还劝慰、开导她：

> "做人做人只要做呀，譬如走路，一直向前走，不要回头就是了……"

弥留之际，她仍不忘把希望留给媳妇：

> "别伤心呀，记住我的话：做人总是要吃苦的……先苦后甜呵，你总有快乐的日子……我是很满意了……"

陈老奶是生活中的真正强者，她总是默默地忍受生活中的百般痛苦，乐观地面对坎坷和挫折，甚至都不需要得到别人的排解和同情，在她身上闪耀着中国劳动妇女勤劳刻苦、坚毅顽强的传统美德。正如小说中的乡邻们所言："看看榜样吧，年轻人！个个都像她，就天不怕地不怕，什么都担当得起了！"为了后代，陈老奶这位家庭的引路人不惶惑、不徘徊，义无反顾地凭借顽强的生命力溯生活逆流而行。她要"以耗尽最后的精力为代价，用自己的手从密云中为子孙们拨出一个青天来。一切为了后代，这是陈老奶战胜一切残酷生活的动力"[①]。

李妈（王鲁彦《李妈》）在相继遭受丈夫被抓壮丁而渺无音讯，家乡遭飓风袭击以致家产和衣物全部被水冲走的天灾人祸面前，她选择离开农村到上海另谋发展。她本想以辛勤的苦干换得自己和儿子的安定生活，娘姨工作再辛苦，她也不觉得累，反而越做越有精神。"做人只要

---

① 范伯群，曾华鹏：《王鲁彦论》，上海文艺出版社 1980 年版，转引自曾华鹏，蒋明玳：《王鲁彦研究资料》，江西人民出版社 1984 年版，第 227 页。

吃得下饭，便什么都不怕啦！"她常常这样安慰自己。但事与愿违，她的遭遇非但得不到同情，反而受到了人们的讥嘲、丁荐头的盘剥和东家的虐待。面对东家的百般刁难，最初她只是一味忍辱挨骂，但最后还是忍耐不住而爆发了。"人总是人！不是石头，也不是畜生！"她愤怒地喊道，"到底也是人！到底也是爹娘养的！"于是不到一个月，她开始炒起了东家的鱿鱼。李妈从忍耐屈辱到最后奋起反抗，标志着她性格上的发展，她由一位精明能干、勤俭朴实的农妇，演变成了一位十足的"老上海"。难怪周立波评价道：《李妈》是一篇"逼真地描写了农妇出身的娘姨的小说。熟悉上海娘姨生活的人，就会惊讶于他的描写的真实"[①]。

阿元嫂（许杰《放田水》）在田地被地主霸占，仅剩的水田正经受天旱的煎熬，而丈夫又在放天然的溪水浇灌时被地主家的长工打伤后，仍然不甘屈服，怀着"要活下去"的强烈意念，毅然承担起放田水的任务。她克服内心的胆怯，夜间独自背着锄头来到田间，并将企图调戏她的流氓老三推倒在水田里，从阻挠她放田水的地主少爷手中抢回锄头。

> 有钱有势的人，固然可以做人，但是我们穷人，难道应当饿死吗？不，不，我也应该挣扎，挣扎着做人。

这是阿元嫂的生活信念，也是支撑她行动的力量所在。她虽然穷得颗粒没有，但始终对生活充满了信心。小说抓取放田水的生活片段，写出了普通妇女为生活所迫而表现出来的异常顽强的抗争精神。

金纱（许杰《台下的喜剧》）勇敢地冲出封建樊篱，毅然反抗包办的婚姻，而与剧团中的小小生演员发生了恋情。在村里敬神唱戏的时候，她却与小小生约会，而且在小小生受到众人殴打之时，勇敢地站出来保护自己的情人不受欺负。小说赞扬了农村青年女子的勇敢和不屈，对爱情的执着和纯真，为了爱情，为了所爱的人，她毫不顾惜自己的生死、痛苦，乃至"名誉"。

许钦文的《疯妇》中，纺纱织布是泰定村村民祖祖辈辈谋生的一门手艺，尤其是女人世代都以此为业，从卷花条到绩棉纱，再由经、织而成

---

① 周立波：《〈鲁彦选集〉序言》，人民文学出版社 1954 年版，第 61 页。

布匹。而且这门手艺只传媳妇不传女儿,因为“女生外向,教她会了,‘好笋生在笆外面’,无非令人可惜。”(桐乡乌镇土特产——姑嫂饼的由来就典型地体现了这种观念。据说一家小本经营的糕饼店,专门制作一种形似棋子的小酥饼,备受顾客亲睐。为了保住独家生意,店主将祖传的制饼手艺传给了媳妇,因而引起了女儿的嫉妒。于是,这位小姑乘嫂嫂不备,在所和的面中掺了盐,没想到这种甜饼掺了盐以后味道更好。为了招揽生意,店主特意将饼命名为“姑嫂饼”,说是由他家的姑嫂二人合作配料制成的。)而双喜娘就是靠着这门祖传的纺纱织布的手艺,在守寡的艰难岁月里养大了儿子双喜,并送他外出当学徒,直到十九岁时才第一次回家。双喜娶亲后,双喜媳妇每天早上七点到晚上十一点一直从事繁重的褙锡箔的工作:早晨七点钟直到晚上十一点都在褙锡箔。她自定规律:上午六百张,下午六百张,晚上也是六百张,两天褙完一整捆。已褙好的锡箔送走:

> 领得了一角小洋二十文钱以后,整捆的未褙的又竖在眼前,褙好的又须从空褙起了。领得的工资呢,三十文买煤油,六十文交给她的婆婆买蔬菜,留作自己的零用的不过二十多文。开始,告成,开始,告成,两天两天,一个月一个月的过去,究竟为的是什么,她从未切实的想过。这正如她的丈夫在上洋的酒店一样,一天到晚,从柜头跑到店堂,三百二十多天的忍受,似乎专为一个多月的好梦。

这种勤劳踏实、一步一个脚印的生活绵延着浙东女性的坚韧、执着和乐观,她们没有不切实际的梦想,只求一份自己尽力就能够得到的安稳、实在的生活。

再如,王鲁彦笔下的本德婆婆(《屋顶下》),当媳妇时,凭着一碗咸菜、一碟盐,养大儿子,赎回屋子。四十五岁以前的二十几年中,她很少休息。她虽然小脚,却做着和男子一样的事情:挑担、砻谷、舂米、磨粉、种菜。葛生嫂(《野火》)也是一个充满反抗精神,爱憎分明,性格刚烈的女性。对于反动阶级敌人,她总是嫉恶如仇;而对于亲人,她却又显示出了女性的温柔和体贴。巴人笔下的金莺(《某夫人》),与常人对劫富济贫的“三次”[①]的看法不同，她觉得那些“三次”的豪爽气概，“颇有些使她可以景仰的地方”。当舆论攻击带走女学生郭真珠的季先生时，她却对当事人抱着同情和支持的态度。她不仅有着与世俗截然相反的看法，而且要“跟社会决个雌雄”。《女工秋菊》中的秋菊，在新婚之夜把丈夫才福拒之门外，紧接着出走宁波，寻找昔日的恋人洪星。她争强好胜，性格暴烈，敢于抗拒强加在她头上的包办婚姻，勇敢地追求自己的爱情。潘漠华笔下的泥水匠的妻(《冷泉岩》)在丈夫死去时，她充满深情地为他奔丧；当曾经欺骗过她的伙计被人吊起时，她关切、焦急、不安；当种玉米的汉子把她卖给大户人家的时候，她不顾逼迫和追打，毅然逃了回来，宁愿被拉去游街，也不愿意离开自己所爱的男人。她是一个敢爱敢恨，集善良、倔强与执着等品质于一身的浙东女性。王西彦笔下的银花(《微贱的人》)从小就被父母卖给人家当童养媳，不幸的是丈夫先行死去，于是，凭借自己的勤劳和苦干，与婆婆相依为命，毅然撑起了整个家。银花的能干和善于持家引来了族人的嫉妒，然而无论生活怎样滑向悲戚的深渊，银花从来没有放弃过对生的希望，她甚至还大胆地与村上的长工产生了感情，希望再嫁。作为村里最微贱的人，她始终以勇敢的心笑着面对生活中的种种磨难。在她的身上，闪现着在悲凉命运下生存的勇气和执着。

第二节　奴性十足的“阿Q”

揭示封建宗法制度下乡民的病态灵魂，是鲁迅把握古老乡土灵魂的重要视角。在鲁迅《阿Q正传》的启发引领下，浙东乡土小说作家纷纷致力于展示浙东乡民封闭、狭隘、麻木不仁的精神特质，由此构成了一个绵延不断的“阿Q”谱系。阿长、葛生、鼻涕阿二、三田虮、老狗、三品、小文嫂、粪少年、火吒司等无不是“老中国儿女”的典型，身上无不具有阿Q般的“奴性”：自轻自贱、自我解嘲、自我安慰是他们奋斗失败后企图调适心理的妙方；欺软怕硬、安于现状、争强好胜是他们超脱失败屈辱的灵药。

---

① 三次：浙东民间将土匪称为“三次”。

阿长(王鲁彦《阿长贼骨头》)的父亲阿夏平日里经常拿着一根打狗棍,背着一只污旧的饭袋,到处敲着竹板或小木鱼,唱情歌或念善经给人家听……他喜欢在别人不注意的时候,随便带一点东西回家。至于阿长的母亲,作者写道:“阿长的来源,一直到现在还有点模糊。因此阿夏在阿长还未落地之先,曾和阿长的母亲翻过几次脸。”在这样的父母的影响下,阿长自小顽皮狡狯,喜欢说谎,到了十二三岁时,就已经在易家村出了名。和他的父亲相比,大家都说是青出于蓝而胜于蓝了:

> 他晓得把拿来的钱用破布裹了起来,再加上一点字纸,塞在破蛋壳中,把蛋壳丢在偏僻的墙角跟,或用泥土捻成一个小棺材,把钱裹在里面,放到阴沟上层的乱石中,空着手到处的走,显出坦然的容貌。随后他还帮着人家寻找。直找遍最偏僻的地方。

在小说中,这种机警奸诈被作者描绘得入木三分,“教我们亲眼看见一个小流氓的面影。这面影正是我们在各处社会可以遇着的。”“总而言之阿长是个天生的坏胚,永远改不好的下流种子,不过在鲁彦温厚同情的笔下,我们反觉他有些可爱,正如我们不大讨厌阿 Q 一样。”①

阿长也如阿 Q 般健忘。离开想吃天鹅肉的日子还没几天,他见到堂房嫂嫂时的态度竟能一如往常,好像从来没有发生过这件事,而且还不时到她房里去。他曾在史家桥因偷小孩的项圈而被打,因此一到史家桥,心里就七上八下有点慌张。但那时到底是怎么一回事,为什么会闯下如此大祸,是谁的不是呢?——他不大明白。就连那时是哪些人打他,哪个打得最凶,他也有点模糊了。为了报复曾发现他偷窃行为的阿芝老婆,阿长右手握住她攀在油担上的手,左手顺势往她的奶上一摸。如此一来,他心里舒畅了,“这报复是这样光荣,可以说,所有史家桥人都给他报复完了”。虽然泼了洋油,亏了不少钱,而且连那一百念油钱也没有到手,但毕竟他去报复了。阿长也如阿 Q 般逆来顺受。面

① 苏雪林:《王鲁彦与许钦文》,载《现代》1935 年第 5 期,转引自曾华鹏,蒋明玳:《王鲁彦研究资料》,江西人民出版社 1984 年版,第 169 页。

对雨点般的拳脚，面对主人莫名的鞭打，面对他人的故意捉弄，阿长总是“哈哈大笑了之”。这“笑”，满载着痛苦，满载着世道的冷酷。阿长也有阿Q般的受虐情结，每当他的父亲发脾气要打他耳光时，他就转过脸去嬉皮笑脸地朝他父亲笑，脸上洋溢着舒服而光荣的表情。当然，阿长也有自己的机智，为了躲避别人的殴打，他可以吐口水、便溺并装死；为了将母亲的殡葬费推到舅舅身上，他可以装疯假作被鬼拖入河底……如此“阿Q相”，不一而足。

葛生（王鲁彦《野火》）心慈性懦，人称“弥陀佛”。在弟弟华生因大闹丰泰米店而被迫上门赔罪时，他满是懊恼和恐慌，一心想和平了结；在弯腰曲背去放鞭炮谢罪时，又怕弟弟会出来阻挠。作者刻画了一个十足的畏头畏脑，怕越雷池一步的“软骨头”形象。他始终相信老天爷是会开眼的。果报不在眼前，就在未来，不在这一世，就在来世，活着不清楚，死后自然分明，谁入地狱，谁上天堂，至少闭上眼会知道的。荒年到了，就是老天爷要罚人。这是一个龌龊的世界，犯罪作恶的人自然太多了，所以要来一场大灾难，一网打尽。但是，好人是会得到庇护的。他始终这么认为。从出生到现在，他从不曾做过一件亏心事，甚至任何坏的念头也不曾有过。他相信自己会得到老天爷的怜悯……面对命运的不公，他总是叹息：“那是气数呵”，“命里注定了的，自然逃不脱……”

鼻涕阿二（许钦文《鼻涕阿二》）深受男女授受不亲的封建伦理道德和婚姻观念毒害，不仅拒吻，还打了“小活鬼”龚少年一巴掌，并且从父母之命嫁给了寿头呆子阿三。鼻涕阿二身上有着明显的“非人”意识。她逆来顺受，不思反抗，安于命运，把遭受的一切看作理所应当的事情。家里人叫她“贱小娘”，她会答应。祖母、姊姊讽刺、挖苦她，她虽然产生过痛恨、反击的想法，但立即“觉得这在理论上是不应该的，实力也寡不敌众，小不敌大的”。可见，这种“非人”处境的罪魁祸首正是男女授受不亲的封建伦理道德和封建的婚姻观念。因为，“男女授受不亲”“父母之命，媒妁之言”这类观念，早已在鼻涕阿二的脑海中生根发芽。“正因为有着这种传统的封建思想意识成了她巨大的精神负累，从而束缚了她的手脚，蒙住了她的视线，凝固了她的思考。所以她自身的‘非人’意识是导致她'非人'性格的重要原因。"[1]从原来被人奴役的人演变而为奴役别人的人，鼻涕阿二的人格异化可见一斑。这突出表现在她当了姨太太以后，就仗着钱少英的宠爱，有恃无恐，威权滥施，严逼大太太，"报复"丫头海棠。

作为阿Q族类中的一员，鼻涕阿二也有阿Q似的忌讳，往往用"一双"和"一对"来代替"两"和"二"，由此闹出了称两斤萝卜为"双斤萝卜"，称两斗江米为"对斗江米"等笑话。她也如阿Q般逆来顺受，对加给她的种种苦难，一味默示服从。即便在婆婆把她卖给钱师爷时，她也并不反抗，正如在平时一样并不想怎样地为着自己主张。终于在默默承受重重苦难中，悄无声息地死去。她也如阿Q般欺软怕硬。大太太在家的时候，她总是利用师爷的宠爱和海棠的服从，为难大太太。无论这对她有利还是无利，就算是对她有害她也乐意，为的就是为难大太太。大太太越苦痛，她就越高兴；大太太越窘困，她就越得意。等到逼得大太太回了娘家，她反而感到了无聊。这时，她就开始为难海棠，打她、骂她，有时在她的脸上用劲扭一把，使得她脸上的皮肉有一部分变成青色，就像自己小时候被姊姊扭时的那样。鼻涕阿二这种对海棠不留口的骂，不留手的打，有时候很像她的祖母，有时候很像她的母亲，有时候又很像她的姊姊。童年受过的磨难，她想在海棠身上得到报复。海棠因为和一个青年农人多说了几句话，鼻涕阿二就说她在"滥人"了，于是由"滥人精"的称呼转为"贱小娘"的名称了，一如祖母对她的恶语相向。正如作者所分析的，"这种冲动性的报复，确也是松村人的特性之一，菊花鼻涕阿二委实是个松村人，她原也是禀着松村人的特性的种子发育起来的。"她之喜欢奴役别人，就是这个环境造成的。她的这种"凭空报复"，在松村早已习以为常。因此作者曾说："《鼻涕阿二》里写一个女性的模型，是地位卑下的女性。我在这里攻击的是养成鼻涕阿二的环境，并非她的本身。对于她的本身，这样可怜，又可笑，我是只有感叹的。"[2]

巴人笔下的西溪村人是一种奇怪的动物：向强者屈膝，向弱者开

---

① 钱英才：《许钦文评传》，浙江大学出版社1990年版，第93页。

② 许钦文：《钦文自传》，人民文学出版社1986年版，第60页。

刀。他们总是羡慕有钱有势的财主的宏伟计划，却爱奚落没钱没势的穷人一个小小的愿望。在这里，老实人总是成为人们谈资的笑料。当听到六七十岁的景云伯还想讨老婆这个"美谈"时，就连被景云伯认为"种田人不会骗人"的乔沅也戏弄了他，给他介绍的董大姑，实为一条母狗。人们也因此得到了一个"自然的逻辑"："可不是吗？他在宁波调戏了老板娘，给老板捉住奸，被扣了工钱，辞退了！"在人们的大笑声中，景云伯终于走上了上吊自尽这条路。

吃西溪村人乳汁长大的运秧驼背（巴人《运秧驼背》）自然也是以苦为乐、逆来顺受的。他一生最不习惯的是没有工作可以做。按他的说法，"实在比杀头还难熬"。做惯工的手，怎么闲得下来呢？可他不能硬要别人雇他呀！他就是光吃一口饭不要工钱，也没有人雇他。很快地，负气的运秧驼背就会另有想头：

> 好，你们不雇我做工，我也乐得自在，反正天下多的是苦死的人，没有饿死的人；就是饿死的人，其实倒是苦死的！

于是，他就渐渐安于闲散了。怀着"事情应该怎么落局，就怎么落局"这一为人处世的哲学，当面对族长房长们因为根深蒂固的"长房长孙"观念硬要把父亲（景云伯）留下的一间老屋分给尚不明生死的大哥（运夫）的安排时，他全然不放在心上，只是认为这是命中注定的。当然，运秧驼背在其坚强一面的背后，也有精神孤寂的时候，但他总能设法化解："他每用这样一个法子，来消遣这寂寞的：他每每对自己提出一个建议，再把他自己投入别一个思想里，来驳斥这个提议。驳斥一会以后，他又把自己投入又一个思想里来反驳。……他这样地互相驳覆着，也就是说把自己的一个意见同另一个意见斗争着，冲突着，这样，空荡荡的屋子里，虽只有他自己一个人，也无异于满座同志，谈论风生地在说话，在争吵了。他于是再也不觉得寂寞了。"

浙东乡土小说作家笔下的阿Q们，更多时候是孤独的。巴人的《殉》通过对三田虮之于竹林的病态爱恋的描写，刻画了一个蜷缩在自然一隅的孤寂灵魂。三田虮六个月时死了母亲，一生得不到慈母的爱，在嫂子的白眼歧视中长大。十岁时死了父亲，孤苦伶仃，受尽欺凌。虽然世界如此之大，但他依然无法避免孤独。好在三田虬觉得在这样大的世界上竟然能随他一个人独来独往，倒也未尝不是一件值得骄傲的事情。他没有邻近的一个孩子做伴，也没有惹人喜欢的一件玩具，总是把自己幽闭在自设的孤独世界里，不同眼前的同伴聚合在一起。结婚后，三田虬的妻子因为从他那里得不到"女子所需要的东西"而恨他，进而开始用"酒冲蛋"来接待她的情夫。对此，三田虬麻木得不以为然。终于在秋收时节，越剧班里的白净脸艺人勾引了他的妻子，结果双双私奔了。孑然一身的三田虬只能将全部爱倾注在竹林上，甚至视之为自己的生命，一旦竹林被毁，几十年心血化为灰烬，他也就失去了灵魂的归属而只能走上上吊自杀这条路。"对我们的三田虬说来，人生的欢乐不存在自己的生活之中，也不存在与人们交往之中，而只存在他和自己的劳动的成果的接触之中，存在他的终年翠绿的竹林之中。"正因为爱之过甚，一旦这根生命支柱倒下后，生也无人问津，死亦无人知晓的三田虬就唯有在竹枝上为他的竹林殉道了。与阿 Q 不同的是，阿 Q 在失败以后还会用"精神胜利法"来自我安慰，而三田虬则是完全的精神逃遁。他一生没有从两脚动物的人类那里获得过他所希望的东西，反而在大地母亲的胸怀里获得了他所希望的东西。这是三田虬对地母的呼唤，其实也正是作者的呼唤。

浙东乡土小说作家对被传统封建文化包围、熏陶的乡民们的悲惨命运有着深切的体认，他们用形象的笔触刻画了一个个吃苦耐劳、只求能争到"做稳了奴隶"的地位而不得的顺民。他们谨守"命中注定"的格言，面对种种磨难和不幸、压迫和欺凌，总是以一种极端平和、麻木的心态忍受着，似乎想"用瞒和骗，造出奇妙的逃路来"[①]，最终或被封建势力摧残致死，或自己弃绝人世，或麻木不仁地永远蛰伏在无边的黑暗中。

老狗(巴人《顺民》)的人生哲学是"'王法'，我们哪里好不服从呢"。在他看来，为人在世，最要紧的事是守"王法"，人可以打老婆、孩子，作践自己，但不能违反"王法"……因此，当他在天井中取了一把罂粟秆，匆匆走向新祠堂想自我检举以求宽大时，他的心中好像怀着异样的快乐——这是一种治愈了心头的创伤似的快乐，也是一种获得神明嘉许

① 鲁迅:《鲁迅全集(第一卷)·论睁了眼看》，人民文学出版社 2005 年版，第 254 页。

的改悔者的快乐。捐好门槛后的祥林嫂又何尝不是如此呢?!但事与愿违,他期望以自己的忠诚来换得老爷的赦免,现在却完全无望了。他几次想叫:“皇天大老爷,我是确实是下定决心戒了的!”但他喉头像给什么塞住似的,叫不出声来。及至被陈知事带去戒烟时,他还天真地以为,知县大老爷把他带去,是要他完全戒绝,是为他好。在“一个人总是不能自作主张的多”“人总是要有人强制他才能改变坏习惯”的信念支撑下,“他自己宽慰着。他似乎也快乐了”。如此阿Q式的精神胜利语实在使人忍俊不禁。后来在老实相的兵士的示意下,他选择了逃跑,一开始他的脚步像是被什么绊住似的总迈不开步来;走了两步以后,忽然有力了,急速地像箭一样射了出去。但内心却一直在告诫自己:“我不该逃走呢!‘王法’是无边的,而你的运命是渺小的,你能逃得出它的手掌吗?”老狗最终如卡夫卡《审判》中的约瑟夫·K一样,在近乎无事的“审判”中败下阵来,“认识”到了自己的“过错”:“老爷!我逃错了!我后悔了!我是犯了‘王法’了。”可见,老狗的死并非由于抗争,而是由于心甘情愿做顺民,这种顺民心态充满了奴性。作者从反面告诉生活在那个社会的乡民们:幻想做太平良民同样是没有活路的。

再如,大脚疯木仁老(巴人《乡长先生》)怀抱着“人总是命运注定”的哲学,一向逆来顺受。而村民对于抽壮丁,更是抱着一种无所谓的态度。被抽去的也好,不被抽去的也好,生活照旧,困难依然。“牛生下来是给套上轭犁田的,而他们呢?——他们知道:生下来就是‘摸六畜’的啊!”赵根元(《姜尚公老爷列传》)原是一个有血性的青年,但在父亲赵老狗的影响下,特别是在姜尚公的钳制下变得驯顺了。

王鲁彦笔下也有很多忍让型人物,他们思想保守,一味逆来顺受,对于一切的屈辱总是默默忍受。《乡下》中的三品就是一个息事宁人、逆来顺受的人。他性格中最突出的是认为人人该服从命运的安排,处处忍让,残酷的生活也终未能改变他的这一处世哲学。阿利也是抱着“恶人自有恶人磨”的自我慰藉而死于瘟疫。《我们的喇叭》中的小喇叭,认为当兵是杀人流血的,白刀子进去,红刀子出来,是很可怕的。他们祖孙三代从来没有跟别人打过架,他又怎么能当兵杀人呢?即便杀的是日本人。本来他可以安分守己地过日子,可日本帝国主义的侵华战争打破了他的平静生活,他终于在万般无奈之下参军了,但他仍然怀揣着“当兵不杀人”的信念，当了个“不杀人”的号兵。

在许杰的《邻居》中，当金龙向小文嫂走来时，她感到有一种无法抗拒的命运扼住了她的喉头，使她不得叫喊，只能任凭命运的宰割。当金龙顺手环过她的肩上，搂住她的粉颈时，她心里有着许多复杂的思想，但终于没有勇气反抗，只是坐着不动。《出嫁的前夜》中的“她”，意识到“要有勇气毁弃了这虚伪的婚姻，才是真正的理智”。但是，这又怎么出口呢！“沉默罢，沉默罢！命运的力量，强于一切的力；听它罢，到了临时，它总给我一条出路。”在《子卿先生》中，当子卿非礼梅英时，作为父亲的阿兴刹那间似乎“把埋葬在肥胖的肉体中的几乎生了锈失了锋芒的灵魂，重新透露出来”。“但这只是一时的，他立刻又被肥胖的肉体把那稍露棱角的灵魂包住了”。根据以往的经验，他抱着“家丑不可外扬”的态度，“开一只眼闭一只眼”的遗训，“生米已经煮成熟饭”的格言，假装不知不觉，任凭事态发展。

许钦文《鼻涕阿二》中的龚少年，因为求吻不遂而被打耳光，他也没有反抗。因为他觉得就是反抗了，也是无益的。正如作者所分析的：“松村的四周，东是梅村，南是槐村，西北是柳村和桃村，都是和松村一色一样的。原来这五村都是属于鲁镇的，松村的所以这样，原因为大范围的鲁镇是这样的原故。然而，大而鲁镇，小而松村，所以会形成这种社会，而且并没有会改变的情形，原是因为龚少年之流诸事不反抗，因为觉得就是反抗了也是无益的就不反抗了的原故；这实也是松村人的特性之一，木匠阿龙龚少年确是个松村人，原也是由禀着松村人的特性的种子发育起来的。”小牛大娘（《元正的死》）生完孩子以后，没过完满月期就回来给人做工。由于孩子是偷生的，即便身体还没恢复，她也得装得若无其事地外出，生怕被人看出破绽。精神上的软弱使她不敢面对社会的压力，最后她终于因没钱治病而一命呜呼了。春霞（《大水》）被父亲做主许配给了章姓男子，虽然在结婚之前从未见过未婚夫一面，对他的一切都一无所知，但她唯一能做到的就是顺从。

火吒司（潘漠华《人间》）是一个满面胡须的地主家的杂工，干活勤快，心地善良，还曾救过东家少爷。他也一度追求爱情，用针刺破窗纸偷看小姨梳头，但因为地位的低下而被人剥夺了这一权利。若干年后，当“我”在荒岭的山坳再次遇见火吒司时，他已经成了一个被生活压扁、被穷愁挤干的老人。面对生活的窘困和命运的不公,他总是安于现状,默默忍受,不思改变。“命生定”的意识促使他逆来顺受,麻木地承受来自各方的苦难,并总是自我慰藉:“这是命里注定的。”

栋喜(王西彦《栋喜》)也是一个安天命的人。当老婆接连生下四个女儿时,他安慰自己道,这是命运注定的,儿子得要前世修。当十岁的儿子害肠热症奄奄一息时,他又对泪流满面的老婆说,哭什么呢,是儿就不会死;要死时,你哭也没有用。儿子后来终于在战争中失去了,做娘的几乎要发疯投水,而他依然没有气愤,想到的是:“这是命定,拗不来的。”杜奎伯(王西彦《讨血钱》)面对命运的不济:老婆早年丢下孩子撒手人寰,自己经营的麻花铺子又关了门,他只是一味兴叹:“都是命,嗯,人强不过命!人家是血钱……命,都是命……”

第五章 浙东乡土小说中的民俗事象

人类的社会生活,往往与民俗息息相关。正如美国社会学家萨姆纳所指出的,民俗起源于人类为了生存和发展而逐渐养成"合宜"的生活方式,并且固化为一种"德范","变成了知识源泉和生活艺术"①。作为一种民间隐形的规范,民俗总是会影响并制约人们的行为方式和心理状态。从这一层面上来说,生活在社会中的人,往往是一个民俗化了的人。哪里有人群,哪里就会有社会生活及与之相应的风俗、礼俗、习俗,即所谓的民俗。它往往"以风习性文化意识为内核,程式化的'生活相'为外表,表现为一种习惯性的生活方式和传统型的生活模式,从而构成为波及面深广的特定的生活形态。"②本尼迪克特说:"个体生活历史首先是适应由其社区代代相传下来的生活模式和标准。从他出生之时起,他生于其中的风俗就在塑造着他的经验与行为。到他能说话时,他就成了这种文化的小小创造物,而当他长大成人并能参与这种文化的活动时,其文化的习惯就是他的习惯,其文化的信仰就是他的信仰,其文化的禁忌就是他的禁忌。"③泰勒则进一步认为,"民俗与文学实属相通的领域","文学中包含来自民俗的因素"④。两者之间是相互依存的关系。一方面,民俗既曾是文艺起源的中介,又是文艺样式的源头,它滋生养育了成长于这片土地上的作家,"只要翻一下艺术史上各个重要时期的时代,就可看到某种艺术是和某些时代精神与风俗情况同时

---

① 转引自高丙中:《民俗文化与民俗生活》,中国社会科学出版社1994年版,第175页。

② 郑择魁:《吴越文化与中国现代文学》,杭州大学出版社1998年版,第70页。

③ 〔美〕本尼迪克特:《文化模式》,何锡桂译,华夏出版社1987年版,第2页。

④ 〔美〕泰勒:《民俗与文学研究》,转引自陈建宪:《世界民俗学》,上海文艺出版社1990年版,第52—54页。

出现，同时消灭的”[①]。丹纳这里所谓的“时代精神”，是指一定环境、种族条件下的精神气候、精神风气和风俗。另一方面，文学作品的详细记录、生动描摹不但丰富了作品本身的内涵，而且极大地推进了民俗的传承。作家，尤其是现实主义作家，总是会在其作品中表现民间风情，反映地域风俗，并在这种描述和传扬中批判民俗中的落后和愚昧。民俗的演绎使乡土小说凸显了浓厚的地域风情，而民情风俗的展演又活现了地域文化的特质。杨义因此说，“乡土写实流派中地方色彩至为浓郁的作品，往往具有民俗学的价值，可作民俗学者的参考。”[②]自小深受浙东民俗熏染的浙东乡土小说作家不仅身上具有浓厚的民俗意识，而且在构筑自己的艺术世界时，自然也会夹带进他所体验过的民俗文化和民俗情感。民俗赋予了浙东乡土小说强烈的地方色彩和时代特征，同时也加强了其思想深度、历史厚度，拓深了其文化意蕴，增强了其审美效果，从而使其产生了不朽的艺术魅力。

第一节　重礼而繁复的婚姻民俗

婚姻是维系人类自身繁衍和社会延续的最基本的制度和活动，它不仅关系着宗族的子嗣繁衍和血脉承续，而且还是人类生产关系和生活方式的集中体现。《礼记·昏义》云：“昏礼者，将合二姓之好，上以事宗庙，而下以继后世也，故君子重之。”“昏礼者，礼之本也。”由此可见，婚姻决不仅仅是男女当事人的个人行为，而是具有宗族传承和社会伦理道德意义的重要事件。婚俗是婚姻的外在表现形式，它往往深受当时社会思想观念的影响。因此，对其的研究，可以从一个侧面窥见一个时代、一个地域的物质文明和精神文明的发展程度。浙东乡土小说中繁复的婚姻民俗的出现，与该地尚礼教、好礼仪的人文社会环境有着至关重要的关系，那些讲究礼数、形式温馨的婚姻民俗总是蒙着一层温情脉脉的礼文化面纱。

王鲁彦深受爱罗先珂、周作人、江绍原等人的影响，作品中明显体

---

① 〔法〕丹纳：《艺术哲学》，傅雷译，人民文学出版社 1983 年版，第 7 页。

② 杨义：《中国现代小说史》（第一卷），人民文学出版社 2005 年版，第 414 页。

现了他对民俗学的极大关注,“如将王鲁彦作品中那些展示风土人情,民间习俗的部分串连起来的话,将是一部十分形象的民俗史,或者说是一部十分生动的民俗学。”[①]

在《菊英的出嫁》中,作者介绍了浙东农村奇特的“人鬼婚配”习俗——“冥婚”。“冥婚”也叫“结阴亲”“阴配”等,即为死人办婚事。这种基于灵魂不灭、阴阳轮回的原始信仰古已有之。《三国志》就记载过那个不甚拘泥于礼俗的曹操,想为死去的儿子举办冥婚。《旧唐书》也记载过唐中宗的韦皇后曾为亡弟举办过冥婚合葬。[②] 据浙江民俗学会所编《浙江风俗简志》载,“冥婚”的方式主要有三种:“一是双方定亲后,忽染时疫,双双暴卒,双方父母商定由童男童女各捧其木主牌拜堂。婚礼毕,举行丧礼,移棺合葬一穴。其二是双方生前并无婚约,死后由双方父母央婚说合,择吉迁棺合葬,结成冥世夫妻。其三,定亲后男方病死,新娘与一幼女所捧亡夫之木主拜堂,并与木主共寝。”[③]而第三种大都在富裕家庭中实行,对于女性的伤害尤其重。“冥婚”的形成,与中国人“事死如事生”的鬼神观念有着极为密切的联系。一方面,对父母而言,子女的终身大事是他们最大的心愿和责任,他们对早夭的子女总感觉未尽到责而于心不安;另一方面,民间认为生前“未尝人道”的男女,死后居无定所、阴魂不散,会前来作祟。可见,“冥婚”于生者或死者而言,均是“有益”的。

在小说开头,作者先用隐约的笔法写菊英的娘非常疼爱女儿,打算替她定一门亲事,但字里行间早已暗示了菊英的死:

> 人家的女儿都在自己的娘身边长大,时时刻刻倚傍着自己的娘,“阿姆阿姆”的喊。只有她的菊英,她的心肝儿,不在她的身边长大,不在她的身边倚傍着喊“阿姆阿姆”。……只有她,菊英的娘,十年中不曾见过菊英,不曾收到菊英一封信,甚至一张明信片。十年以前,她又不曾给菊英照过相。

---

① 胡灵芝:《王鲁彦与乡土文学》,载《文学评论》1986 年第 3 期,第 141 页。

② 参见杨义:《中国现代小说史》(第一卷),人民文学出版社 2005 年版,第 415 页。

③ 浙江民俗学会:《浙江风俗简志》,浙江人民出版社 1986 年版,第 157 页。

即便菊英早已不在人间，但菊英的娘仍然觉得女儿的婚事就是她最大的心愿，也是做爹娘的责任内应尽的义务。“做儿女的除了拜堂以外，可以袖手旁观。不能使喜事热闹阔绰，他们便觉得对不住儿女。”在这一观念的烛照引领下，她四下打听，终于为菊英找到了一户令她颇为满意的婆家。吉期近了，菊英的娘开始一天天忙碌起来，身上医不好的老毛病也似乎一下子好了很多。她时时设想着像别人那样身份由“阿姆”而变为“丈姆”，再由“丈姆”而变为“外婆”，即便她未曾见过女婿一面，唯独见过他七八岁时的一张照片而已。

在她以为，待嫁的菊英这个时候肯定是既高兴又害羞的。作品中有这么一段菊英的娘的心理描写：

> 她进进出出总是看见菊英一脸的笑容。“是的呀，喜期近了呢，我的心肝儿”，她暗暗对菊英说。菊英的两颊上突然飞出来两朵红云。“是一个好看的郎君，聪明的郎君哩！你到他的家里去，做‘他的人’去！让你日日夜夜跟着他，守着他，让他日日夜夜陪着你，抱着你！”菊英羞得抱住了头想逃走了。“好好的服侍他，”她又庄重的训导菊英说：“依从他，不要使他不高兴。欢欢喜喜的，明年就给他生一个儿子！对于公婆要孝顺，要周到。对于其他的长者要恭敬，对幼者要和蔼。不要被人家说半句坏话，给娘争气，给自己争气，牢牢的记着……”

阴间的女儿也需要结婚，这是菊英的娘信以为真的。这一迷信的背后，让我们看到了多么深沉的母爱！“你到他的家里去，做‘他的人’去！让你日日夜夜跟着他，守着他，让他日日夜夜陪着你，抱着你！”“好好的服侍他”，这些未免不是菊英的娘所渴望的。因为菊英的爹长年在外经商，这种对爱情的渴望甚至说是性苦闷，她是深有所感的。

在女儿的婚事上，菊英的娘表现得如此的认真、虔诚，丝毫没有应付了事、敷衍塞责的态度。在小说中，作者不惜笔墨地细数了她为女儿准备的丰厚嫁妆，从首饰到衣服，从卧具到家具，一应俱全：

> 金簪二枚、银簪珠簪各一枚。金银发钗各两枚。挖耳，金

> 的两个，银的一个。金的、银的和钻石的耳环各两副。金戒指四枚，又钻石的二枚。手镯三对，金的倒有两对。自内至外，四季衣服粗穿的俱备三套四套，细穿的各两套。凡丝罗缎如纺绸等衣服皆在粗穿之列。棉被八条，湖绉的占了四条。毯子四条，外国绒的占了两条。十字布乌贼枕六对，两面都挑出山水人物。大床一张、衣橱二个、方桌及琴桌各一个。椅、凳、茶几及各种木器，都用花梨木和其他上等的硬木做成。或雕刻，或嵌镶，都非常细致，全件漆上淡黄、金黄和淡红等各种颜色。玻璃的橱头箱中的银器光彩夺目。大小的蜡烛台六副，最大的每只重十二斤。其余日用的各种小件没有一件不精致，新奇，值钱。在种种不能详说（就是菊英的娘也不能一一记得清楚）的东西之外，还随去了良田十亩，每亩约计价一百二十元。

对于嫁妆，菊英的娘是能有多大排场就做多大排场，唯有如此，她才觉得对得起女儿，她自己也才能心安，即便她自己平日里是一个极其节省的人。可见，这样的民俗活动一举两得，既能使菊英的灵魂寻到归宿，又能使活着的人得到心灵的安慰。

只看到如此排场的嫁妆，想必读者无论如何不会想到这是在为已死之人举行婚礼，直到写到婚嫁队伍：

> 最先走过的是两个送嫂。她们的背上各斜披着一幅大红绫子，送嫂约过去有半里远近，队伍就到了。为首的是两盏红字的大灯笼。灯笼后八面旗子，八个吹手。随后便是一长排精制的、逼真的，各色纸童、纸婢、纸马、纸轿、纸桌、纸椅、纸箱、纸屋，以及许多纸做的器具。后面一顶鼓阁两杠纸铺陈，两杠真铺陈。铺陈后一顶香亭，香亭后才是菊英的轿子。这轿子与平常花轿不同，不是红色，却是青色，四围结着彩。轿后十几个人抬着一口十分沉重的棺材，这就是菊英的灵柩。棺材在一套呆大的格子架中，架上盖着红色的绒毯，四面结着彩，后面跟送着两个坐轿的，和许多预备在中途折回的，步行

的孩子。

写到仪仗队抬的是青轿而非红轿，我们这才知道，这浩大排场的婚礼原来是为菊英举行的“冥婚”。“细密的场面和人物描写，显示了古老中国农业社会落后于时代的蹒跚步伐，而这种奇特的封建陋习叙述得越是具体可见，就越发使人对这落后性深感震惊”，从而“使早期乡土小说获得了民俗学的价值”。[①] 作者以略含嘲讽的笔调叙述了菊英的娘为这场婚礼所耗费的精神、体力和金钱，描绘了人物对于毫无意义的事所倾注的饱满的热情和虔诚的表现，把不可救药的愚昧和令人沉思的母爱交织在一起，形象地揭露了“死后生存”的迷信观念和陈规陋习对人们精神的奴役。因此，苏雪林评道：“我们未读到仪仗中的菊英的棺材而先读这些描写时谁不被作者巧妙的笔所欺蒙呢？”[②]茅盾也惊叹：“在这里，真与幻混成了不可分的一片，我们看见母亲意念中有真实的菊英在着，我们也几乎看见真实的菊英躲躲闪闪在纸面上等候出嫁。像这样的描写真与幻的混一，不能不说是可以惊叹的作品。”[③]

在“传宗接代”思想浓重的中国，“香火”的继承是个人乃至整个家族的根基。费孝通说：“在农村中，结成婚姻的主要目的，是为了保证传宗接代。选聘媳妇的主要目的是为了延续后代，保证生育男儿是向算命先生明白提出的要求。如果当媳妇的没有能力来完成她的职责，夫家就有很充足的理由将她遗弃而无需任何赔偿。妇女在生育了孩子之后，她的社会地位才得到完全的确认。同样，姻亲关系只有在她生育孩子以后才开始有效。”[④]因此，文嫂（柔石《二月》）上吊自杀的直接原因是儿子死了，深层原因却是民俗观念在作怪。封建民俗文化认为女孩算不得人，只有男孩才能完成传宗接代的“任务”。所以，她在儿子死后，

---

① 钱理群，温儒敏，吴福辉：《中国现代文学三十年》（修订本），北京大学出版社 1998 年版，第 68 页。

② 苏雪林：《王鲁彦与许钦文》，载《现代》1935 年第 5 期，转引自曾华鹏，蒋明玳：《王鲁彦研究资料》，江西人民出版社 1984 年版，第 170 页。

③ 方璧〔茅盾〕：《王鲁彦论》，载《小说月报》1928 年第 19 卷第 1 号，转引自曾华鹏，蒋明玳：《王鲁彦研究资料》，江西人民出版社 1984 年版，第 162 页。

④ 费孝通：《江村经济》，江苏人民出版社 1986 年版，第 23 页。

反复自言自语道："男孩死了！只剩得一个女孩。女孩算得什么呢？"而王阿虞(王鲁彦《许是不至于罢》)最为关心的也是"子孙满堂""享受天伦"，一想到这，嘴角就浮现了微笑：

> 难道二十万的家产还说少吗？一县能有几个二十万的财主？哈哈！丁旺，财旺，是最要紧的事情，我，都有了！四个儿子虽不算多，却也不算少。假若他们将来也像我这样的不会生儿子，四四也有十六个！十六再用四乘，我便有六十四个曾孙子！四六二百四十，四四十六，二百四十加十六，我有二百五十六个玄孙！哈哈哈！……玄孙自然不是我可以看见的，曾孙，却有点说不定。像现在这样的鲜健，谁能说我不能活到八九十岁呢？其实没有看见曾孙也并没有什么要紧，能够看见这四个儿子统统有了一个二个的小孩也算好福气了，哈哈，现在大儿子已有一个小孩，二媳妇怀了妊，过几天可以娶来的三媳妇如果再生得早，二年后娶四媳妇，三年后四个儿子便都有孩子了！哈哈，这有什么难吗？……

伴随着这种传宗接代的"香火"观念和"女孩算不得人"的落后习俗，浙东地区旧时代还盛行溺女婴之风。据光绪《诸暨县志》卷一七《风俗》载："怀衽时，先设谋积虑，一见为女，立置死地。"当然，这种溺女婴之风也有婚嫁竞尚华奢的缘故，一般人家办不起嫁妆而不得不溺女婴。柔石的《为奴隶的母亲》中，就写到了这种泯灭人性的习俗。皮贩看到妻子所生的女儿，就提着一桶沸水用他那粗暴的双手把亲生女儿扔了进去，"除出沸水的溅声和皮肉吸收沸水的嘶声以外，女孩一声也不喊。"

"不孝有三，无后为大"典型地说明了"子嗣"的重要性，并因此而滋生了许多民俗，"典妻"即是其中之一。"典妻"也叫"租妻""租肚子""典水面"等，即被典方因为生计所迫而将自己的妻子租给尚未延续子嗣的典方。"典妻"的原因多种多样，据浙江民俗学会所编《浙江风俗简志》载，一般情况下，"典租双方有媒证，订契约，明载典租期、典租价。一般一至二年为租，三五年为典。典租价以妇女年龄大小、期限长短而定，但必须具有生育能力。出典者或因久病负债累累，或因家贫度日艰难，或因逼还赌债。受典者有因其妻久未生育，有系独身穷汉为求子嗣而无力结婚者。典妻进门，以薄酒谢媒，不举行仪式，所育之子归典方，其继承权须宴请亲族长老获得认可方为有效。典妻期满回原夫家。也有夫死，为生活所迫，妻自典他人"①。此俗始于宋代，最早见于北宋《续资治通鉴长编》："或于兼并之家借贷，则皆纳其妻子以为质"；"此因饥馑，民有雇鬻妻子"；"质妻卖女，父子不保"。及至元代，"典妻"之风盛行。时任浙东海右道副使的王朝，曾因该民俗会引发严重的社会问题而要求朝廷严行禁止："其妻既入典雇之家，公然得为夫妇，或为婢妾，往往又有所出，三年五年期满之日，虽会归还本主，或典主贪爱妇之姿色，再舍钱财；或妇人贪慕主之丰足，弃嫌夫主，久则相恋，其势不得不然也。轻则添财再典，甚则偕以逃亡，或有情不能相害，因而棒伤人命者有之。"故元朝首次把禁止"典妻"列入刑法。然而从清到民国，"典妻"陋俗反而更为盛行。清人徐珂在《清稗类钞》中说："浙江宁、绍、台各属，常有典妻之风。"②1930 年前后，奉化当地某些难以度日的寡妇，碍于生活所迫会将自己典给他人为妻，以获得钱、粮养活子女。在松阳，如果丈夫长期患病，无力养家，便会将妻子典给他人，如果典夫上门来住的，则称之为"招夫养夫"。1931 年的《社会杂志》上刊登的《台属六邑之典妻与童养媳》一文，对浙东地区的"典妻"习俗做了翔实记录。"典妻"陋俗的盛行，其深刻的社会根源在于妇女地位的低下、农村经济的贫困以及传宗接代的封建宗法观念。正如《台属六邑之典妻与童养媳》一文中所言：综考典妻原因，不外下列三点：①生活程度日高，一般贫民，谋食维艰，只好将妻典与他人，以冀减经养赡，典者认识浅鲜，或抱"不孝有三，无后为大"，但也有因家道贫困，无力正式娶妻者，不得不行典妻之习矣。台属六邑，背山挡海，地瘠民贫，而男女平等新风气未开，其盛行典妻，盖非无故耳。典妻需立有契约，约内大意谓："立约人某某某，今因缺用，愿将自己发妻某氏，凭中出典与某某，三面议定典价大洋若干，如若干年为限，期内所产子女，概归某某，期满某氏仍归还本人，与受典

---

① 浙江民俗学会：《浙江风俗简志》，浙江人民出版社 1986 年版，第 156 页。

② 参见沈善洪：《浙江文化史》（下册），浙江大学出版社 2009 年版，第 947 页。

人断绝关系……”约成，其妻即随受典人而去。间有夫妻亲爱者，临别时甚至抱头痛哭，一种伤心情状，非笔墨所能形容也。②期限，典妻期间，普通几十年为限，虽有五年，无寥寥然见也。盖年限短促，所育子女，即遭无母，恐不易长大耳。典价十年者，约计三十元左右，五年者十余元。③典妻之目的在求子嗣，受典之人对于典来之妻，不论貌之类恶，均颇相亲爱，待遇亦优，新婚不啻也。如至相当时期不产，或所产非子，则虐待至矣。非借端辱骂，即藉故毒殴，一种残酷情形，无以复加。本夫知之，亦无权干涉，女则忍声吞泣。台属典妻，虽极其盛行，然非人民之所愿，人有将妻典与他人，不惟乡里鄙之，即本人亦有愧色，惟生活之所迫，不得不如此耳。[①]

许杰的《赌徒吉顺》就是以浙东地区的“典妻”风俗为题材的作品。小说写的是泥水匠吉顺在父亲死后继承了全部的财产，加上自己又有一身好手艺，本来应该是衣食无忧的。但他却养成了挥金如土、嗜赌成性的恶习，直至赌输掉父亲留下的全部财产。赌场得意时，他总是幻想着能赢更多的钱；而一旦失意，他就变得凶狠暴戾，回家就通过打骂妻儿来出气。在吉顺的生活中，钱俨然已经成了他的上帝。当输完本钱，并欠下几十元赌债而无力偿还时，吉顺就在“有钱就有名誉”理念的指导下，满怀自责、痛恨和屈辱，以八十块钱将毫不知情的妻子典给了其时正因尚无儿子以延续“香火”而四处张罗“典子”[②]的富绅陈哲生，两下里一拍即合，成就了这桩“交易”。回到家中，面对亲情和难以启齿的耻辱，吉顺陷入了痛楚，“现在，是铸错了罢！‘典子’，是多么难堪的惨剧，竟从我的手里编演出来……”于是，“他的面上，忽而如走近火山喷一口般的发烧，忽而如俯临寒冷的深潭般的颤震。他的心正如在十字架上受刑，血痕狼籍，一块块撕得粉碎的四裂”。小说细致地展示了吉顺起初拒绝“典妻”，到后来答应“典妻”，内心又极度痛苦的心理变化过程。吉顺第一次拒绝把妻子典给富绅陈哲生，是因为他那时手气正旺；但等到他输得精光走投无路之时，虽然也在“名誉”和“金钱”之间挣扎了片刻，但最终还是“金钱”占了上风，决定“典妻”了：“对呀！人生行乐耳！

---

① 转引自钟敬文:《中国民俗史》(民国卷)，人民出版社 2008 年版，第 293—294 页。

② 典子：在契约订定的时期内所产生的儿女，被典主先期典去，属于典方。

有了钱就是幸福，有了钱就是名誉；物质的存在是真实的存在，精神不过是变化无常，骗人愚人的幻影罢了！”“名誉”只是他自欺欺人的一个借口，其实质仍然是视金钱为一切。可见，吉顺的堕落，“一方面固然由于都市的罪恶伸展到农村，而另一方面也由于农村的衰败和不安引起了人心的迷惘苦闷”[①]，“金钱至上”显然已经成为人们心目中牢不可摧的信条。

同样写“典妻”，柔石的《为奴隶的母亲》给我们的感受却截然不同。作者以辛酸的基调不仅介绍了“典妻”的原因，而且描绘了被“典”妇女的典期生活，以及典期结束后所面临的两难境地。春宝爹是一个皮贩，本来也是一个善良能干的庄稼汉，但由于地主和高利贷者的层层盘剥，再加上贫病交加，因此性格变得异常粗暴，总是一回家就打骂妻子。朴实、勤劳、善良的春宝娘最终难逃厄运，被为生计所迫、寻死又无足够勇气的丈夫以一百元钱出典给了当地的一个秀才。在秀才家里，她不仅是繁衍子嗣的工具，而且还是服役的奴仆，更要承受来自秀才大妻的嫉妒和监视，以及来自骨肉分离的悲痛。本来在皮贩家里，生活虽然贫困，但至少还有春宝在身边，内心尚能得到一点安慰。但到了秀才家里以后，连这点安慰也消失殆尽了。特别是得知春宝生病以后，她白天望着茫茫的回家路，晚上又梦见令她寒心的坟。对春宝的思念，后来成了秀才赶她回家、与秋宝分离的借口。于是，她不得不再次承受骨肉分离之苦。在小说中，秀才的大妻表面上看似也非常爱秋宝，甚至视如己出，因为在她以为“这个儿子是帮我生的，秋宝是我底”，她要靠“儿子”（虽然这个“儿子”是别人帮她生的）来巩固自己在家庭中的地位。小说的结局是悲哀的：一群孩子像看“西洋镜”般跟在轿后喧哗，这其中自然也有她的春宝。见到自己的亲娘，春宝非但没有扑上前去以解数年相思之苦，反而对母亲形同陌路，吓得躲进屋里去了。春宝娘只能在漫漫寒夜中眼睁睁地睡在令人难受的狭板床上，在麻木的头脑里幻想着秋宝在自己的身边。作者通过“典妻”这种不人道的婚姻形态，以悲愤的笔触批判了在贫困和陋俗的夹攻下，贞操可以典当，人格可以典当，神圣的母爱、爱情也因之被毁灭的社会现实，从而沉痛地控诉了封建社会

① 茅盾：《〈中国新文学大系〉小说一集导言》，上海文艺出版社1981年影印本，第31页。

残酷的经济剥削，揭露了封建道德的虚伪和堕落。作者站在以人为本、尊重女性的现代文化角度，在地方风俗的描绘中揭露和批判了“典妻”这种反人性的恶习，并使之有了复杂的现代伦理内涵：

> 在孩子的母亲的心呢，却正矛盾着这两种的冲突了：一边，她的脑里老是有“三年”这两个字，三年是容易过去的，于是她的生活便变做在秀才的家里的用人似的了。而且想象中的春宝，也同眼前的秋宝一样活泼可爱，她既舍不得秋宝，怎么就能舍得掉春宝呢？可是另一边，她实在愿意永远在这新的家里住下去，她想，春宝的爸爸不是一个长寿的人，他的病一定是在三五年之内要将他带走到不可知的异国里去的，于是，她便要求她的第二个丈夫，将春宝也领过来，这样，春宝也在她的眼前。

可见，春宝娘很清楚自己的身份和地位：作为被“典”者，她只不过是生育的工具，同时还是“佣人”；作为女人，她潜意识里已然接受了这“第二个丈夫”；而作为母亲，她对两个孩子都是骨肉情深。显然，“她的‘恋情’与‘母爱’是超阶级的‘人’的生命愿望”。[①]

《萌芽月刊》在《编辑后记》中曾有过这样的推介语：“柔石先生的《为奴隶的母亲》，作为农村社会研究资料，有着大的社会意义，请读者们不要忽视此点。”小说发表后不久，就被蒋光慈编入上海文学社出版的《现代中国作家选集》。1934 年，英国伦敦马丁·劳伦斯书店出版的《中国短篇小说》也收入此篇。1936 年，埃德加·斯诺编辑出版的《活的中国——现代中国短篇小说选》，也将它列为鲁迅以外的“其他中国作家的小说”的首篇。这篇小说还很快被译成外文，产生了国际影响。同时，它还先后被改编为沪剧、电视剧、连环画等。[②] 一位名不见经传的青年小说家，作品之所以会如此备受关注，很大程度上得力于小说中描写的“典妻”陋俗在当时极具代表性。

---

① 丁帆：《中国乡土小说史》，北京大学出版社 2007 年版，第 118 页。

② 参见郑择魁，盛钟健：《柔石的生平和创作》，浙江文艺出版社 1985 年版，第 123 页。

许钦文曾说:"一个地方有一个地方的特色,一个时代有一个时代的特色。其实只要有了地方色彩,时代性就连带进去,也就有了民族性。作者只要把自己的个性做进作品里去,无论地方色彩、时代性和民族性就都有了。"[①]在这一观念的指导下,他笔下的婚姻、丧葬、祝福、社戏、信仰、人情等民风民俗不胜枚举。尤其是他的《老泪》,为我们展现了"借种""入赘""招补床老"等多种婚姻形式。

彩云因两次订婚,均是还未过门就死了新郎,因而被算命先生认为是"克夫命",也就只能嫁给被认为是"克妻命"的黄麻子做三垫房。因为这刚好符合民间"逻辑":"凶命的对凶命的,倒能合得到老"。面对这样的命运,彩云只是承认命苦,根本不思反抗。黄麻子虽然已经死了两个前妻,但尚未生育过。和彩云结婚不到两年就生有一子,这给全家带来了莫大的喜悦。但不幸的是,未满周岁的儿子竟然患天花死了,黄麻子也因喉头被痰塞住而闷死了。临终前,黄麻子郑重地嘱咐彩云:"不孝有三,无后为大",要她当即向人"借种",说成是他的"遗腹子",并且赶快传布出去,说是已经有孕在身,以免引人怀疑。"借种"过后,彩云有了女儿明霞,因不便明养,便暗中把她暂放在"育婴堂",[②]然后再以养女之名光明正大地领来。为延续夫家香火,彩云为她择了一个美貌的男子,作为上门女婿"入赘"。从此,明霞就称彩云为婆婆,而她的丈夫自然成了彩云的"儿子"。明霞结婚三年尚未生育就患热病死了,于是彩云又为"女婿"——"儿子"续弦,堂堂皇皇地为他讨进了一个垫房儿媳妇。几年以后,她的这个"入赘儿子"也患传染病死了,彩云又为儿媳妇招了一个"补床老",一方面给她的垫房儿媳妇当丈夫,另一方面则做她的儿子。可见,彩云既遭受着封建伦理道德的精神压力和折磨,又承

---

① 转引自鲁雪莉:《越文化视野中的乡土作家——许钦文传论》,中国社会科学出版社 2011 年版,第 204 页。

② 又称"养育堂",指专门收养被弃或无力养活的婴儿的慈善组织。据浙江省民间文艺家协会所编《浙江民俗大观》(当代中国出版社 1988 年版)载:育婴堂门前设有一排"大抽屉",每只大抽屉有透气孔,凡无力养活或私生子女无法抚养的,往往写上生辰八字,贴在"肉包头"上,装入大抽屉,每天上下午、晚上,由育婴堂管事收集起来,交给堂内的乳媪抚养。如不生意外,抚养至能生活自理后,移送给养济院,给予求学读书直到找到职业,男婚女嫁。也有需领养婴儿的,可到育婴堂办理领养手续。

袭着传统的落后习俗和迷信，她的一生都是在为延续夫家的子嗣而努力，传宗接代成了她维系生命的唯一动力。

这里我们要顺便提一下“入赘”和“招补床老”这两种习俗。“入赘”也叫“倒插门”，指女方不出嫁到男方，而是招进丈夫，是一种男到女家从妻而居的婚姻形式。这种习俗其实早已有之，《史记》《汉书》等典籍中均有记载。在封建社会，赘婿是要受歧视的，不仅在家庭和社会中地位比较低下，而且有的还要从妻改换姓氏，直到三代以后才能归宗复姓。其根本原因在于：男性往往肩负着传宗接代、光耀门楣的家庭重任，一旦入赘女家，自家的“香火”——血亲纽带将因此而断绝，这显然违背了封建伦理道德，因而将为人所轻视。“入赘婚”在历史上曾几经变迁。战国时秦国商鞅变法时，国家提倡，并以政令扶植之：“家富子壮则出分，家贫子壮则出赘。”秦始皇执政，则改为鄙视之，将入赘者当囚徒一样发配。在世俗观念中，“入赘”为下贱之事，故富家子弟一般不入赘。“入赘”后，流俗有让其干女活的陋习。电影《老井》中孙旺泉“入赘”小寡妇家，须每日倒尿盆，即是一例。对这种婚姻形式，秦汉时称“赘婿服役”，宋代称“舍居婿”“赘婿补代”，元代称“赘婿养老”，今也有称“养老女婿”“上门女婿”。[①] 与“赘婿”身份类似的是“补床老”。“补床老”也叫“步上老”，指已婚妇女招进的丈夫。许钦文后来在另一篇乡土小说《步上老》中写到了歧视入赘女婿的落后观念：“当我到了十五六岁的时候，因为渐渐感到，这个高胸膛短项颈的种田人，一听到有人叫他做‘步上老’，就总皱起眉来，说不出苦的样子。”为什么呢？“在我故乡的农家，因为没有儿子，由女儿招进入赘女婿来，和死了儿子以后，由媳妇招个步上老，虽然都是常事；但做男子的，只要有田可种，有工可做，能够自己勉强讨进老婆来的，总不愿意到别人家去做入赘女婿或者步上老。”这种婚俗的盛行，于男女双方均有益处。愿意做“补床老”的男子，一般家境贫困，生活艰难，无力娶妻，不得已才到女方家里去；而女方则因为家里没有儿子以传宗接代，因此招进女婿，一来可以为女方父母养老送终，二来生下孩子随女方的姓可以继承女方家业。

如果说“典妻”“借种”“入赘”“招补床老”是为了延续“香火”，那么，

---

① 参见陈勤建：《中国民俗学》，华东师范大学出版社 2007 年版，第 127 页。

"再醮婚"(许杰《改嫁》、许钦文《鼻涕阿二》)、"叔嫂婚"(许钦文《难兄难弟》)、"嫁娶活离妇"(许杰《大白纸》)是对妇女精神的压制,而"冲喜"(许杰《出嫁的前夜》)、"童养媳"(王西彦《乐土》《苦命人》《凤囡》,潘漠华《冷泉岩》)则是对当时妇女幸福的剥夺。

"再醮婚"是指妇女在丈夫死后再行结婚。许杰的《改嫁》中,启清嫂因为没有生下儿子以作依靠,因此只能被迫改嫁。正如作者所指出的:"她手中捧着的小东西若是个男孩子呢,那末张姓的香火,还可以不绝;便是做娘的,在年青时守了寡,把他养育成人,——现在苦了几年之后,将来儿子大了,还可以过劳,还可以享几年的儿孙福;——总算还有一点希望。只是现在——"。许钦文的《鼻涕阿二》中,在鼻涕阿二病重之际,大太太等人总是故意说"捧火廊柱""赤着脚走火砖头""用锯把身子锯开来"等话给她听,因而使她时时困扰对死亡的胆颤;《老泪》中"妇人重婚,在松村算是堕落五百劫,死去的时候在阴间要走'火砖头'"等等。这都是对妇女"再醮"形成的精神压力。

寡妇再嫁,在旧社会往往会受到鄙视和阻挠,因此,事前必须征得婆家的同意,但事实上,很多寡妇是被婆家卖掉的。据浙江省民间文艺家协会所编《浙江民俗大观》载,寡妇再嫁前,须由婆家写好再嫁的契约,以媒人为中人,三方画押(婆家、娶方、中人)交给娶方。娶方要付一笔"财礼银子"。相传契约不能在桌子上写,而要在凳子上写,甚至有说法,如果在祭台石上写了,祭台石也要崩。有的契约写着"高山礌石,永不回头"等字句,表示永远断绝往来。有句俗话说:"回头脚踏前夫地,一生一世穷无期。"寡妇再嫁时,一般只能在黄昏或天亮前偷偷从后门载走,前门是万万不能走的。娶方如果富有,也有用花轿的。通常情况下,一般正派的人是不会出头去干涉的。但一些好事的人和游手好闲的人却会鼓动一批人"拉缆绳"(即拉住迎娶船的缆绳不让寡妇走)勒索钱财。对此,俗有"篱笆里跳出只狗来也要钱"的说法。寡妇再嫁,当然也不能在河埠头停船、上岸,据说这会塌掉河埠头、裂掉河埠石的,而一定要在河滩头停船、上岸,俗称"爬岸滩"。[①] 如果丈夫还活着,妻子因为

---

① 参见浙江省民间文艺家协会:《浙江民俗大观》,当代中国出版社 1988 年版,第 198 页。

某种见不得人的原因而被“转嫁”，这叫“活离”。许杰在《大白纸》中就写到了“嫁娶活离妇”习俗：“嫁娶活离妇的通例，都在一个晚上，双方说好，用乘小轿抬去，就算了事的。倘使那被嫁的主妇自己不肯，那只把她抢了上轿抬去完事。”为了避免当事人叫喊，人们会用灰或者米皮和糠扪入当事人的口中，使她无法哭喊。鲁迅笔下的祥林嫂当时就被下了这个“禁口符”。

“转房婚”又可以细分为“收继婚”“转亲婚”“叔嫂婚”，是基于“肥水不流外人田”的理念而滋生的陋俗，而“叔嫂婚”在民间尤为盛行，因为这种婚姻可以不使财产、劳力、后代子女流失。在我国某些地区、某些民族的历史上，还曾有过“多妻”性质的叔嫂婚。《史记·匈奴列传》载匈奴习俗：“父死，妻其后母，兄弟死，皆娶其妻妻之。”《后汉书·乌桓列传》载：“其俗，妻后母；报寡嫂。”《隋书·突厥传》载：“父兄死，子弟妻其群母及嫂。”[①]这种陋俗是把女性看成了财产。在定海县，又称为“兄终弟及”，即哥哥死后，叔嫂结婚；弟弟死后，哥哥与弟媳结婚。及至 90 年代，笔者所在的萧山县戴村镇前方村尚举行过这样的“叔嫂婚”：兄长死于车祸，寡嫂带儿子嫁给叔叔，后两人又再生一子，同时合力抚养兄长所遗儿子。许钦文的《难兄难弟》写的就是“叔嫂婚”。有金在病重之际，把家庭的重担托付给了弟弟，并希望弟弟和自己的妻子“并拢”。在叔嫂完婚的当天，亲朋好友们照样吃得很尽兴，场面也很热闹，因为在松村叔嫂“并拢”这样的事情是常事，大家早已司空见惯了。

“冲喜”也叫“见喜”，指青年男女订婚之后，如果公婆或未婚夫病危，可以让女子先行嫁往男家，通过办喜事来消病除灾，意图以喜冲煞，使病人转危为安。其实是做父母的眼不见自己的儿子娶媳妇便死去，未免遗憾，因此想在临终前看着儿子完婚。至于“消病除灾，使病人转危为安”的目的大都无法如愿，女子则是这种陋俗的直接牺牲者，很多是刚一过门便成了寡妇。许杰的《出嫁的前夜》写的就是娶媳妇“冲喜”以挽救生命垂危的婆婆，从而批判了视女子的终身大事为儿戏，残酷剥夺女子幸福的落后习俗。这种愚昧而野蛮的“冲喜”习俗，反映了女性价值在夫为妻纲的封建宗法制度下荡然无存。

---

① 转引自钟敬文：《民俗学概论》，上海文艺出版社 1998 年版，第 176 页。

“童养媳”俗称“小媳妇”“养媳妇”，指由婆家抱养女婴或幼女，待到成年后与自家儿子“圆房”，这种“童养媳”从“抱血毛头”（哺乳期婴儿）到十岁左右各个年龄段都有。据浙江省民间文艺家协会所编《浙江民俗大观》载：有的穷人家有了儿子，再生个女儿，就抱送“养人堂”，同时从“养人堂”抱回一个女婴或女孩来当童养媳。童养媳长到十五六岁，要与男人举行“并亲”（即把二人推拢在一起）仪式，此后方成为正式夫妻。[①] 另外一种情况则是：婚后暂未生育儿子，于是先抱养或买进一个幼女作为养女，等儿子出生后再将养女转为媳妇，这种婚姻形式又叫“等郎婚”。娶“童养媳”要先经中间人说合，男家要带一件新衣、一双新鞋给女孩换上，女孩则右手拿一束万年青，左手提一只内装花生果品的子孙袋，由男方家人背回。在男家，男孩和女孩同拜天地和祖宗，但不互拜，要等长大结婚时再补拜。[②] “童养媳”的盛行，主要是经济因素所致。就男方而言，娶媳聘礼太重，平常人家无力承担，收养“童养媳”则可以不用繁文缛节，从而减少这方面的开支；就女方而论，家境贫困父母无力养活所生女儿，只好早送婆家。如镇海，“贫家力不能娶，往往抱养幼女以待年，谓之‘养生媳’”。诸暨，“贫家有聘定小女自养于家者，谓之‘养媳’‘养新妇’”。“童养媳”从小离开父母，因此备受辛劳，其地位相当于奴婢，这从民谣“二十岁媳妇三岁郎，夜夜睡觉抱入床”中可见一斑。金华地区的民歌《童养媳》也形象地反映了这种畸形婚姻下“童养媳”生活的悲惨：“童养媳，吃饭汤，饿得肚里叽里呱，偷碗白米熬粥汤。公看见，公来打，婆看见，婆来骂，丈夫看见抓头发，姑娘（小姑——笔者注）看见叽叽喳。白天干活到半夜，半夜还要磨三箩麦。”[③]柔石的《人鬼和他底妻的故事》中，人鬼的妻子十二岁的时候父亲死于疟疾，母亲死于胃病，并且一点财产都没有留下，因此她只能去人家家里当童养媳，十九岁的时候才跟比她小四岁的小丈夫结了婚，但平日里却总是受到婆婆的拳打脚踢。王西彦的《栋喜》中，四个女儿是栋喜婶眼中的“扁

---

① 参见丁世良，赵放：《中国地方志民俗资料汇编》（华东卷中册），书目文献出版社 1995 年版，第 829—830 页。

② 参见钟敬文：《中国民俗史》（民国卷），人民出版社 2008 年版，第 292 页。

③ 转引自陈华文等：《浙江民俗史》，杭州出版社 2008 年版，第 360 页。

货”，是“前世讨债来的”，因此挂篮的挂篮，出卖的出卖，都先后成了别人家的丫头或“童养媳”，在人家的打骂下半冻半饿地过着日子。他的《苦命人》《凤囡》和潘漠华的《冷泉岩》，也都写了“童养媳”制度。

一方面要让妇女再醮、活离，另一方面又要求妇女守节。雍正《浙江通志》竟不惜用15卷的巨大篇幅专门表彰守贞节的“烈女”。许多家族在族谱、宗谱中明确规定，寡妇一旦改嫁，立即逐出祠堂，不许往来。诸暨等地方还存在“男未娶而卒，女抱主成婚”者被当成“贞女”看待，加以“旌奖”表彰。[①] 随节烈而来的，就是对人性的束缚和压抑。许杰的《台下的喜剧》中，松哥嫂五服内的堂嫂“守寡已经五年，但是青春还没有灭杀，很可以在她的服饰和举止上见得出来。因为她还有一个六岁的儿子，按照习俗，不能随意去改嫁。”这里所谓的“习俗”就是“夫死从子”。巴人的《雄猫头的死》中，安土嫂家因为遭了抢（给女儿出嫁的嫁妆、钱给黄泥岙强盗抢走了），她的石牌楼从此也就竖不起来了，甚至她的女儿也面临着退婚的威胁。魏金枝的《报复》中，“饿死事小，失节事大”是农村寡妇们不得不遵循的一条法则。

由此可见，浙东乡土小说作家在批判封建宗法制度时，总是以故乡的歪风陋习为解剖的对象，对此进行无情的揭露。但与此同时，浙东乡土小说作家也在笔下细数了浙东地区温情脉脉的礼文化笼罩下的独特婚俗。据民国《定海县志》载，当地娶亲结婚的礼节甚为繁琐。男方的聘礼，少则四五十金，多至百余金；准备送给女方的首饰少则四五种，多至十余种，且多属珠翠金银。女方的嫁妆也甚为考究。富裕人家，“一女出嫁，动辄数千金”；中等之家也“相率效尤”，一般均以千金为标准，“甚至割产举债而不惜”。乾隆《诸暨县志》也载，绍兴地区自明代以来，一直是婚姻论财，“厚聘厚嫁”。

王鲁彦的《许是不至于罢》中介绍了“父母之命，媒妁之言”的正统结婚程式，展示了小康之家喜庆盛大的婚娶场面。财主王阿虞三儿子的婚期即将来临，但因为时局不稳，所有的嫁妆都已经破例在一星期前分三次用船秘密接来了。而照当地习俗，嫁妆是应该在婚期一两天前

---

① 参见浙江省民间文艺家协会：《浙江民俗大观》，当代中国出版社1988年版，第197页。

发往男方家的，铺陈（嫁妆之一，即棉被、枕头等物）则在当天随花轿抬去。亲朋好友们的贺礼，也都在前一天送来了。在婚期的前一星期，亲戚们都全家老少的来了。要帮忙的时候就帮忙，空闲的时候就凑起来打牌。在小说中，作者为我们展现了名目繁多的喜筵。吉期前一天晚上的筵席叫"杀猪饭"，因为敬神的猪羊必须在第二日五更时分杀好。按照当地习俗，这意味着喜筵正式开始。本来，这一餐是专门给自己最亲的族人和帮忙人吃的，但是因为财主很有钱，喜筵上的菜又好，桌数又备得多，所以远近亲疏的人都络绎来吃了。吉期当天早上的一餐叫"享先饭"，照例也是给自己最亲的族人和帮忙人吃的，因此没有外客来吃。中午的一餐才是"正席"，远近的贺客十一点不到就来了，吃完饭每个人还能提走一包花生、橘子、蛋片、肉圆等物什。"正席"结束，迎亲花轿才在三个大纸炮和无数鞭炮声中正式进门。

许杰在《惨雾》中介绍了新娘出嫁后的"回门"习俗。"回门"又叫"转郎"，指新婚夫妇在第三天要回女方家，在大厅拜女家祖先及女方父母等。

许钦文在《老泪》中描写了媒婆做媒的习俗：

> 媒人不喝茶，只喝白开水，待彩云走进卧室后，媒婆有发婶婶就从背心的衣襟内抽出一条大红纸的媒条：写着"朱老爷令郎十三岁大吉"这十个墨笔字。"大吉"二字并非必要，为的是凑足十个的数目，算是"十喜如意"。媒做好后，姑娘就不能出头露面了。

正由于"男要凉，女要藏"这样的信条根深蒂固，自从有发婶婶上门来为彩云做媒以后，彩云的母亲就遵照"藏囡主义"习俗，不准彩云再走出高悬着大夫第的匾的台门一步。"从此八九年内，世界虽大，彩云所能接触的只有她和母亲住着的三间由大厅分隔成的小房子，她的大伯，三叔住的东西厢和由东厢楼上小圆窗洞望出去可以看见的几根屋肩与圆圆的一块青天了。"一旦有外人走进台门，彩云就必须躲回卧室。这些习俗，既带有封建迷信色彩，又富有浓郁的浙东地方色彩。

小说同时写到了"求签""换帖"习俗。在"换帖"前，先要去求签，看看菩萨的意思。但有发婶婶为彩云求的签却是“先获我心”的。她虽然真的为彩云求得了三支“上上签”，但其实隐去了抽得的五支“下下签”和两支“中中签”。这在松村不是先例，但凡松村人都是这么做的，因此，他们问菩萨的时候总是能如愿以偿的。有发婶婶上门来“换帖”时，带来的媒条上写着“朱老爷令郎十三岁大吉”几个墨笔字，“大吉”这两个字只为为了合乎“十全如意”才写上的，即便在松村姓朱的人家大概有五十家，但宁愿不写全名字来区分，而宁可拿“大吉”这样的字来凑数。

《七妹》是一篇完全纪实的小说，写的是“我”母亲生七妹时的情形。小说用细腻的笔触，以一个小孩子的眼光，展现了一幅浙东农村妇女生孩子的场景：

> 父亲轻声轻着，把老妇人一直扶到灶间里去；先在箸笼旁边站住，老妇人擎起双手摸着筷子说，“快生快养！”
>
> 随即转到灶下，老妇人又在灰仓里摸索了一下。这时灶上，在灶神牌位的前面，已经点起了一对红蜡烛；在母亲的眠床上，还高高挂起了盖着五个红印子的符。这使得我慌张，我知道，照例这种符是要到了有重大的疾病时才挂。
>
> ……
>
> 父亲赶到书房里，马上拿得催生符回来，可见是早就预备好了的。
>
> 动动的敲好钉头，当即挂上。催生符一向不拿进“暗房”所以挂在门口。

孕妇临产，要先请接生婆，一般为老年妇女，全凭经验办事，请其接生，若顺产则罢，如遇难产，常常母死子亡。旧时产妇得“月子病”和婴儿得破伤风死亡者甚多，这与接生婆缺乏卫生知识、接生用的器具未经彻底消毒有直接关系。接生婆最怕遇上产妇“横生”难产的情形，一旦遇到这种情形，往往束手无策。因此，许钦文的故乡有这样的俗语：妇女生孩子是一只脚在棺材里，一只脚在棺材外。旧时代医疗卫生条件差，妇女生小孩就像过鬼门关，因此临产时有很多辟邪驱秽的习俗。如小说中母亲难产时，接生婆双手摸筷子，俗信认为这样能让产妇快点生产。在灶神前祷告，在产房门口贴"催生符"等，都是盼望婴儿快快降生。

除此，作者还在小说中写了开口奶、满月剃头等习俗。婴儿出生以后，母亲不能马上喂食婴儿，而要在生下二十四小时以后，才能给婴儿喂奶，这是为了让他长大以后经得起饿。第一口奶不能是自己喂，而必须向别的产妇讨要，叫"开口奶"。讨开口奶有一定的讲究，男孩必须向女孩母亲讨要，女孩必须向男孩母亲讨要，这样男女长大后婚嫁时才能一说即合。在喂开口奶前，先将黄连汤抹在婴儿嘴上，一面说："好乖乖，三朝吃得黄连苦，来日天天吃蜜糖。"然后把肥肉、状元糕、酒、鱼、糖等食品分别制成汤水，用手指蘸少许涂在婴儿唇上，边涂边念："吃了肉，长得胖；吃了糕，长得高；吃了酒，福禄寿；吃了糖和鱼，日日有富余。"最后让婴儿尝一口别人那里要来的乳汁。因此，小说中的七妹吃开口奶时，"先给吃黄连，又给吃酸辣的药汁，然后哺乳"，遵的就是当地的习俗。婴儿生下三十天俗称满月，这一天照例要给小孩子剃头，即"满月剃头"。在许钦文的故乡绍兴，满月剃头，外婆家要送圆镜、关刀、长命锁等物。圆镜照妖，关刀驱魔，长命锁锁命。剃头仪式十分隆重，桌上点红烛，桌面上铺红布，上放"十碗头"(十碗果品)。在小说中，七妹满月剃头的那天，"正午祭祖，母亲才跨出房门来拜，穿着外套，戴着珠花。七妹剃了头以后，母亲眠床上挂添了一颗红绿线络着的长寿发。"

在《回乡时记》中，作者又介绍了新娘上轿时的习俗：大姊出嫁时实行不用人抱上轿——这在故乡还是创举——只是要用麻袋铺地，不使鸳鸯鞋着地。在《鼻涕阿二》中，作者则介绍了结婚后的"拜三朝"习俗，即在大厅里供两桌十碗头的羹饭，家中男女老少拜完后，新郎新娘并肩而拜。然后"行相见礼"，依次按辈分拜族中长辈，与平辈彼此行礼，最后接受小辈的拜礼。

王西彦的《摸秋》通过一个贫苦农民在"摸秋"中被打伤的事件，揭露了农民的悲惨遭遇。"摸秋"是当地的一种风俗，据说没有子嗣的人在中秋之夜到别人的地里偷个瓜，妻子就可以生出儿子来。据《中华风俗志》载："贵州中秋节由于一种特别之风俗，为各省所无者，即偷瓜送子是也，偷瓜于晚上行之。……将瓜偷来之后，穿上衣服绘上眉目，装成小儿形状，用竹舆抬送，有锣鼓随之，送至无子人家，受瓜之人须请送瓜人食一顿月饼，然后将瓜放在床上，伴睡一夜，次日清晨将瓜煮而食之，以谓自此可怀孕也。”《清稗类钞》也云：“妇女艰于子嗣者，每于中秋夜潜赴菜园，摘一瓜回，以为宜男之兆，谓之‘摸秋’。”①这种“偷窃”，即使被主人撞见，也不会受到责骂和痛打。小说中，做父亲的因为买不起月饼祭月，因此毅然不顾妻子的劝阻和民间“摸秋”的规矩，借“摸秋”之名而行偷窃之实，并因之被人打断了腿骨。

第二节 “灵魂不死”“命运轮回”的民间信仰

民间信仰，又称为民间俗信，“是在长期的历史发展过程中，在民众中自发产生的一套神灵崇拜观念、行为习惯和相应的仪式制度”②。任何民间信仰都是基于一定的文化背景而产生的。……

任何民间信仰都是基于一定的文化背景而产生的。“地域性的文化生态空间是这种信仰得以维持和延续的依据，离开了这种文化土壤，其信仰也就失去了生长的根基。所以，大凡民间信仰都是与地域性特征联系在一起的。”③浙东先民靠山吃山、靠水吃水的生存方式，自然无法经受严酷的自然灾害，再加上其时生产力水平低下，科学知识贫乏，因而先民们只能通过想象和幻想来解释各种自然现象。“乡民多讲鬼神，那是相信冥冥之中还有一个未知的世界主宰着自己的命运，相应地，他们的思想意识也深受命理观的支配，习惯于将一切苦命都归于天命，漫长而充满艰辛的日子也就能够熬过去了。”④由此导致浙东地区历来盛行祭祀请神明保佑、求神降福消灾的巫术，各种祭祀、禁忌、招魂等层出不穷。《隋书·地理志》称：“江南之俗，火耕水褥，食鱼与稻……其

---

① 转引自丁世良，赵放：《中国地方志民俗资料汇编》（华东卷中册），书目文献出版社1995年版，第351—352页。

② 钟敬文：《民俗学概论》，上海文艺出版社1998年版，第187页。

③ 万斌：《浙江文化概论》，浙江人民出版社2010年版，第197页。

④ 陶键：《论王西彦小说中的旧国民形象塑造》，载吴秀明：《文化转型与百年文学中国形象塑造》，浙江工商大学出版社2011年版，第395页。

俗信鬼神、好淫祀。"《越绝书》中记录了越地神巫所居之地称为巫里,那里所建的亭祠直到后汉仍然存在。神巫死后所葬的专用墓地,称为巫山。浙东人尤为信奉的是"灵魂不死"和"命运轮回"两个观念。这种"万物有灵观"有两个信条:"其中的第一条,包括各个生物的灵魂,这灵魂在肉体死亡或消灭之后能够继续存在。另一条则包括多个精灵本身,上升到威力强大的诸神行列。神灵被认为影响或控制着物质世界的现象和人的今生和来世的生活,并且认为神灵和人是相通的,人的一举一动都可以引起神灵高兴或不悦;于是对他们存在的信仰就或早或晚自然地甚至可以说必不可免地导致对他们的实际崇拜或希望得到他们的怜悯。"①这种观念使得浙东乡民总是漠视现世所遭受的苦痛和命运的不公,并不思反抗,"灵魂不死"观使他们把希望寄托于来世,而不在乎现世的生死。如此一来,现实中的种种不合理、人间的种种不平等就有了一处可以存放的寓所,从而会让人们在"理想"中无限期待下去。因此,王鲁彦笔下的易家村人无论男女老幼,"都勇于修来生的幸福"。在苦难的生活和封闭的环境中,乡民们根本无法解除自身精神上的痛苦,因而只能求助于神明。这在浙东乡土小说中多有表现:或是求神拜佛(王鲁彦《菊英的出嫁》《河边》《许是不至于罢》《岔路》,许钦文《老泪》,巴人《莽秀才造反记》),或是迎神求雨(王鲁彦《野火》,巴人《莽秀才造反记》《灾》,王西彦《毒虫草》),或是用香灰治病(许钦文《难兄难弟》《老泪》),以及名目繁多的民间禁忌(王鲁彦《屋顶下》《老太婆伯伯》,许钦文《过年恨》《五升菩萨》,王西彦《静水里的鱼》)等。

处于权力边缘的乡民们在遇到苦难和不公时,总是寄希望于外在力量(往往是"神")来拯救自己,在虚幻的世界中寻求精神上的解脱。王鲁彦的《菊英的出嫁》中,菊英随祖母去亲戚家喝喜酒时不幸染上了"白喉"。"白喉"这种病其实只要及时看西医,打点药水针,是肯定能治好的。但菊英的娘不太相信西医,再加上菊英怕开刀,死活不肯进首善医院,于是,她就带着香烛和香灰去万邱山求药,回来后暗自跪在灶前,对灶君菩萨许了高王经三千、吃斋一年的愿,以求灶君菩萨保佑。又虔

① 〔英〕泰勒:《原始文化》,连树生译,广西师范大学出版社 2005 年版,第 349—350 页。

诚地在房中做了祷告："如果有客[①]在房中请求饶恕了她。今晚瘥了，今晚就烧五十锭，直到完全好了，摆一桌十六大碗的羹饭。"最后，菊英终因未及时医治而死了。因为缺乏科学知识，迷信观念就势必会奴役人们的精神，使乡民们"心思混沌，行动盲目，在虚幻中求安慰，在盲目中找归宿。"[②]《河边》中的明达婆婆对于神灵的敬畏和信任已经到了无以复加的地步。即使已经病得"只剩了一副骨骼似的"，她也"不相信医药，却相信神的力"，坚定而盲目地认为"菩萨会保佑我的"。她不相信医学，不相信人力，只相信神的力量。面对儿子对神的不敬，她惧怕地连声念"罪过罪过"。生着重病、下着雨，也坚持让儿子陪同冒雨到"灵验"的关帝庙求神。等到抽到好签后，"她的病仿佛就好了。她的脚步很轻快，虽然一手扶着涵子的手臂，涵子却觉得异常轻松，没有扶着他似的。"小说的最后，明达婆婆答应涵子去医院看病，并不是因为她改变了对菩萨的崇拜，而是因为"她知道儿子相信医生，她愿意让儿子开心。"她给儿子一个顺水人情，就是为了安慰儿子的孝心。更出人意料的是，明达婆婆拖着病体，不辞辛劳到庙里求签问卦，为的正是占卜儿子的前程。作者的高明之处就在此，通过表现母亲表面上的相信医学，让我们看到了她内心最深处对神明的深信不疑和无上的敬畏。信仰神灵，这是乡民们普遍的信条，作者对此做了这样的描绘："白了头发的，脱了牙齿的，聋了耳朵的，瞎了眼睛的，老的小的，男的女的都来了。这中间，有的肿着眼睛，有的生着疮，有的烂着腿，有的在咳嗽，有的在发热，有的是肺病，有的是肠胃病，有的是心脏病……这些人都是来求药的，他们都把关帝菩萨当做内外科，妇人科，小儿科，一切疾病的治疗者。此外有些康健的人是来求财，求子孙，问寿命，问信息。把关帝菩萨当做了无所不能，无所不知的能者。一个一个拿着香烛进去，一个一个拿着香灰或签司出来。"

《许是不至于罢》中，王阿虞三儿子结婚时正逢战事吃紧，败兵、土匪、乡间流氓横行。考虑到给钱也无法消灾，躲到警察所寻求庇护又怕

① 客：对鬼的敬词。

② 张复琮：《鲁彦小说简论》，转引自曾华鹏，蒋明玳：《王鲁彦研究资料》，江西人民出版社1984年版，第250页。

警察变强盗，钱存到宁波银行又怕银行被抢，逃到上海租界又怕路上不太平，因而最后只能把希望寄托在菩萨身上。吉期前一天的晚上，他做了一个噩梦：一个穿缎袍的不相识的先生坐着轿子来会他。他一走出去便被那个不相识者和轿夫拖入轿内，飞也似的抬着走了。他知道这是土匪在绑人了，他又知道，这个时候他是不能做声的，因此他只在轿内缩作一团坐着。跑了一会，仿佛跑到山上了。但土匪仍不肯停止，还是满山乱跑。他知道这是要混乱追者的眼目，使他们找不到盗窟。忽然，轿子在岩石上一撞，他和轿子就从山上滚了下去……王阿虞知道，这个一个不祥之梦，因此，当天五更拜祖先的时候，他特意多拜了八拜，“非常诚心的恳切的——甚至眼泪往肚里流了——祈求祖先保他平安”。

《岔路》中的乡民们因为无法解释灾难的成因，又无法有效地对其加以控制，于是决定抬出关老爷像出巡以驱邪并最终引发了械斗。看他们抬关老爷像出巡以消除瘟疫时是多么的虔诚：

> 袁家村和吴家村复活了。忙碌支配着所有的人。扎花的扎花，折纸箔的折纸箔，买香烛的买香烛，办菜蔬的办菜蔬。从前行人绝迹的路上，现在来往如梭地走着背的抬的掮的乡人，骡马接踵地跟了来。锣和鼓的声音这里那里欢乐地响了起来，有人在开始练习。年轻的姑娘们忙着添制新衣，时时对着镜子修饰面孔，她们将出色地打扮着，成群结队的坐在骡马上，跟着关爷出巡。男子们在洗刷那些积了三年尘埃的旗子，香亭，彩担。老年人对着金箔，喃喃地诵着经。小孩子们在劈拍地偷放鞭炮。

虽然两村的人还在不停地倒下，但村民们却仿佛看到了生的希望。他们相信，在他们忙碌地准备关爷像出巡的同时，自己已经得到关爷的保佑了。平日里村民之间虽然多有龃龉，但这个时候却能如此齐心协力，“谁背旗子，谁敲锣。谁放鞭炮，谁抬轿，按着各人的能力和愿意，早已自由认定，无须谁来分配。”

袁、吴两村的村长跪在关公像前，把一袭新袍加在神像上，几个人把神像连坐椅扛出神龛，安置在神轿里，然后袁总管一挥手，迎神队伍又往来时的路上行进了。当时的场面非常壮观：

> 为头的是大旗，号角，鞭炮，香亭，彩担，锣鼓，旗帜，花篮，乐队，随后又是各色的旗帜，彩担，松柏扎成的龙虎和各种动物，锣鼓，鞭炮，香亭，各种各样草扎的人，木牌，灯笼……随后捧着香的吴大毕，袁筱头，关爷的神轿……二三十个打扮着各色人物骑马的童男，百余个新旧古装的骑骡马的童女……队伍在山谷和大道上蜿蜒着，呼号着，鞭炮声鼓声震撼着两旁的树木，烟雾像龙蛇似的跟着队伍一路行进。

好一派声势浩大的请神礼！人们对诡异的、未知的神秘事物往往会产生畏惧和恐怖，尤其是在苦难无助而又看不到希望时，没有受过文化教育的乡民们只能借助迷信的力量来“解除”痛苦，并随着滋生出了一系列“习惯”和禁忌。正如作者所说：“实在说一句，因为现在的大多数的‘两脚动物’，还没有觉悟到是沉浮在灰色的人生中，听大力的命运的支配而受苦呢！这便是无灵魂的人生。”[①]

《野火》中，又写到了一派声势浩大的迎神赛会场面：

> 日子一到，傅家桥和其他的村庄一样鼎沸了。大家等不及天亮，半夜里就到处闹洋洋的。担任职务的男人，天才微微发白，就出去集合。妇女们煮饭备菜，点香烛供净茶，也格外的忙碌。
>
> 这一天主要的庙宇是：白玉庙，长石庙，高林庙，熨斗庙，鲁班庙，嚣口庙，风沙庙，上行宫，下行宫，老光庙，新光庙……一共十八庙。长石庙的菩萨是薛仁贵，白袍白脸，他打头；殿后的是傅家桥的嚣口庙，红袍红脸的关帝爷，此外还参加着各村庄的蟠桃会，送年会，兰盆会，长寿会，百子会……这些都是

---

① 许杰：《漂浮·自序》，启智书局1935年版，转引自周春英：《王鲁彦评传》，中国社会科学出版社2011年版，第212页。

只有田产没有神庙的。路程是：从正南的山脚下起，弯弯曲曲绕着北边的各村庄，过了傅家桥然后向东南又弯弯曲曲的回到原处，一共经过二十五个村庄，全长九十几里，照着过往的经验，早晨七点出发，须到夜间十时才能完毕，因为他们要一路停顿，轮流打斋。

这次傅家桥摊到了六十多桌午斋，是给上行宫和老光庙的吃的，傅家桥的人家全摊到了，有的两桌，有的一桌，有的两家或四家合办一桌。

……

这真是一面惊人的大旗：丈把长，长方形，亮晶晶地反射着白光，几个尺半大的黑绒剪出的字，挂在一根半尺直径的竹杆上，杆顶上套着一个闪烁的重量的圆铜帽，插着一把两尺的锋利钢刀；一个又高又大的汉子，两肩挂着粗厚的皮带，在胸前用尺余长的铁箍的木桶兜住了旗杆的下端，前后四人同样地用四根较短小的竹秆支撑着这旗杆，淌着汗，气喘呼呼的，满脸绽着筋络，后面两个人用绳子牵着旗子。

……

接着大旗的是四面极大的铜锣，挂在四根雕刻出龙形的木杠上，四个人挑着敲着。锣声息时，八个皂隶接着吆喊着一阵，后面跟着四对"肃静回避"的木牌。随后是四个十五六岁的清秀的书童挑着琴棋书画的担子，软翻翻轻松松的走着。接着是香亭，喷着馥郁的香烟。接着是轿子似的鼓阁，十三个人前后左右围绕着，奏着幽扬的音乐：中间一人同时管理着小鼓小锣小笙小铜钹，四个人拉着各色各样的胡琴，四个人用嘴或鼻子吹着笛，四个人吹着箫。接着是插科打诨的高跷队。接着是分成四五层的高抬阁，坐着十几岁美丽的女孩，打扮得花枝招展的，挥着扇，拉着胡琴，对底下的观众摇着手，丢着眼色。接着是十二个人背着的红布做成的龙，一路滚动着。接着是一排刀枪剑戟，一对大锣，一对大鼓。于是薛仁贵的神像出来了。他坐在一顶靠背椅的八人轿上，头戴王冠，脚著高跟靴子，身穿白袍，两臂平放在横木上，显得端庄而且公正。他

> 的发光的圆大的突出的眼珠不息地跳动着，显得威严而且可怕。随后又是一排刀枪剑戟。前面的锣鼓声停息时，后面的喇叭队便沉郁地响了起来。
>
> 队伍到得街上，走得特别慢，大家像在原地上舒缓地移动着脚步似的。许久许久，长石庙的过尽了，才来了白玉庙，风沙庙，高林庙的队伍。他们主要部分的行列是相同的，此外便各自别出心裁，有滚狮子的，有用孩子滚风车的，有手铐脚镣的罪人，有用铁钩在手腕下的皮肤里吊着锡灯的，有在额上插着香烛的神的信徒……

这种迎神求雨场面，巴人的《灾》和《莽秀才造反记》中也写到过。在骄阳肆虐下，乡民们也请过石井老龙，但并没有奏效，反而连从不曾干涸过的小龙潭也滴水不剩了，甚至连小蛇也无处安身了。于是，烂鼻头阿七从山脚下捉来了一只田虮来代替，让它到潭里跳上几跳后再放进瓦罐里当作老龙抬回来。不过，浙东乡民对神灵总是“先礼后兵”，一旦供奉香火、严遵禁忌而无法实现“求雨”的目的时，他们就会惩罚神灵，将它放在太阳下曝晒，即所谓的“晒龙王”（王西彦《毒虫草》）：

> 那里半个月前被全村人抬着求雨的龙王爷，当初好好地供奉在柳条搭成的龙棚里，每天由乡长进一次香。当黄衣道士吹起海螺来“赞龙”时，人们不许戴笠帽，孩子们头上只能套个柳条帽圈，女人们则是绝对禁止出现在这山脊上：神圣的菩萨不愿意见到这类不洁净的“脏东西”。在这种异常严重的空气下，禁屠求雨闹了七八天，眼见天神发怒，连地神也不灵了，就有人主张给菩萨吃点亏，叫做“晒龙王”。于是把龙王抬出龙棚来，抛在山背上，冒着猛烈的太阳，想叫菩萨也尝尝这苦头，或许能大发慈悲赐给一阵活命雨。但结果还是没有用，太阳愈来愈凶，天也愈来愈显得高，于是大家就把愤怒和怨恨发泄在菩萨身上了。

此外，许钦文在《老泪》中，还描写了松村妇女烧香拜佛的社会习俗：

庙堂内满坐着皱面白发的老太太们，她们一组一组地围着摆在方凳上的晒箕坐着做她们的功课，并不多一个，也不少一个，共总恰巧是九十九人多一个。她们本来只有九十九人，一个是她们再三的派人去找来的，为的是符合"百人佛"的名义。

巴人也在《莽秀才造反记》中生动地描绘了这种宗教仪式：

村里妇女，大都有一种习惯：初一或者十五，要对灶君菩萨上炷香；有钱人家那是每天早晨，要对屋檐上天老爷上一炷香，祷告一回，把香插在走廊的柱子上；而在芒种以前收割以后，携带香烛到临近庵堂寺院，去烧香拜佛的事，更是习见不鲜的。

因此，当品松夫妇偏偏在轮到种羹饭田时不上坟、不祭祖时，就激起了众怒。

古越地区自古以来巫风盛行。东汉应劭在其《风俗通义》中云："会稽俗多淫祀，好卜筮，民常以牛祭，巫视赋敛受谢，民畏其口，惧被祟，不敢拒逆，是以财尽于鬼神，产匮于祭祀。"揭示了迷信之可笑，以及耗费巨额财资的严重危害。即使到了近现代，浙东民间生活中的巫风遗迹还是随处可见。周作人在《风俗调查・二》中就这样描述过浙东地区的民间"仙方"——香灰[①]："越中神庙，大都有仙方。……又有所谓仙丹者，以神前香灰为之，服之愈百疾，每包三五文，或师姑携赠人家，而受报焉。服者对天礼拜，以水送下。"王鲁彦、许钦文等浙东乡土小说作家对此均有描写。

菊英（王鲁彦《菊英的出嫁》）染上了"白喉"，菊英的娘想到的不是

① 香灰：求药者将香灰供奉在神像面前，求神在冥冥之中赐药于香灰上，认为这样的香灰拿回家给病人服用就能百病全消。

去首善医院看西医，而是去庙里求香灰，希望得到菩萨的庇佑。明达婆婆（王鲁彦《河边》）在生命垂危之际，仍然不愿上医院看病，而是来到庙里，“点上三炷香，跪下去叩了几个头，把一包香灰放在供桌前摆了一会，就以为菩萨给她放了灵药，拿回来吞着吃了”。有金嫂（许钦文《难兄难弟》）也曾托二十八太婆到方家庵去求天医菩萨，并讨回了两杯“圣珓”①。事实上，香灰、圣珓对治病根本无济于事，人们也认识到了这一点。正如小说中人物所言：“这是宽宽心的，菩萨总是这样，不会死的人，先给你几杯圣珓，使得病家当心点；寿数已满，就快要死的人，总是给几杯圣珓宽宽心，菩萨是好心肠的！”彩云（许钦文《老泪》）在女儿明霞因患热病而生命垂危之际，首先想到的也是求菩萨。因为抽到的是一根上上签，她就想：“究竟天不绝人，原来黄家积德未亏。”于是放宽了心，只给明霞吃了些用香灰做成的仙丹，并不曾带她看医生，结果自然是不治而死了。当她再次想到菩萨的上上签的时候，只得叹气说：“原来她的寿命早已注定，菩萨的上上签无非是宽宽心的！”可见，这种“生死有命，富贵在天”的观念早已在浙东民间根深蒂固。当用尽心计后仍未抱上孙子欲推究原因时，彩云就去求半仙“指点迷津”。半仙“要知前世因，今生受者是；要知来世果，今生作者是”的回答虽使她不得要领，但她还是很佩服，仿佛还“觉悟”了，自我安慰地说：“我费尽好心的对待我的儿子、儿媳妇，现在他们反当我老不死的讨厌东西了。不过这样也好，如果我前世欠他们，今生偿了也好，否则反正来世总会偿我的。”“因果报应”是浙东乡民最为信仰的观念。在这里，“善有善报，恶有恶报，不是不报，时候未到”的说法已经上升为一条无形的规则，约束着人们的行为。至于“五百劫……火砖头”，彩云认定应该补救的事情，唯有到庙堂里念六字经。如此一来，当下的吃苦受累都成了自己前生造就、现世决定来世的作为，因为有前世的赎罪感和来世的美好希望作为支撑，自然也就比较容易忍受。人鬼的妻子（柔石《人鬼和他底妻的故事》）在孩子生病之际，听信测字先生“孩子的魂被一位夜游神管着”的说法，请来道士做法但却徒然。于是，她除了自己不吃不睡地守着，只能祈祷菩萨显灵，别无他法。秀才的大妻（柔石《为奴隶的母亲》）在秋宝因头顶

---

① 圣珓：指吉兆。珓，杯珓，占卜之具，多以蚌壳或形似蚌壳的竹木为主，共两片。

生疮而发热时，也是到处问菩萨，并将求来的“佛药”敷在疮上，或灌下肚子，其结果可想而知。

随“灵魂不死”观而来的，便是种种繁杂、考究的丧葬仪式。王鲁彦笔下的傅家桥(《野火》)，丧葬习俗就颇具浙东特色：

> 照向来的习惯，一个人断气以后，便得择时辰合生肖，移尸至祖堂里去，在那里热闹地念佛诵经，超度亡魂，打发盘费，然后入木收殓，停灵几天，再择日出丧殡盾。七七四十九天之内也少不得念佛诵经做道场。过了这些日子，灵魂才走遍了十八层地狱，自由自在，升天的升天，投胎的等候着投胎。

这里涉及了浙东地区“入殓”“出殡”“做七”等丧葬习俗。“入殓”俗称“落材”“敲钉”。棺材内铺石灰、木炭、材席、冥纸等。盖棺时虚按三枚木制镶嵌式“元宝钉”，留一枚交长子收藏，称“小殓”。男女跪地哭嚎，大呼“留丁、留财”。发葬前，以素馔祭祀，亲友皆素服跪拜。然后敲钉、封棺，亲友憾嚎，称“大殓”。“出殡”时，移棺至当路，套以材罩，子孙挟死者生前席枕等至僻处烧化后，各持香巡棺。出殡时，扛棺人踢倒搁棺板凳。走三步停一停，反复三次方开步。子孙披麻，戴“三梁冠”，挽灵柩。亲友或披麻穿白衣，或以丧家分给白布系臂，或佩黑臂圈，相随送殡。队列前有一人引路放纸锞，后有开路锣、彩旗、头牌、花圈、遗容、魂轿、香亭、细软乐队等。“做七”时，于中堂设灵，供羹饭。每逢七天祭祀一次。“头七”须第六日上，由儿子请和尚鼓吹敲打为亡父(母)诵经拜忏。“四七”，多由亲戚送。“五七”，最为隆重，亲人应到齐。“六七”须女儿做，“七七”又称“断七”。至“七七”撤灵，脱麻孝，诵经、安土、题木主。期内孝子不理发。周年悼念称“对年”；二足年脱素换红，称“三年满”。超度拜忏之“开火光”，可在“做七”期内或三年满前做。以后以死日为忌日，每年逢忌日悼念，谓之“做忌”。[①]

在《阿长贼骨头》中，作者描写了人死后的入殓习俗：

---

① 参见浙江在线新闻网站：《玉环的礼仪习俗——丧葬》，http://www..zjol.com.cn/05culture/system/2006/01/11/006438331.shtml。

> “黄金十二两！”
>
> “有！”他答应着，硼的敲一下铜锣。
>
> “乌金八两！”
>
> “有！”硼的又敲一下铜锣。
>
> “白米三斗！”
>
> “有！”
>
> “白米四斗！”
>
> “有！”
>
> “白米五斗！”
>
> “有！”
>
> “白米六斗！白米七斗！白米八斗！”
>
> “有！有！有！”他答应一声敲一下，一点也不错误，一点也不迟缓，当入殓的时候。

非常富有趣味的入殓习俗。活在人间遭受的尽是痛苦，死后则“黄金”、“乌金”用之不竭，“白米”享用不尽，足见生者对死后生活的美好期望。

许杰的乡土小说之所以具有乡土基调，也在于“浓密地点缀着特殊的野蛮的习俗”①。《七十六岁的祥福》中，祥福的儿子玉明的出殡场面充溢着恐怖氛围：

> “动身炮”是已经打过，棺材的绳索早已络了，已经抬起来预备开步了。但是，半寸口径，簇簇新新的大麻索子，却会如斩断一样的“扎”然一声断了下来的。
>
> 时间是已经很晚了，一种乡村迷信思想沾满在脑筋的人们，都不期然得心里着了惊慌。一个“玉明这样死了是勿心过（不甘愿）”的想头，便立刻滋生在每一个人的心中。同时，几个胆小的人身上，便着了一身凉，长上一身汗毛。

他们还认为，这大概是玉明要等他的儿子大宝前来见一次面才肯起身

① 茅盾：《〈中国新文学大系〉小说一集导言》，上海文艺出版社1981年影印本，第30页。

的缘故。这虽然是写农村的迷信，却反映了当时乡间生活中至死不忘的孝道和“团圆”意识，增添了作品的真实性。玉明临终前的场景，实是对许杰父亲的真实折射。1936年，身在上海的许杰接到老家的电报，说是父亲病危，要他赶紧回家。等许杰赶到家里时，父亲已经生命垂危，并在许杰外出找医生来医治前就断气了，因此还圆睁着两眼，没有闭下眼帘，似乎在极力撑持，等着见亲人最后一面。许杰看到这个情势，顺手按下了他那睁着的俩眼皮。正如小说中村民们的说法，临死之人如果没有见到亲人，死后连口眼都不会合拢的。

再如许钦文的《鼻涕阿二》中，鼻涕阿二关心的自然是“拜《皇忏》”“上房成殓”“名字写在师爷的神主上”之类。而其他人关心的则是为将死的人买“高王经”作“路引”，念七七四十九遍的“解怨结”以免做冤家，送“活无常”之类。据浙江民俗学会所编《浙江风俗简志》载：在绍兴，送“活无常”时，“死者家属身穿孝服用米筛盛放菜肴酒饭、银锭香烛和草鞋(必是三只)摆在大门外，人跪在地上，等银锭、草鞋焚化后方可起立。人物无常是勾魂使者，银锭草鞋和菜肴酒饭统归他享用。家属送无常后，仍让菜肴酒饭摆在那里，路过的行人若去吃一点，据说能解脱晦气。”在金华一带，相信无常是城隍的使者，须以礼相送。仪式的内容主要是“由死者亲属备香烛银锭及草鞋一双，纸糊插袋一只，上书死者姓名住所等，用火把送到郊外朝县城方向，把所送物件烧化。也有将死者生前睡过的稻草、草席或被褥拿到村子下方的路口处焚烧，俗称‘送活无常’”。[①] 在鼻涕阿二断气前，钱企新的母亲“赶紧把草鞋放在笼筛上，把蜡烛插在烛台上，也摆上笼筛，又把预备送活无常用的菜蔬从挂篮里取下，一同摆上笼筛。”因为，“如果送得迟，活无常一在家里便溺，那就永远不能发达了！”总之，一切都按“松村的习惯法所规定”的运行，世代相沿的习俗已经内化为人们的惯常行为。在《鬼的世界》中，作者还写到当地这样的迷信：“幼时常见母亲把祭祖先的鸭蛋壳碰点碎，说是在阴间，只是把鸭蛋壳凿凿开的工钱，就要四百块钱一个。”这是把是想象中的阴间生活世俗化了。

巴人也在《白眼老八》中写到了在外横死之人不能进堂屋的禁忌和

---

① 浙江民俗学会：《浙江风俗简志》，浙江人民出版社1986年版，第253、448页。

入殓前的习俗。白眼老八死后，老牛叔婆还亲自给他洗了身，换上了干净衣服，并用棉花塞了他的嘴。接着，找来几包石灰，放在棺材里。宏斐老嘴还叫儿子法如赶到坟前烧了一堆纸钱，并跪下祝祷道："从今后，阴管阴，阳管阳，各不相犯，各走各的路吧！"在《莽秀才造反记》中，作者也描写了带孝、祭祀、作飨等丧礼习俗。

禁忌是信仰民俗中心理的防范性制裁手段或观念。国际通用术语称 Taboo 或 Tabu，音译"塔布"，源自太平洋波利尼西亚群岛，指的是禁止同"神圣"事物或"不洁"不祥物接近，否则将会受到惩罚。[①] 浙东乡土小说作家也描写了林林总总的民间禁忌，如王鲁彦《屋顶下》中的节日禁忌，《老太婆伯伯》中乡人们对狗粪耙的禁忌，巴人《灾》中出履时的点灯禁忌，王西彦《静水里的鱼》中的日脚禁忌，潘漠华《冷泉岩》中的造屋禁忌等。弗雷泽认为禁忌"告诉你的不只是应该做什么，也还有不能做什么"[②]，它的本质就是"不依靠经验就先天地把某些事情说成是危险的"。[③]

许钦文的《过年根》中写到了浙东地区过年时的禁忌习俗：过年时不能说不吉利的话，"什么杀，什么死，这一类字样不能提到，连声音相像的也要避忌"。在大哥早夭后，家里人怕"我"养不大，就给"我"结了一份干亲，过年时就得去给干娘跪拜。小说批判了迷信观念对人们的侵蚀和愚弄。《五升菩萨》则写出了浙东民间拜蛇的原始遗风，"家蛇中有一种黄色的小蛇，当做管理钱财的神看待，叫做五升菩萨。日子已经忘记，好像是在五月里的，说是五升菩萨的生日，要用一只鸭或者五个鸭蛋在米缸上面点着香烛请……请五升菩萨却由主妇办理，而且要紧紧的关起房门来，这就显得格外神秘。"又引用了一些地方俗语，如在绍兴民间口头流传的俗语"三蛇六老鼠"，即"幼时在家乡，时常听人这样说，他们以为蛇和老鼠都是家中应有的东西。对于蛇，更其觉得神秘，有着家蛇和野蛇的分别；有野蛇进门固然认为不祥之兆，家蛇出去也是

---

① 参见陈勤建：《中国民俗学》，华东师范大学出版社 2007 年版，第 150 页。

② 〔英〕弗雷泽：《金枝》，徐育新等译，中国民间文艺出版社 1987 年版，第 31 页。

③ 〔奥〕弗洛伊德：《图腾与禁忌》，杨庸一译，中国民间文艺出版社 1986 年版，第 38—39 页。

当做不好的现象看的。这两种蛇的区别，无非家蛇团头团尾巴点，野蛇是两端尖尖的。”许钦文一方面凸显了浙东民间流传广远的自然信仰风俗以及浸淫在此种风俗下、积淀在民众意识深层里的“集体无意识”，另一方面也写出了浙东农村淳朴的民风。

当然，这种“禁忌”一旦失败，浙东人会用相应的禳解之术来退避灾难。王鲁彦的《阿长贼骨头》中，描写了阿长盗墓时为解除禁忌采用的禳解术：

> 两个人开始轻轻的割断草绳，揭开上面的草。随后阿长便在田里抢了一团泥土，插上三根带来的香棒！跪着拜了三拜，轻轻祷告着说：
>
> “开门，有事看朋友！”
>
> 说完这话，也就站起来，和阿毕鸦片鬼肩着棺盖，用力往上抬。
>
> 棺盖豁然顶开了。
>
> 那里面躺着一个安静的女人，身上重重叠叠的盖着红绫的棉被。头上扎着黑色的包头，只露出了一张青白的面孔。眼睛，鼻子和嘴巴已陷了进去。
>
> 掀开棉被，阿长就叫他的老婆动手。
>
> 于是拖鸡豹便走上前，在死人的脸上，拍拍的三个左手巴掌，低声而凶恶地叫着说：
>
> “欠我铜钱还不还？”
>
> 尸首突然自己坐起了。因为女人的左手巴掌比什么都厉害。
>
> “还不还？”阿长也叫着说，“还不还？连问三声，不还——就剥！”
>
> 三双手同时动手了。
>
> 这一夜满载而归……

通融（烧香、跪拜）也好，惩戒（妇人的左手巴掌）也罢，它们都是盗墓者根据浙东民俗而实施的禳解之术。

在《风筝》中，作者还为我们介绍了当地两种禁忌及其禳解之法。“风筝”宁波人往往称之为“鹞子”，并且认为这是一种“极可怕的东西”。如果孩子所放的鹞子落到了哪家的屋顶上，不仅鹞子要被踩得粉碎丢进粪缸里，屋主人还会跑出来辱骂孩子，并跑到孩子父母那里吵闹要求保三年的太平。据说，鹞子落到屋顶上，这个屋子很快就会发生火灾。“乌老鸦”也是跟火灾有关的一样东西。白天听到乌老鸦叫，倒还不是火灾的预兆，它只预兆将发生口角、疾病、死亡等大小祸事。因此，宁波人白天听到远处的乌老鸦叫，便会喊三声：“呸！出气娘好！”（“出气娘好”这句话在宁波人的日常生活中经常用到。如谁的屁股或哪里忽然痛了起来，动弹不得的时候，宁波人叫作中了“龌蹉气”，意即鬼气。这个时候，会立即在手心里吐一口唾沫，伴随着“呸”的一声赶忙把手心往痛的地方打去，一面说“出气娘好！”这样三次，龌龊气就会被赶走。所谓“娘”，是说鬼是他的儿子，是对鬼的蔑视。）乌老鸦如果夜里叫，那就是火灾的预兆了。谁听见了，就必须立刻（第二天就无效了）起来喊邻居，告诉他乌老鸦刚才叫过了。这叫“喊破”，乌老鸦的叫声被喊破以后就不再是火灾的预兆了。如果谁听见了，怕冷或贪睡不肯起来喊破，那几天后火灾就会降临到他的身上。

可见，听到乌鸦叫在浙东民俗中是一种不祥的预兆，当然浙东人也有其禳解之法。许杰《种西瓜玩儿》中挑粪的人听到乌鸦叫则赶紧打喷嚏。王西彦在《玉蜀黍的悲剧》中也叙述了民间对乌鸦的心态及禳解方式：“大孙子吐了口吐沫，仰起脸骂：‘乌鸦有事乌鸦当，乌鸦无事往他方——呸！’”《悲凉的乡土》中，正在赶路的刘兴嫂子听到乌鸦叫就绷紧了脸，把一双手平叠在胸口，加紧步伐离开了。相反，浙东民俗认为听到喜鹊叫则是吉兆。巴人的《追剿》还描写了打喷嚏就表示有好消息的迷信。

王鲁彦笔下的“梦”也很具浙东乡土气息，并借此揭露了以梦兆占吉凶的浙东农村的愚昧信仰习俗。《黄金》中，如史伯母和如史伯伯前后做了三个梦。如史伯母在第一个梦中，梦见儿子戴着五光十色的帽子，抬着沉重的棺材回家来了。“听了这个，如史伯母的脸上也出现了一阵微笑，他相信这帽子确是官帽，棺材确是财。”面对世态炎凉，如史伯母再次寄希望于梦境，在第二个梦中，梦见自己满身都是粪。于是，她按照浙东民俗自我安慰地断定“梦粪染身，主得黄金”，竟然“确也有点相信了”。因绝望而昏睡过去的如史伯伯做了第三个梦，梦见收到了儿子的来信：

> ……儿已在……任秘书主任……兹先汇上大洋二千元，新正……再当亲解价值十三万元之黄金来家……
>
> “呵！呵！……”如史伯伯喜欢得说不出话了。
>
> 门外走进来许多人，齐声大叫：“老太爷！老太太！恭喜恭喜！”
>
> 阿黑，阿灰，阿水都跪在他们的面前，磕着头……

但这样圆满而美好的结果只能出现在梦中，现实中的如史伯伯一家将面对更加严酷的事实。作者本想凭借此梦来表现他对如史伯伯的“热烈的同情”和说明“这样圆满的结果只有在梦中才能出现”（《我怎样创作》），但这样的结局也再次呼应了《黄金》的主调：

> 你有钱了，他们都来了，对神似的恭敬你；你穷了，他们转过背去，冷笑你，诽谤你，尽力的欺侮你，没有一点人心。

同时，这个“美梦”在客观上又有力地揭露了“小有产者梦寐以求的那种往上爬的幻想，而这个幻想又毕竟是壁上的画饼。”①

《银变》中的赵道生在派儿子私运洋银去日本兑换现钞时，也做了一个“珠玉满怀”的好梦，形象地刻画了他投机冒险、追逐暴利的阴暗心理。小说首先描写赵道生梦见草地上的两枚铜钱，于是把它捡了起来，揣进自己的怀里。在他以为，这是一个吉梦无疑。小说这样写道：“这梦的确是不易做到的好梦。说不定他又该得一笔横财了，所以先了一个吉兆。别的时候的梦不可靠，只要夜半十二时的梦最真实，其实，尤其是每月初一月半——而昨天却是阴历十一月十五。”但在他翻阅黄历

---

① 范伯群，曾华鹏：《王鲁彦论》，上海文艺出版社 1980 年版，转引自曾华鹏，蒋明玳：《王鲁彦研究资料》，江西人民出版社 1984 年版，第 193 页。

时,却得到了一条“主大凶”的谶语。于是,他后悔不已:“珠玉满怀……果然应验啦……早做这梦,我就不做这买卖啦……这梦……这梦……”这形象地反映了他在官商倾轧中提心吊胆的心理。在儿子被扣、银元被劫的现实面前,他不是慨叹世道的险恶,而是后悔自己没有弄透《周公解梦》。最后,他甚至产生了幻觉:“他的屋前停满了银色的大汽车,几千万人纷忙地杂乱地从他的屋内搬出一箱一箱的现银和钞票,装满了汽车。疾驰地驶了出去。随后那些人运来了一架很大的起重机,把他的屋子像吊箱子似的吊了起来,也用汽车拖着……”

此外,巴人还在作品中描写了求雨时的可笑仪式,扶占①、讲肚仙等人类原始的超自然行为,做花会时的祖宗点门或托梦,向吊死鬼求情,以至青年女子以肉身求谶等。《莽秀才造反记》中,人们为了赌花会而信奉千奇百怪的占卜方法。《牛市》中,喜如牵来了他家的白额牛出售,但依当地习俗“牛戴孝,有害主人”,因而这头牛始终无人问津。王西彦在《福元佬和他戴白帽子的牛》中,也描写了因牛而成的习俗。福元佬家中,接连病死了媳妇,瘟死了小鸡,连从女婿家里捉回来喂养的小猪也退了食。因此,他的老婆、儿子都将这种种不幸归咎于那头额上长白毛的牛,认为它“是天上白虎星下凡,是个败家精”而主张将之卖掉。

由上可见,婚姻、信仰习俗在浙东乡土小说作家笔下大多是作为批判的对象而呈现的。除此之外,浙东乡土小说作家也用淋漓尽致的笔墨描写了独具浙东特色的其他民俗。如王鲁彦《野火》中的“捉大阵”捕鱼习俗,《香稻米》中的“献新”习俗,《童年的悲哀》中正月里的民间游艺活动,《屋顶下》告诉我们宁波人八月十六中秋节同时还是做羹饭祭祖的日子;许钦文《八妹》中的妇女生小孩习俗,《回乡时记》中的“车旦会”习俗,《老泪》中的土地神崇拜,《一生》中人们对被称为“灯光菩萨”的灯花崇拜,《回乡时记》中乡民们用香糕下酒;巴人《莽秀才造反记》中的耕作习俗和狩猎习俗,《姜尚公老爷列传》中的族例和族规,《大树》中的巨树崇拜,《牛市》中的上灯节宰牛,《运秧驼背》中乡民们靠着柜头喝冷

---

① 据仲富兰等著《水清土润——江南民俗》(上海人民出版社 2010 年版)载:“扶占”通常是以木制丁字架置于沙盘上,扶占者以手指扶住两端,口诵咒语请神灵显灵,占架抖动时便在沙上画出字样或符号,以此作为神灵的启示,预测吉凶祸福。

酒，用大黄糕做下酒物；柔石《为奴隶的母亲》中的“做周岁”习俗和小孩出生时暂时隐瞒性别以避晦气的习俗，《还乡记》中乡民们喝灰粥来充饥；王西彦《老太婆伯伯》中的“洗三”习俗，《村野恋人》中的玩龙灯、看龙灯、清明节“踏青”习俗，《福元佬和他戴白帽子的牛》中的牛市交易习俗，《荒村》中的炎夏时节把煮熟的小米粥放进罐子冰在冷水里习俗；再如许钦文笔下的桂花糖、桂花茶，巴人笔下的朝奉袋、元宝船，许杰笔下的的笃戏，王西彦笔下的草台戏等。

第六章　浙东乡土小说中的民间语言

正如前文所说，民俗是大多数人通过语言、行为等途径表现出来的礼俗、风俗、习俗，“它是集体的、有一定实践经历的人们的行动或语言的表现”。[①]“一个民族的风俗习惯常会在他的语言中有所反映，另一方面，在很大程度上，构成民族的也正是语言。”[②]浙东乡土小说作家纷纷将民间语言诉诸笔端，不仅增强了作品的地域特色，而且还传承并发扬了流传久远的乡风民情，从而使得这种非物质文化遗产得以原汁原味地传承。

第一节　方言土语：民间文化的外化形态

方言和民俗一样，是地域文化中最明显、最稳定的外在表现形态之一。它不仅反映了某一地域不同历史时期、不同阶层人们的社会心理和当地的风土人情，而且会极大地影响该地域作家的思想及其创作，方言的使用往往会使作品更接“地气”。因此，对方言细加考察，是观照乡土小说中的民间文化最直接也是最重要的途径之一。正如马克·吐温所说：“许多最好的事情都是在土话里说出来的。”“《赫克芬》是我写的最得意的著作，因为我知道那里的土话是真正好的。”[③]鲁迅也曾说：“方言土语里，很有些意味深长的话，我们那里叫‘炼话’，用起来是很有意思的，恰如文言的用古典，听着也觉得趣味津津。各就各处的方言，将

① 钟敬文：《民俗文化学》，中华书局1996年版，第48页。

② 〔瑞〕索绪尔：《普通语言学教程》，高名凯译，商务印书馆1980年版，第43页。

③ 〔美〕马克吐温：《马克吐温论幽默》，转引自郑择魁：《吴越文化与中国现代文学》，杭州大学出版社1998年版，第114页。

语法和词汇，更加提炼，使他发达上去的，就是专化。这于文学，是很有益处的，它可以做得比仅用泛泛的话头的文章更加有意思。”[①]茅盾则以外国名家擅长方言为例，认为“统一国语自以排除方言为一条件，然而语体文的文学作品里却不妨用方言，并且还奖励用方言。”[②]周作人也说过，故乡“在别一方面他给予我们一个极大的影响，就是想要摆脱也无从摆脱的，那即是言语。普通提起方言似乎只注重那特殊的声音，我所觉得有兴趣的乃在其词与句，即名物云谓以及表现方式。”[③]可见，方言是作家最耳熟能详的语言，他们会不由自主地将之渗透进自己的创作中。施蛰存在《周夫人》中就曾用浓烈的乡音这样描写过一位女子：“她是绍兴人，也常常有一个奇怪的名词在口中，她常把东邻西舍去逛耍那一回事称做‘抢人家’。”“‘要不要到周家去，他家少奶奶常叫我带你去耍子耍子’。她夹杂了绍兴话和杭州音回答我。”鲁迅作品中的方言土语也是随处可见的。如《阿Q正传》中的“打虫豸”“老鹰不吃窝下食”，《故乡》中的“狗气杀”，《长明灯》中的民歌等。在鲁迅的影响下，浙东乡土小说作家也将风味独特的方言土语引入了作品，并使之与浙东地域的文化精神达到了深度的契合，不仅增强了作品的地域语感，而且传达出了浙东的风情和浙东人的秉性。

正如一个地区的习俗一样，方言也具有极强的传承性。比方说，浙东乡土小说中往往用“实腾腾”“黑魆魆”“冷飕飕”“重甸甸”等“ABB”形式来表示感觉、颜色等形容词。[④]

重叠后给人以爱慕喜悦之情的，如：

> 除了她的眼睛毛蚩蚩的，稍稍带点红水，好像几夜失眠了的样子以外。（许杰《大白纸》）

---

① 鲁迅：《鲁迅全集（第六卷）·门外文谈》，人民文学出版社2005年版，第100页。

② 茅盾：《致许美埙》，转引自郑择魁：《吴越文化与中国现代文学》，杭州大学出版社1998年版，第115页。

③ 周作人：《知堂序跋·〈绍兴儿歌述略〉序》，中国人民大学出版社2004年版，第113页。

④ 参见郑择魁：《吴越文化与中国现代文学》，杭州大学出版社1998年版，第132—134页。

除了那妇人和女孩两双眼睛乌转转望住我们，那门外曳松枝的童孩的步声外，就只听见她们因冷而颤栗底瑟瑟了。（潘漠华《人间》）

重叠后再加深程度加以描绘的，如：

我说你没有在家，他们还说我把你藏起来，凶赳赳的。（许杰《赌徒吉顺》）

重叠后加强形象描绘的，如：

太阳光从云缝里时或钻出来，白涂涂的。（魏金枝《魏金枝短篇小说选集》）

重叠后起弱化作用的，如：

于是运秧满面通红笑孜孜的荡出店去。（巴人《运秧驼背》）

再比如，浙东乡土小说中有很多“×煞”这样的方言。“煞”为词缀，用在形容词或动词后面，表示极度。

多理看得急煞了，在村上只是跳。（许杰《惨雾》）

他离家后，半年没有消息，父母都急煞，到处央人访问。（潘漠华《乡心》）

“急煞”，意即着急。

这几天没有雨，园里的菜都要燥煞了。（许杰《邻居》）

“燥煞”，意即枯死。

"好一副凶煞相!"(巴人《运秧驼背》)

"凶煞",意即很凶的样子。

当然,几位浙东乡土小说作家笔下的方言不同之处自然也是显而易见的。如许钦文使用的绍兴方言具有诙谐隽永的特点,王鲁彦、巴人使用的宁波方言则具有直白生动的特点。

王鲁彦的乡土小说中既有浙东婚俗的特有名词,又有水乡特色的俚谚俗语、民间歌谣。

特有婚俗名词:写到《菊英的出嫁》中的冥婚队伍时,"最先走过的是两个送嫂。她们的背上各斜披着一幅大红被子。……后面一顶鼓阁,两杠纸铺陈,两杠真铺陈。"这里所说的"送嫂",是专门服侍新娘子去男家的妇女。"鼓阁",是轿子的一种形式,内置数种乐器,以一人司之,与轿后数人之乐相和。"铺陈",是棉被枕头之类的嫁妆。宁波人往往会将其他嫁妆在婚期前一二天发往男方家。

俚谚俗语:《屋顶下》中,媳妇遵照丈夫的嘱咐,给婆婆买来了新鲜的黄鱼,并因此招来了本德婆婆的不满:"八月才上头,桂花黄鱼老虎屙。我当媳妇,一碗咸菜一碗盐,养大儿子,赎回屋子,哼,不从牙缝里省下来,怎有今天?""当家如把舵,要精明,要懂得人情世故,要刻苦,要做得体面,一不小心,触到暗礁,便会闯下大祸,弄得家破人亡的。"《许是不至于罢》中的财主王阿虞认为:人生在世,"丁旺、财旺是最要紧的事情"。《桥上》中的米店老板天天啃咸菜过日子,他说:"年轻的时候是为的祖宗,好让人家说某人有个好的儿孙。年纪大了是为了自己的儿孙,好让他们将来过一些舒服的日子。"《陈老奶》中这位失去了两个儿子但仍然坚强生活着的老人在临死前对儿媳说:"做人总是要吃苦的……先苦后甜呵,你总有快乐的日子……我是很满意了……"

民间歌谣:《野火》一开头就以当地的民谣来渲染氛围,使人感受到农村的淳朴。"一粒星,掉落地,两粒星,拖油瓶,油瓶油,炒豌豆,豌豆生,加生姜,生姜辣……""火萤儿,夜夜来!……一夜勿来,陈家门口搭灯台!……""灯台破,墙门过,陈家嫂嫂请我吃汤果!汤果生的,碗漏的,筷焦的,凳子高的,桌子低的,陈家嫂嫂坏的!""蟹脚长,跳过墙,蟹脚短,跳过碗!碗底滑,捉只鹤!鹤的头上一个突,三斗三升血!""结婚三天就出门，不知何日再相逢。秀金小姐泪汪汪，难舍又难分。叫一声夫君细细听，千万不要忘记奴奴这颗心。天涯海角跟你走，梦里魂里来相寻。"这都是乡村夏夜纳凉时所唱。再如《小小的心》中阿成哥唱的甬东小调："西湖栏杆冷又冷，妹叹第一声：郎哥出门去，一路要小心！路上鲜花——郎呀少去采……"都极大地增强了小说的地方色彩。

其他方言如：

> "各种事情都有人来代我排布，我只要稍微指点一下就够了。"(《许是不至于罢》)

"排布"，意即安排。

> "无论他文来武来，架我，架妻子，架儿子或媳妇，这二十万的家产总要弄得一秃精光的了！"(《许是不至于罢》)

"一秃精光"，意即倾家荡产。

> "今天的花轿真迟！"办事人都心焦起来。(《许是不至于罢》)

"心焦"，意即着急。

> "她去了八天，娘已经尽够苦恼了！"(《菊英的出嫁》)

"尽够"，意即足够。

> "滚开！T遢东西！"阿长睁着凶恶的两眼，骂了起来。(《阿长贼骨头》)

"T遢"，意即肮脏。

随后亲家母也相打起来，亲家翁和亲家翁也相打起来。(《阿长贼骨头》)

“相打”，意即打架。

“抢白她一句，一定向别人诉苦去了！”(《屋顶下》)

“抢白”，意即埋怨。

“这次限他五天，要不然，拆掉他的屋子！不要面皮的东西！”(《银变》)

“面皮”，意即面子。

“我原来是趁便来转一转的。”(《中人》)

“趁便”，意即顺便。

再如轧姘头(比喻红杏出墙)、事体(事情)、吓煞(吓坏了)、息一息(休息一下)等。

许杰乡土小说中的古方言主要运用了重叠的构形方式：一种是动词或形容词前后附加重叠成分，如“白寮寮”(意即神减而面白)、“碑碑坐”(意即小孩排成行而坐)；一种是动词重叠，如“台桌揩揩”(“揩”即“擦”)。同时他还使用了一种更为特别的构词法，就是名词后的附加重叠成分，如“毛蚩蚩”等。[①]

至于一般的常用方言就更多了，如：

因为爸爸新来，要重新铺眠床；现在更加便当了。(《惨雾》)

---

① 参见钱英才：《浙东乡土小说的地域风彩》，载《宁波师范学院学报》1996 年第 1 期，第 37 页。

“便当”，意即方便。

她要回转环溪，或者明日差人去叫她的丈夫来。（《惨雾》）

“回转”，意即回去。

“你停一些不要反转脸来骂她！”（《惨雾》）

“停一些”，意即等会儿。

一朵飘荡的白云，忽然遮住那绯红的太阳。（《惨雾》）

“绯红”，意即大红色。

太阳射入窗内的光线的位置，已经告诉我们是烧昼饭的时候。（《惨雾》）

“昼饭”，意即午饭。

只是环溪的人本来比我们多，现在又有他的邻村的助战与借兵，我们这几个螃蟹一样的人马，还不被他“撮虾过酒”一样的容易打败吗？（《惨雾》）

“撮虾过酒”，意指很容易，不费力气。《常昭合志稿》：“三指取物曰‘撮’”。“过酒”，意指用菜肴下酒。

“一村上难道没有‘头脑’的吗？”（《台下的喜剧》）

“头脑”，意即首领。

“横直这些戏也是熟戏。”(《台下的喜剧》)

“横直”，意即横竖。

“真奇怪的，难道在台下看几次戏，就能生起交关来吗?”(《台下的喜剧》)

“交关”，意即麻烦。

我说金纱是不错的，偷戏文人，也不算小百姓。(《台下的喜剧》)

“小百姓”，意指比普通民众还低一等的堕民之类的人。

从前在赌博赢了之后，也有几次买几斤猪肉回去，大家吃得一个写意。

他一直经过了漫漫的长夜，只是不曾有过一次稍可惬意的胜负。(《赌徒吉顺》)

“写意”“惬意”，均指舒服。

“我等一息喊起来，你是难为情的。”(《邻居》)

“等一息”，意即等会儿。

姑娘是很瞰想这一粒珍珠的。(《改嫁》)

“瞰想”，意即看中。

“小奶要娘娘抱抱，妈去烧菜菜给外公吃。”(《改嫁》)

这里的“娘娘”，意即祖母。

虽然他家里有家私。(《改嫁》)

“家私”，意即家产。

“日脚又这么逼近，你须得自己知晓。”(《改嫁》)

“日脚”，意即日子。

“奶妈，小定给我抱，你倒茶去，带便带个篮子来。”(《的笃戏》)

“带便”，意即趁便、顺便。

再如雄性动物名称前冠以“雄”和“草”，如“雄鸡”“草鸡”；雌性动物名称后附加“枯”和“娘”，如“鸡娘”(下蛋的母鸡)、“猪娘”(生小猪的母猪)，等等。

许钦文的乡土小说非常善于汲取绍兴民间俗语、谚语、口语、典故、儿歌、民谣等。民间俗语：如“自做媒人自敲锣”“三十日夜的吃，正月初一的穿”，“出门全利，不如家里”“回淘豆腐干”“贼出关门，屁出安神”“污苍蝇做市”(《老泪》)，“好笋生在笆外面”(《疯妇》)等。民谣：如“金花银花不能够，鲜花摘朵囡戴戴”；“萤火虫，夜夜红，公公打卦做郎中，哥哥挑菜卖胡葱，嫂嫂沿街捉牙虫。人家说我穷呀穷，我道算算也勿穷”“人家的金窝银窝，不如自己的草窝”等。[①] 这些绍兴民间俗语、谚语、口语的运用，极大地增加了作品的表现力和地方特色。

许钦文在乡土小说中，“孱头孱脚”“贱小娘”“滥人精”“二婚头”“换料客人”“两嫁头”“小孤孀”“新来老”“油菜蕻”“寿头”等绍兴方言土语也俯拾即是。

---

① 参见鲁雪莉：《越文化视野中的乡土作家——许钦文传论》，中国社会科学出版社2011年版，第159页。

“孱头呀，你这游荡光棍的孱头呀！……”（《鼻涕阿二》）

“孱头”，意即砍头鬼。

“这样一双簇新的新鞋，铜钱且不说，做做也犯难，只是工钱，化脱一百只缺得一双！”（《鼻涕阿二》）

“簇新”，意即崭新；“犯难”，意即困难。

“贱小娘鼻涕阿二到哪里去了？又要去滥人了么？滥人滥得还不够么？轻骨头，骨头痒了么？”（《鼻涕阿二》）

“滥人”，意即轻浮。

“如果嫁了给他，倒是不怕邻舍隔壁欺负的了。”（《鼻涕阿二》）

“邻舍隔壁”，意即邻居。

民间歌谣、民间俗语、手势语等方言土语的运用给巴人的乡土小说增添了浓郁的乡土味，为读者呈现了一幅浙东农村生活的风俗图。民间歌谣：如《莽秀才造反记》中的采茶情歌，《白眼老八》中主人公唱的《孟姜女》和《四季相思》等。民间俗语：如“阎王好见，小鬼难过”“鸭肫难剖，人心难料”“热面孔贴冷屁股”“捏卵不撒水”“月好晒不得谷，女好上不得屋”等。手势语：如《追剿》中描写的“贵麻皮屈着中间三个指头，跷起大拇指和小指”的手势就是表示要烟。

巴人的乡土小说在方言土语的运用上，还充分显示了浙东山区的特色。如恋爱中受到刺激而得的精神病叫“花癫病”，雇工分“作头”“工肩”“看牛”“拆短”“半作”等不同等级，布告叫“招贴”，青蛙叫“田虮”，老滑头叫“滑头码子”，能人叫“大好老”，骂小家子气或出力不讨好的人为“瘟生”，饱满的样子叫“滚绽”，民间自行调和矛盾叫“讲案”，板壁上满是灰尘油腻叫“灰尘扑落”，人被迷住了心窍叫“热血括心”，钻心地难受叫“钉心熬肺”，种田叫“摸六株”（因为当地农民插秧、耘田都以六株为一直行），女巫叫“肚仙”，惩戒人叫“吃生活”等。

他放下锄头，歇一歇工。（《熊猫头的死》）

“歇一歇”，意即休息一会。

大约是孩子啼哭时，被母亲的惊惶的手把嘴扪住了。（《熊猫头的死》）

“扪”，意即捂。

屋子里的杂物，影绰绰地可以看到了。（《熊猫头的死》）

“影绰绰”，意即隐隐约约。

人们说，没出嫁死了的小娘鬼，是登不上鬼籍、再还生俗世的。（《熊猫头的死》）

“小娘鬼”，意即小女孩。

他（景云伯，运秧的父亲——笔者注）常常捋捋他清瘦脸上的银白的胡子。（《运秧驼背》）

“捋”，意即摸。

景云伯吃惊地听到这些话，于是瞪着眼珠叫：“乱话！乱话！乱花三千！”（《运秧驼背》）

“乱话”，意即乱说。

他（运秧驼背——笔者注）常说，“外面的世界呀，人们的心是生在肋胅子下的，全都是谁也想把谁吃掉的。”（《运秧驼背》）

“肋胅子”，意即腋下。

“我山里人，闯江湖，活该受罪，这以后，我罚咒也不出门了。”（《运秧驼背》）

“罚咒”，意即诅咒。

运秧驼背开初坐在中堂间方桌旁的一张条凳上。（《运秧驼背》）

“开初”，意即开始。

“哼，我知道了，你莫不是来揩油，来赖饭吃？”（《运秧驼背》）

“揩油”，意即占便宜。

“老板关照过，像运秧驼背那样的人，是不作兴挂账的。”（《运秧驼背》）

“作兴”，意即允许。

我们村里要像运秧那石骨铁硬的人，是半个也寻不出来了。（《运秧驼背》）

“石骨铁硬”，意即像石头铁块那样硬，足见其是个铁骨铮铮的好汉。

“可是城里现在还作行结党了。”(《白眼老八》)

“作行”,意即流行。

“抽大烟这玩意儿,是英国赤佬发明的。”(《白眼老八》)

“英国赤佬”,意即英国人。

他回家时逢人便说:“这种勾当我干不下去,阿大、账房吃饭了,还要我站在桌旁添饭。”(《白眼老八》)

“阿大”,意即经理。

团脸孔的那个兵士又荡出屋外去。(《顺民》)

“团”,意即圆;“荡”,意即逛。

他(玉喜——笔者注)向后石嘞村的族长和管账那儿放了点“后手”。(《灾》)

“后手”,意即贿赂。

他便拣了一个岔路走,打横过竹屿村来。(《牛市》)

“打横”,意即路过。

“吃坏了肚子,一路拆烂污,就要为洋狗捉去的。”(《追剿》)

“拆烂污”,意即不负责任,搞坏了事情。

做算自己家境是穷了一点,但乡长总还是个乡长哇,怎么老不把自己看在眼里?(《乡长先生》)

“做算”,意即就算。

老石工并没有感到侮辱的气愤,反而显得安耽起来。(《老石工》)

“安耽”,意即舒心。

王西彦的乡土小说中也使用了很多浙东方言土语。如《黄昏》中说“自己年轻的时候,不是曾经响过锣、开过席的吗?”“响过锣”“开过席”,即响过锣鼓,开过筵席,表明是正式迎娶来的新娘。《悲凉的乡土》中小孩在“坐车”上学站立,这里的“坐车”就是一只倒着的矮脚凳上,搁一块横板。再如《福元佬和他戴白帽子的牛》中所讲述的牛和蚕的民间故事,以及“田骨培得厚,金谷满簸斗”“人多好种田,有爿田,顶爿天”“有田有子不怕穷,有田无子一场空”“天上出煞星,地上苦仃伶”这类活在家乡农民口头上的谚语、俗语等。

刘兴嫂子只好眼泪巴沙地出了门。(《悲凉的乡土》)

“眼泪巴沙”,意即泪眼汪汪的样子。

“预备停当了没有呵?”(《明亮的月光》)

“停当”,意即齐全。

他把个饭碗往地上一掼,一双拳头捶鼓似敲打着桌子,使得桌子上的油灯突突发跳,灯光也随着猛烈晃动。(《夙囡》)

“掼”,意即扔。《象山县志》:“掷物于地曰掼。”

你看他四脚四手摊开得一平二直，牛竹棒顶在头上，一个“天”字。(《老太婆伯伯》)

“四脚四手”“一平二直”，看起来不合常理，但人们深为这种形象化的说法所吸引。

走起路来一扭一扭的，讲起话来嗲声嗲气的，我就是一个看不得。(《春回大地》)

“嗲声嗲气”，形容撒娇的声音或姿态。

第二节　人名符码：民俗学建构称谓规范

人不仅赋予万物以名称，而且还赋予自身以名字。《白虎通义·姓名》云：“人所以有姓者何？所以崇恩爱，厚亲亲，远禽兽，别婚姻也。故纪世别类，使生相爱，死相哀，同姓不得相娶者，皆为重人伦也。姓者，尊事人者也。”清楚地说明了“姓”在“明血缘、别婚姻”中的重要作用。名字不仅是人与人之间相区别的符号，而且还蕴含着深层的文化心理积淀和丰富的民俗意念，标志着一个人的血统、家世、身份和前程。它“不仅指称其对象，而且就是其对象的实质：实在之物的潜能即寓于其名称之中。”[①]周作人也说，起名无非“一个是想趋吉，一个是想避凶，同是巫医的法术作用”[②]。反映到文学作品中，作家们总是根据创作的意图和人物在其间的活动命运安上合适的姓名，从而使之“名副其实”。

浙东乡土小说中对人物的称谓具有典型的民俗学意义，大体而言有以下几种形式：

以亲戚间的称谓相称呼，如如史伯伯、伊新叔、阿曼叔(王鲁彦《愤

---

① 〔德〕卡西尔：《语言与神话》，于晓等译，生活·读书·新知三联书店 1988 年版，第 31 页。

② 周作人：《古朴的名字》，载《语丝》1926 年第 107 期，转引自张永：《民俗学与中国现代乡土小说》，上海三联书店 2010 年版，第 75 页。

怒的乡村》)、章九爷爷、章家媳妇(王西彦《车站旁边的人家　下雪的日子》)、薛大婶子(王西彦《荒村》)、金魁爷(王西彦《村野恋人》)等。而结了婚的女人照例是照她丈夫的名字叫的,如本德婆婆、明达婆婆、阿芝婶、阿长娘(王鲁彦《愤怒的乡村》)、有福太娘(许钦文《石宕》)、喜有太娘、六三外婆(许钦文《回乡时记》)、老牛叔婆(巴人《白眼老八》)、如铜的娘(巴人《乡长先生》)、安隆奶奶、小隆婶婶(王西彦《村野恋人》)等。

以身份和职业相称呼,如傅青山乡长、强生乡长、金生校长、阿如老板、阿坤杀猪屠(王鲁彦《野火》)等。

以排行相称呼,如王老三、王小七(巴人《唔》)、番茄阿七(巴人《白眼老八》)、黄岩阿三(巴人《追剿》)等。

以人的举动或相貌相称呼,如阿二烂眼、阿七拐脚、化生驼背(王鲁彦《阿长贼骨头》)、黑麻子温觉元(王鲁彦《野火》)、寿头呆子阿三(许钦文《鼻涕阿二》)、运秧驼背(巴人《运秧驼背》)、三田虮(巴人《殉》)、白眼老八(巴人《白眼老八》)、烂鼻头阿七(巴人《灾》)、日祥阔嘴(巴人《牛市》)、吊眼阿九、塌鼻头阮小二(巴人《追剿》)、冬生瘸手、大脚疯木仁老、运生歪嘴(巴人《乡长先生》)、老太婆伯伯(王西彦《摸秋》)、金顺佬(王西彦《疯人》)、歪嘴老八(王西彦《村野恋人》)、金喜麻皮(王西彦《毒虫草》)等。

除了以上几种常用取名法之外,浙东民间还存在一种以动物名相称呼的取名法,如王阿狗、黄猫头、黄鼠狼、石小猫(巴人《追剿》)、七狗伯(王西彦《毒虫草》)、乌皮狗(王西彦《凤囡》)、大狗叔(《报复》)等。给刚出生的小孩娶这样鄙俗的名字,是因为浙东乡民认为:"鬼怪似乎都是很笨,而且容易被骗的,我们只要看很通行的,给小孩起一个污糟讨厌的名字的习惯,便可明白了。这会引起鬼怪的嫌恶,觉得这样的小孩是不值得去麻烦的,所以西伯利亚某民族中如有人失掉过一个小孩,他便将叫新生的婴孩儿'狗子',希望鬼怪听了真相信这是一只小狗。"[1]此外,巴人的《姜尚公老爷列传》中还写到了拜和尚做师父的习俗,并因此而给小孩取名叫"和尚"。因为姜尚公老爷出世时,渭水公的太太为保

---

① 周作人:《古朴的名字》,载《语丝》1926年第107期;转引自张永:《民俗学与中国现代乡土小说》,上海三联书店2010年版,第76页。

他长命百岁，曾让他拜了寺庙里的和尚做师父，家里人也因此叫他“和尚”。

这些称谓习惯，一方面体现了封建宗法制的农村社会以家族为聚居群落的传统习惯，另一方面也体现了以血缘为人际纽带的浙东民间遗风。

当然，浙东乡土小说中的诨号、绰号、雅号等称谓也准确地描摹出了浙东乡民的生存状态和文化处境。给人起绰号，特别是讽喻性的绰号，是施事者性格幽默、犀利乃至尖刻的表现，也是施事者攻击性人格的体现。这在浙东农村表现尤甚，实乃“土性”民风使然。浙东乡土小说作家很好地抓住了这一点，对笔下人物的命名，不仅指向生活的苦难和坚韧的生存勇气，也指向相对蒙蔽却独立的民间理念。“阿长贼骨头”“癞头金”“黄鼠狼”“小跳蚤”“小雄鸡”“鼻涕阿二”“运秧驼背”“宏斐老嘴”等绰号，都与人物性格浑然一体。

王鲁彦的《阿长贼骨头》中，“贼骨头”三个字在易家村人的心目中是有特别含义的。它不仅含有“贼”“坏贼”“一根草也要偷的贼”等意思，还含有“卑贱人”“卑贱的骨头”“什么卑贱的事都做得出的下流人”等意思。一句话，天下没有什么绰号比这个含义更广、更多、更有用处的了。阿长的老婆因为走路时鞋边着地，而且缓慢，因此被叫作“拖鸡豹”。《屋顶下》中的阿七嫂的绰号叫“风扇”，因为她最喜欢讲论人家长短，挑拨是非。

许杰的《贼》中，“小雄鸡”是一个喜欢凑热闹的人，看见别人打“贼”打得起劲，也挤进人堆，“练”起拳来。当别人把他拉出来，叫他不要趁火打劫时，“小雄鸡站在那里，夹夹眼睛，长起头颈来，正像只斗鸡的姿势。”如此描写，“小雄鸡”的神态跃然纸上。《惨雾》中的“麻皮加来”得此绰号，是因为这是一个最憨的人，而且是一个最黏滞的人。《大白纸》中的良来之所以被人称作“大白纸”，这跟他的一段往事有关。他曾经恋上过一个已成有夫之妇的远房亲戚，在一个夏夜他穿上满身的白衣裤在和意中人相会，不料婆婆闯入了房中，一时躲避不及，他就钻到了梳妆台下。而年老眼花的婆婆以为是一张大白纸掉地上了，于是附身去捡，没曾想大白纸却像人一样“逃跑”了。

许钦文的《鼻涕阿二》中，松村人重男轻女，“产生男孩才算正当，产生女孩是很厌恶的。第一个是女孩，因为以为这是‘头生’，又以为第二个可是男孩，还不十分厌恶。等到第二个又是不符预期的东西，表示厌恶已极，总是叫作‘鼻涕阿二’的。所以，在松村，‘鼻涕阿二’实像是个普通名词，不过在菊花的家中是她的特有名词了”。在松村，“贱小娘”本来是个普通名词。“贱”是贵贱的形容词，“小娘”是指小老婆、妓女或者土娼，“小娘”前面加个“贱”字就含有“鄙视不知守贞操”的意思，这就成了鼻涕阿二在家中的特有名词。因为是“贱小娘”，姊姊刚做好“扫地娘娘”要照例从鼻涕阿二手指上刺血时却被祖母立即阻止了：“滥了人的贱小娘的血还可以用的么？如果用了她的血，恐怕雨要下得更加长久了！”也因此，祖母断定鼻涕阿二“这种滥人精将来只配嫁给换料客人[①]了”！这些外号每个都有其特定的内涵，而这些不同阶段的外号正是鼻涕阿二一步步走向悲惨命运的最为形象的表述。作者以此展示了松村野蛮、落后的习俗以及森严的等级制度，人性中的恶把一个淳朴能干而又温顺善良的女孩压抑折磨至绝望、失常以至挤兑到变态——曾经是受压迫者反过来以一种毫无理性的报复来压迫别人。再如“寿头”在松村是和猪头三、阿木林同样的意义。“寿头”，即猪。“猪头三”，《沪苏方言纪要》：“猪头三(生)”“此为称初至沪者之名词。‘牲’‘生’谐音，言初来之人，到处不熟也”。实际含义是蠢猪、笨猪。

巴人的《运秧驼背》中，宏斐因为有一张讨人喜欢的好嘴，并且什么事一经过他的嘴，就能给描绘得有声有色，甚至能把摊在板头上的死人说得活过来，因此得了“宏斐老嘴”的绰号。宏斐之子因为“笑起来阔嘴巴一张开，就像一朵喇叭花”而被人称作“朱生阔嘴”。最典型的当数“运秧驼背”这个绰号。它既实指运秧驼背的苦难生活：“年少外出做佣工，背大树，压弯了背骨，这就越来越驼了”，以致“背骨高耸和肩齐平”；又寓意运秧驼背已被生存的重负压得抬不起头来，暗寓了他的悲惨遭遇。再如，白眼老八因为生下来时他的父亲已经到了“七老八十”的年纪，并且还白着一只左眼而得此名。

柔石笔下的仁贵(《人鬼和他底妻的故事》)因为长得“三分像人，七分像鬼”，因此被同伴们戏称为“人鬼”。

---

① 换料客人：松村人把人粪叫作料，“换料客人”就是收买人粪的农人。

王西彦乡土小说中的称谓往往体现了强烈的爱憎和褒贬。《老太婆伯伯》中,“老太婆伯伯”由于办事慢吞吞,又长着一张可笑地向外翘突的老妇人式的下巴,于是得了这么一个诙谐的外号。“那年我那金狼子出世,人人都说金狼妈肚子偏,怕是个贴钱货。金狼妈夜夜捧个大肚子流眼泪! 可是一生下地可偏偏是黄瓜种!”(《老太婆伯伯》)“贴钱货”,指女儿;“黄瓜种”,指能传宗接代的儿子。“你们这些麻痘鬼,慢慢来!”(《老太婆伯伯》)“麻痘鬼”,指短命鬼。很多小孩会在出麻痘时死去,自然是短命的。“……你这死骨头,……快去喊吉愚婆婆……”(《老太婆伯伯》)“死骨头”,指死人。“这是一个村坊里出名的‘花脚猫’。”(《下雪的日子》)“花脚猫”,指甜嘴甜舌,逢人便笑,能把死人说活的人。

在方言土语中,地名也是一个不可或缺的部分,它体现了丰富的地域文化语境。中国村落的命名具有典型的文化学、社会学意义。一般说来,传统村落往往根据其所处的地理位置、地貌特征,乃至宗族姓氏来命名。王鲁彦笔下袁家村、吴家村、朱家桥等村庄往往以姓氏来命名,反映了宗法制社会中同族聚居,以血缘关系联结的特点。而陈四桥、毕家、北碶市、赵隘、柴岙等以“桥”“家”“碶”“隘”“岙”来命名的村镇,是宁波乡镇的常用命名,反映着滨海水乡独有的地理风貌,同时也饱含着作者的怀乡恋土之情。再如巴人笔下的“东岙村”(《雄猫头的死》)、“西溪村”(《运秧驼背》《殉》)、“大庄岭”(《白眼老八》)、“埠头村”(《顺民》)、“万竹村”(《灾》)、“竹屿村”(《牛市》)、“界岭村”(《追剿》)、“牛头村”(《乡长先生》)、“丁家村”(《勘灾》)等,王西彦笔下的“杜桥庄”(《讨血钱》)等。

参考文献

[1]鲁迅.鲁迅全集[M].北京:人民文学出版社,2005.

[2]王鲁彦.王鲁彦文集[M].北京:人民文学出版社,2009.

[3]鲁彦.鲁彦代表作[M].北京:华夏出版社,2009.

[4]覃英.中国现代作家选集——鲁彦[M].北京:人民文学出版社,1992.

[5]王鲁彦.野火[M].北京:中国国际广播出版社,2013.

[6]鲁彦.鲁彦散文集[M].上海:上海文艺出版社,1984.

[7]许杰.许杰代表作[M].北京:华夏出版社,2009.

[8]许杰.许杰短篇小说选[M].北京:商务印书馆,1947.

[9]许钦文.许钦文代表作[M].北京:华夏出版社,2009.

[10]许钦文.许钦文小说集[M].杭州:浙江文艺出版社,1984.

[11]许钦文.许钦文散文集[M].杭州:浙江文艺出版社,1984.

[12]许钦文.许钦文散文选集[M].南昌:百花文艺出版社,2004.

[13]巴人.巴人文集[M].宁波:宁波出版社,2000.

[14]巴人.巴人小说选[M].北京:人民文学出版社,1983.

[15]柔石.柔石文集[M].北京:线装书局,2009.

[16]王西彦.王西彦小说选[M].长沙:湖南人民出版社,1982.

[17]王西彦.悲凉的乡土[M].广州:花城出版社,1982.

[18]魏金枝.魏金枝短篇小说选集[M].北京:人民文学出版社,1954.

[19]刘绍棠.中国乡土文学大系(现代卷)[M].北京:农村读物出版社,1996.

[20]张觉.吴越春秋全译[M].贵阳:贵州人民出版社,1993.

[21]金普森,陈剩勇.浙江通史[M].杭州:浙江人民出版社,2005.

[22]滕复.浙江文化史[M].杭州:浙江人民出版社,1992.

[23]佘德余. 浙江文化简史[M]. 北京:人民出版社,2005.
[24]沈善洪. 浙江文化史[M]. 杭州:浙江大学出版社,2009.
[25]万斌. 浙江文化概论[M]. 杭州:浙江人民出版社,2010.
[26]曹屯裕. 浙东文化概论[M]. 宁波:宁波出版社,1997.
[27]潘承玉. 中华文化格局中的越文化[M]. 北京:人民出版社,2010.
[28]陈桥驿. 浙江地理简志[M]. 杭州:浙江人民出版社,1985.
[29]浙江民俗学会. 浙江风俗简志[M]. 杭州:浙江人民出版社,1986.
[30]浙江民俗学会. 浙江民俗[M]. 上海:上海文艺出版社,1991.
[31]洪年. 浙江民俗研究[M]. 杭州:浙江人民出版社,1992.
[32]浙江省民间文艺家协会. 浙江民俗大观[M]. 北京:当代中国出版社,1998.
[33]叶大兵. 浙江民俗[M]. 兰州:甘肃人民出版社,2003.
[34]陈华文. 浙江民俗史[M]. 杭州:杭州出版社,2008.
[35]丁世良,赵放. 中国地方志民俗资料汇编(华东卷)[M]. 北京:书目文献出版社,1995.
[36]寿永明. 越地民俗文化论[M]. 北京:人民出版社,2010.
[37]钟敬文. 中国民俗史(民国卷)[M]. 北京:人民出版社,2008.
[38]钟敬文. 民俗学概论[M]. 上海:上海文艺出版社,1998.
[39]陈勤建. 中国民俗学[M]. 上海:华东师范大学出版社,2007.
[40]仲富兰等. 水清土润——江南民俗[M]. 上海:上海人民出版社,2010.
[41]陈勤建. 文艺民俗学[M]. 上海:上海文化出版社,2009.
[42]王光东. 20 世纪中国文学与民间文化[M]. 上海:复旦大学出版社,2007.
[43]王光东. 新文学的民间传统——"五四"至抗战前的文学与"民间"关系的一种思考[M]. 济南:山东教育出版社,2010.
[44]黄永林. 中国民间文化与新时期小说[M]. 北京:人民出版社,2007.
[45]张永. 民俗学与中国现代乡土小说[M]. 上海:上海三联书店,2010.
[46]王光东. 中国现当代乡土文学研究(下卷)[M]. 上海:东方出版中

心,2011.
[47]费孝通.乡土中国·生育制度[M].北京:北京大学出版社,1998.
[48]浙江省文学志编纂委员会.浙江省文学志[M].北京:中华书局,2001.
[49]王嘉良.浙江文学史[M].杭州:杭州出版社,2008.
[50]王嘉良.浙江20世纪文学史[M].北京:中国社会科学出版社,2000.
[51]刘鹤.一个叛逆、悲情的文学时代——浙江文学三十年[M].杭州:浙江大学出版社,2013.
[52]陈坚.浙江现代文学百家[M].杭州:浙江人民出版社,1988.
[53]郑绩.浙江现代文坛点将录[M].北京:海豚出版社,2014.
[54]范伯群,曾华鹏.王鲁彦论[M].上海:上海文艺出版社,1980.
[55]曾华鹏,蒋明玳.王鲁彦研究资料[M].南昌:江西人民出版社,1984.
[56]郑择魁.鲁彦作品欣赏[M].南宁:广西人民出版社,1986.
[57]周春英.王鲁彦评传[M].北京:中国社会科学出版社,2011.
[58]上海暨南大学校友会.许杰先生纪念文集[C].上海:内部资料,1996.
[59]许钦文.钦文自传[M].北京:人民文学出版社,1986.
[60]钱英才.许钦文评传[M].杭州:浙江大学出版社,1990.
[61]鲁雪莉.越文化视野中的乡土作家——许钦文传论[M].北京:中国社会科学出版社,2011.
[62]钱英才.巴人的生平与创作[M].杭州:浙江文艺出版社,1990.
[63]戴光中.迟到的怀念与思考——关于巴人[M].杭州:浙江文艺出版社,1990.
[64]王欣荣.大众情人传——多视角下的巴人[M].上海:上海社会科学院出版社,1990.
[65]王欣荣.王任叔巴人论[M].北京:文化艺术出版社,1991.
[66]王克平.巴人研究[M].上海:上海书店,1992.
[67]袁少杰.巴人评传[M].沈阳:辽宁大学出版社,1994.

[68]戴光宗.巴人之路[M].上海:华东师范大学出版社,1996.
[69]方凡人.巴人传[M].长沙:湖南文艺出版社,1997.
[70]上海鲁迅纪念馆.巴人先生纪念集[M].北京:人民文学出版社,2001.
[71]郑择魁,盛钟健.柔石的生平和创作[M].杭州:浙江文艺出版社,1985.
[72]王艾村.柔石评传[M].上海:上海人民出版社,2002.
[73]艾以,沈辉,卫竹兰,李国柔.王西彦研究资料[M].北京:北京十月文艺出版社,1996.
[74]彭晓丰."S会馆"与五四新文学的起源[M].长沙:湖南教育出版社,1997.
[75]郑择魁.吴越文化与中国现代文学[M].杭州:杭州大学出版社,1998.
[76]吴秀明.文学浙军与吴越文化[M].杭州:浙江文艺出版社,1999.
[77]高松年.当代吴越小说概论[M].上海:学林出版社,1999.
[78]范家进.现代乡土小说三家论[M].上海:上海三联书店,2002.
[79]王嘉良."浙江潮"与五四新文学[M].北京:文化艺术出版社,2004.
[80]黄健."两浙"作家与中国新文学[M].杭州:浙江大学出版社,2008.
[81]凤媛.江南文化与中国现代文学[M].北京:文化艺术出版社,2008.
[82]顾琅川.周氏兄弟与浙东文化[M].北京:人民出版社,2008.
[83]王嘉良.辉煌"浙军"的历史聚合——浙江新文学作家群整体透视[M].北京:中国社会科学出版社,2009.
[84]吴秀明.江南文化与跨世纪当代文学思潮[M].杭州:浙江大学出版社,2009.
[85]潘正文.两浙人文传统与百年浙江文学[M].北京:中国社会科学出版社,2010.
[86]王嘉良.地域视阈的文学话语[M].北京:中国文史出版社,2007.

[87]范家进.文学与乡土中国[M].北京:中国文史出版社,2007.
[88]丁帆等.中国大陆和台湾乡土小说比较史论[M].南京:南京大学出版社,2001.
[89]钱理群,温儒敏,吴福辉.中国现代文学三十年(修订本)[M].北京:北京大学出版社,1998.
[90]丁帆.中国乡土小说史[M].北京:北京大学出版社,2007.
[91]陈继会.中国乡土小说史[M].合肥:安徽人民出版社,1999.
[92]庄汉新.魂系乡土——中国20世纪小说史纲[M].北京:学苑出版社,1997.
[93]王吉鹏,李鸿艳.鲁迅与20世纪20年代中国乡土文学[M].长沙:教育文化出版社,2003.
[94]田仲济,孙昌熙.中国现代小说史[M].济南:山东文艺出版社,1984.
[95]赵遐秋,曾庆瑞.中国现代小说史[M].北京:中国人民大学出版社,1984.
[96]杨义.中国现代小说史[M].北京:人民出版社,1997.
[97]严家炎.中国现代小说流派史(增订本)[M].武汉:长江文艺出版社,2009.
[98]朱晓进."山药蛋派"与三晋文化[M].长沙:湖南教育出版社,1995.
[99]逄增玉.黑土地文化与东北作家群[M].长沙:湖南教育出版社,1995.
[100]李怡.现代四川文学的巴蜀文化阐释[M].长沙:湖南教育出版社,1995.
[101][美]夏志清.中国现代小说史[M].上海:复旦大学出版社,2005.
[102][俄]巴赫金.小说理论[M].石家庄:河北教育出版社,1998.
[103][英]乔·艾略特.小说的艺术[M].北京:社会科学出版社,1999.
[104][英]E.M.福斯特.小说面面观[M].北京:中国对外翻译出版公司,2002.
[105][美]勒内·韦勒克,奥斯汀·沃伦.文学理论[M].南京:江苏文

艺出版社,2005.

[106][美]露丝·本尼迪克特.文化模式[M].北京:社会科学文献出版社,2009.

[107][美]费正清.中国:传统与变迁[M].北京:世界知识出版社,2002.

后 记

对浙东，一直多有认同。求学于绍兴文理学院，始而接触鲁迅，接触越文化，此后一直钟情有加。而且，似乎与生俱来有一种难以拔除的“浙东性”。平日里无论怎样忙碌，总还是要注意琐碎的事情：书房中的书，总要分门别类，书脊一律在外对齐，甚至常用书和非常用书的放处都有定规；信封上的邮票总要贴得一点不歪，且要贴在固定处；从外地旅游、开会回来，总要带一些特产送给亲友并一一落实去处……这或许是遗传了浙东人理性、务实的“基因”之故。总之，不论做什么事情总喜欢井井有条，不喜杂乱。正是这种体认，让我走进了浙东乡土小说的文本世界，接近了浙东文化背景下的生命形态，并且在2009年将这种“地方情结”绵延到了硕士论文《论二十年代浙东乡土小说的文化审美意蕴》的写作过程中。及至论文写作结束、论文答辩顺利通过，对浙东乡土小说的热衷依然不减。近六年来，一直沉浸在“乡下的沉滞的氛围气”（鲁迅语）中，题为“浙东乡土小说的民间建构研究”的课题先后立项为浙江省中国当代文学研究会课题、学校重点科研项目，本书即为这两项课题的最终研究成果，当然也是我近年来的阶段读书成果之一。

浙江大学中文系主任吴秀明教授是我硕士阶段的授业恩师。自与他结识以来，承蒙他的指导和奖掖，我有幸参加了浙江省中国当代文学研究会并担任理事，还多次得以在学术年会上做交流发言。应该说是吴老师引领我步入本专业学术圈的。硕士论文的写作更是得到了吴老师的悉心指导，从拟定选题，撰写开题报告，到论文写作和答辩，其间多次得蒙吴老师的指点和纠正。他的授业解惑，不仅让我获得了知识，更让我感受到了他严谨的学术风范，这将令我终生受益。在本书付梓之际，他再次在百忙之中为本书做了序。浙江师范大学王嘉良教授毕生主要从事地域文学研究，其新著一出我总是多方寻求找来拜读。掩卷之余，深为作者思想的深邃、论证的严密、资料的翔实所折服，其众多著作开阔了我的研究视野,称之为我的“精神导师”自然毫不为过。况且得之于他的奖掖,我才有幸参加了浙江省中国现代文学研究会并多次在学术年会上作交流发言。在本书写作过程中,还得到了我所在单位学报编辑部主任牛殿庆教授的指点。牛老师不仅一直带我做课题、搞研究,他那严谨扎实的学风更是让我受益诸多,他不时的耳提面命让我少走了很多研究中的误区。去年学校推出的青年教师科研“领雁成长”工程,让我名正言顺成了他的徒弟。同时,还要感谢几位领导一直以来的关心和指导,或帮助规划职业生涯,并包容我作为年轻人身上的执拗;或事无巨细地关心家人的工作和生活,让我感受到了学校大家庭的温暖;感谢科研处领导和同事们的指导,多年来为我课题的立项给予了很多帮助;感谢浙江工商大学出版社刘韵主任和责任编辑吴岳婷老师为本书的出版付出了很多心血。

当然,给予我最多关心的家人是我的精神支柱。自我2005年毕业参加工作以后,父母就离开家乡跟随我从农村来到城市,却时时承受思乡之苦,为的就是照顾我们的一日三餐。及至今年,我参加工作已经有十个年头了,他们也随我到单位工作了十年,直到近日感到体力不支时才提出了辞职。妻子的大力支持、全力包容,让我对同甘共苦、相濡以沫有了进一步的感受和理解。无论是硕士求学期间,还是本书写作期间,她默默承担了家中的所有家务,并尽力创设安静的环境让我写作,着实让人感动。当然,对女儿也怀着一份愧疚。因为我的“自私”,多少个双休日泡在书房和图书馆里,少了很多亲子活动的时间。

虽然对地域文化及文学的关注已有近六年,本书的写作也早已列入了自己的写作计划,无奈先前一直诸事繁杂,根本没有大段可以静下心来写作的时间。直至去年,情况才得以改观,走上教学一线后,这才开始“突击”写作。本书感性分析有余,而理性分析不足,固然是本人学识素养所限,同时也与近期的“突击”有关,好在大部分内容来自硕士论文,此番主要做了些增补的工作。但无论何种原因,都不足以成为本书诸多不足的借口,诚愿各位读者海涵并指正。

最后,要特别感谢宁波市社会科学院和宁波城市职业技术学院的学术著作出版资助,使得本书能够顺利付梓。

傅祖栋

2015年6月8日